触碰与回响

王敦权文艺评论作品选

王敦权——

著

湖南省作家协会2024年扶持项目

成都时代出版社
CHENGDU TIMES PRESS

图书在版编目（CIP）数据

触碰与回响：王敦权文艺评论作品选 / 王敦权著．
成都：成都时代出版社，2025.1. -- ISBN 978-7-5464-
3640-1

Ⅰ．I206.7-53

中国国家版本馆 CIP 数据核字第 20241H9H42 号

触碰与回响：王敦权文艺评论作品选
CHUPENG YU HUIXIANG：WANGDUNQUAN WENYI PINGLUN ZUOPINXUAN

王敦权 / 著

出 品 人	钟　江
责任编辑	王珍丽
责任校对	周小彦
责任印制	江　黎　曾译乐
装帧设计	云上雅集

出版发行	成都时代出版社
电　　话	（028）86785923（编辑部）
	（028）86763285（图书发行）
印　　刷	长沙市精宏印务有限公司
规　　格	170mm×240mm
印　　张	16
字　　数	230 千
版　　次	2025 年 1 月第 1 版
印　　次	2025 年 1 月第 1 次印刷
书　　号	ISBN 978-7-5464-3640-1
定　　价	78.00 元

目 录
CONTENTS

地域坐标与精神版图

——潇水流域诗群"八零九零后"代表诗人诗歌评析

　　潇水流域不仅有风光绮丽的自然生态，更有历史悠久的人文遗存和当下丰厚的文化生态，这些无疑为诗人提供了丰富的、不可或缺的精神滋养和坚实的文化底蕴。诗人受地域的地理文化环境以及地域所赋予诗人成长的影响，其诗歌必然会具有当地风情与故土情结，具有建构诗人精神版图的文化和心灵价值。在潇水流域的诗群诗人中，35岁以下的"八零九零后"年轻诗人无疑是一支生力军，亦是一支重要力量。其中以张樱子、胡小白、陈素凡、何朝、毛歆炜、何畅、南枝儿七位为代表。他们正值青春年少，风华正茂，来势劲猛，大有"后浪"推"前浪"之势。他们基本以潇水流域为地域坐标，以构建自己的精神版图为追求，其作品质地厚实、情感饱满、充满生机与活力，又有着比较明显的个性特征，已然引起市内外诗歌界的关注。

年轻诗人敏感斑斓的内心世界

　　对于诗人而言，尤其是年轻的诗人，对现实世界的观察、感悟较常人更为敏锐、感性、复杂，有时甚至会有点突如其来、莫名其妙之感。张樱子、胡小白等七位诗人往往从日常生活出发，对形形色色的外部世界抽丝剥茧，抑或任性联想，使其作品内容与鲜活的现实生活保持着"血肉"联系，借以诘问生命的归宿及生活的意义。

如张樱子的《一匹马它不爱草原》："我无法想象，烟云在变换/仿佛一匹马在吃草/过去的都过去了/把白纸写成黑字，墨迹试图掩盖旧痕/前事剥丝抽茧/我极力回想人间由日出走向日落//一匹马它不爱草原/它爱的是另一匹马。"诗人抬头看天空，云朵的瞬息之变深深地吸引着她，烟云变成了"马"，她浮想联翩，心中感叹人生的稍纵即逝，最后生发出有点不合常情而又富有哲思的诗情："一匹马它不爱草原/它爱的是另一匹马"，天空中烟云之马尚且有如此的孤独，渴望爱，何况烟火人间的诗人，她必有着对孤独的遗憾和对爱的强烈渴望。

又如毛歆炜的《刺猬》："如果我们的词汇足够单纯/以记忆中的形象命名事物/譬如袋鼠和海马/譬如她第一次来到深秋的山上/她的眼睛多么纯净，怜爱地/看着枝头带刺的果实/冬眠的小刺猬。"这显然不是所见，亦非所闻，应该是诗人的一种臆想。刺猬第一次来到深秋的山上，她的眼睛"纯净""怜爱"地看着枝头带刺的果实，这神态多么可爱、可怜，甚而可掬，她对带刺的果实充满着甜蜜的幻想。而她自己一旦冬眠，是否也会成为其他动物眼里"带刺的果实"？这一刹那的想法突如其来，但又是那般合情合理——生活既有"纯净"和"怜爱"，也有残酷与风险。诗歌包含着更深的寓意，那就是诗人对生命的珍爱和对世界和平的渴求。

再看其中五位诗人写春天的诗歌，他们眼中的世界和内心的世界是何等斑斓，又有着怎样的差异。

陈素凡的《清明》："泡桐花，紫色花心，白色花瓣/金樱子，黄色花心，白色花瓣/油桐花，橘粉色花心，白色花瓣/连几只从油菜花中飞出的蝴蝶/也是白色的/因为开在挂青的路上/它们忍住了颜色。"在清明节这个特殊的日子，诗人眼中的白、紫、黄、粉诸般颜色并不艳丽，白色却如此醒目，泡桐花、金樱子、油桐花等都是白色花瓣，"连几只从油菜花中飞出的蝴蝶/也是白色的"。在汉民族文化中，白色与死亡、丧事相关联，白色也象征着生者对死者纯洁的感情和深切的怀念，而这些花在清明都"忍住了颜色"，一味的"白"，给"挂青"的人一种揪心的晕眩。

"还有什么词语可以形容/我在田地里看见的几只轻盈的蝴蝶/它们在莫名的白花中隐匿着颜色/死亡和睡眠也如此自我欺骗/但蝴蝶仍然追逐着什么/自己的翅膀吗？还是同伴的面孔/抑或处事不惊的花朵/雨后的天空显得特别辽阔/写蝴蝶的大师名曰庄周/写蝴蝶的人怎么懂得蝴蝶的欢喜与哀愁/不写蝴蝶的人你怎知我不知/蝴蝶的肺腑也有着人心一般的光泽。"何畅的《蝴蝶》一诗，由一时所见触动灵感，展开联想和诘问，对蝴蝶在雨后天空追逐的欣赏与羡慕，对庄周是否懂得蝴蝶的欢喜与哀愁的质疑，以及对死亡和睡眠的思辨，诗意何其深邃。

南枝儿的《在春天的睡有什么不同》一诗，采用简洁的独白体形式，于深情絮语中蕴含着生命的智慧，渗透着思想的深度。南枝儿关于"睡"与"醒"的叙述，折射出她对事物的深切体悟与审视，对生活的理解与希冀。她置身于喧嚣的尘世中，日益紧张的生活在消磨着自己的激情，以致自己的心亦日渐麻木。但这个世界还有"春天""虫吟""火苗"，它们值得自己心怀诗意。她把自己跟"万物"连接在一起，她有一颗与"万物"平等之心。"夜半的虫吟，它们的诉说并不在我的体内/我的体内住着一个春天//万物拔节生长，我体内的激素跟随着拆解出韵律/是一棵草的根细小的颤动，有些忧郁//失眠并非一年一次。即使频率达到每周一次/那也是春天种在我体内的火苗//我醒着，万物跟着醒/我睡着，万物跟着睡。"

何朝的《身上静静长出苔藓》则是另一番情景："南方的南风下雨天/在跟'雨水'这个节气围炉煮酒/他们慢慢下棋/一下就不知道是多少天/我像一个端茶倒水的小仆/虽然有点不耐烦/但也不敢扫了主人的雅兴/湿湿的桌面和镜子/潮潮的纸/我似乎行走在黏黏的泥泞里/黏黏的各种麻烦里/黏黏的余情里/回头看看还在心平气和下棋的他们/我蹲坐下来/身上静静长出苔藓。"在湘南，"雨水"持续下，下雨天，适合围坐：或围炉煮酒、或围坐品茗、或闲聊或下棋，以此打发时间，获得安逸与乐趣。这样的场景可以设计在现代，但诗人觉得设计在古代是比较好的，因为她觉得古人更适合这样闲逸、优雅的生活之境，而"我"于此境，浮想"我似乎行走在黏黏的泥泞里/黏黏的各种麻烦里/黏黏的余情里"的人生氛围，却无奈久坐着，直到"身上静静长出苔藓"。这兴许是诗人平时与友人小聚时生发的一种情绪，但心境显然不止于此。

胡小白对事物的观察和分析，有些冷峻、犀利，不像她这般年纪的人所为。她特别在乎的是自己的生命感受，她拷问自己情感本身的真实度，也拷问自己面对自我时的无助与孱弱。同时，她习惯于对内心世界的不断掘进，那隐秘、曲折、无限都汇集在一起，就会形成当今时代的某一空间。在这个空间中，她展开对爱情、生存和命运的追问及追踪。她的《孤坐在山巅》全诗如下："啼叫碎裂，消弭于晨曦空茫微卷的风中/沾染斑斑锈迹的执念如尚未腐朽的树枝，横亘/我与世界接轨的频率间/有时，它们也会悄声打开春天密集的喷嘴/浇灌荒寂森林中的黑色花朵//向一条永不止步的小溪反复吟诵你的名字/借一根柔韧柳枝圈出你清圆的脸//但已没有足够宽广的理由伸展四肢/碰触彼此富有弹性的温度了/不断修复的虚空在疲软的孤独中贴满梨花白/而千山正以绿色述说着青春/指引鸟质疑的飞翔。"

个体生命于烟火人间真实呈现

作为一位诗人，无疑要面对这个时代，关注个体存在的体验与价值，从人间烟火鲜活的现场发现、开掘、表达和探讨诗人与这个时代的紧密关联，从而真实地触摸时代的脉搏，拷问人类的灵魂。潇水流域诗群七位年轻诗人在这方面均有不俗的表现，他们在对日常事物的观照中融入人生的经验，深切体悟与审视日常事物，将人、情、景、物融于一体，他们的诗歌绝大多数就是这种烟火人间的真实呈现。下面，以何畅、张樱子、胡小白的几首诗歌予以评析，管中窥豹。

何畅的《坐在桥上》："村庄，我坐在你的桥上/可我回不了家/回不了从前那盛满野花的山岗……我知道有一天我会离开/是的，万事万物曾不能以一瞬/当我离开，我以为一切都将等着我回来/岁月中的潮起潮落，今天我像石狮子坐在桥上/呆呆地望着摇摆自如的水草/心中像蓄积着铁块/一些星星散播在遥远的空中/风从波光的缝隙中溢出/桥上人来人往，没有人停留/我在等待，等待记忆中的村庄，村庄里的伙伴/今晚的月亮特别弯。"这是一首比较典型的怀旧思乡之作。面对故乡，那童年曾有过的淡淡忧伤和更多难以名状的深爱之情，如汩汩清泉在月辉下涌流。而今，"我"不敢回家，只好无奈地坐在故乡的桥上。"我"多么想回到家里，可心里异常沉重。岁月潮起潮落，世事沧海桑田，故乡不再是从前的模样。"我"多么羡慕那"摇摆自如的水草"，自由自在。可"我"呢，"心中像蓄积着铁块"，坚硬、压抑、沉重，迈不开步伐。尽管桥上人来人往，竟然没人为"我"停留，哪怕看上一眼，问上一声。人们各自忙碌，生活节奏加快，乡村的慢生活、乡村的淳朴、乡村的关切与温暖已然改变。"我"不敢贸然回家，只有等呀等，等记忆中的村庄苏醒，等儿时的伙伴召唤。"我"仰看天上月亮，"特别弯"，如镰刀、如铁钩，心中更是清冷、孤寂、无助。"故乡在一去不复返，无论何种形式的留恋，都不可能让它停下来，更无法阻止它一去不返。这是一个悲剧，也是一个喜剧。"①

"从湘北走到湘南，他说要给我/做最后一次晚餐/我喜欢的青椒炒肉，他不忘在出锅前撒满蒜末/这世间只有我可以触到/这火与火的味道，爱与爱的关联/他眼里噙着泪水，此刻/没有什么冲散他四十五岁的痕迹/他想听我叫他一次父亲/他剥掉了我的无知，像剥掉鸡蛋的壳/把我小心翼翼地交出。"张樱子的这首《仪式》，让我们读出了离别的别样滋味。"我"要外出求学或要到外地工作，照常理这是寻常之事。现代社会交通快捷而方便，两地之间可朝发夕至，不再像过去那样"分别时难见亦难"。可就在

---

① 谷禾.乡村书写及其他(随笔)[J].星星,2021,(14).

这寻常之事发生的寻常之时，父亲要为"我"郑重其事地举行一个告别仪式，由此而生发诗意。这个仪式看似很简单，就是"他要为我做最后一次晚餐"，其实也很特别，晚餐是"我喜欢的青椒炒肉""他眼里噙着泪水"。这个仪式实际上是"他"与"我"之间不舍而又不得不舍的"情结"凝结与表达。"他"的不舍、无奈、担心、期许都在"噙着泪水"的眼里，父爱的博大、深厚，父爱的温柔、细腻，尽在不言中。

"用唇上词语和月光待在一起/想象滑向夜空/那么夜空，是展开的宽容溪流/绕开瘦弱的井/去喝，去亲吻，星星想要变黑的蓝//竹影无限挨近心灵的时刻，属于月的时刻/我们从同一角度仰望松果微胀渴望/迎着风，风的目光/风的身体还没有斑点、芒刺和暴雨般的炎症/我们跟随意愿，浮动于石阶上/说一些没有惊跳起来的话，不被带走的亲密的话/那时，我们还没有被生活割得很深//地面拱出晶状体的冷时，你如婴儿般需要/转身抱紧我/抱紧我身上铺满的沉默的白/直到最后，我们生活在同一片白的花里。"胡小白的《月光白》表现了爱情的缠绵与美好，还散发着淡淡的、迷人的浪漫情调。这首诗素净、清雅，结构单纯，整体上呈现出情绪随物婉转、心灵伴月徘徊、情景相融的艺术韵味。"我们"置身于夜空、月光这个美妙的场景，享受着温情和爱意，在幸福与甜蜜的体味中相互拥抱，沉浸在月光般的美梦里。"当代女性诗人的写作，无论是题材、立意，还是气质，都更广阔和丰盈了。尽管很多女性诗人的作品有着明显的阴柔、感性、易碎等女性特质，甚至有些毫不夸张地散发着古代'闺阁体'般的脂粉气。但也有不少优秀女诗人的写作早已摆脱了矫情、优柔的一面，甚至已完全呈现出超越性别的宏大、开阔与力量感。"①胡小白的许多诗歌在日常经验表达中，有着多维多向的建构与质感，呈现出女性诗歌的独特、极致、带有锋芒的品质。

---

① 康雪.女性诗歌中的"女性"与"诗歌"[J].星星,2021,(08).

构建自己的精神版图与可能性

纵观七位诗人的作品，他们有一个共同的、明显的特点，那就是在努力寻找和构建自己的精神版图。这是一个艰苦探索、不断提炼、融会贯通、慢慢成形的过程，需要诗人长时间跋涉。好在他们都很年轻，都有着充分的思想准备，又有着良好的基础与发展潜力。目前，张樱子、胡小白、何畅他们的精神版图已具雏形，或者说已见端倪，呈良好的发展态势。陈素凡、毛歆炜、何朝、南枝儿也开始寻找到了属于自己的方向和路径。因此，他们只要持之以恒地向前走，构建自己诗歌的精神版图是可能的、是能够实现的。当下，他们诗歌的主流，已经在自觉地结合潇水流域独特的地域风情与历史文化，并融入自己对现实社会的感悟与思考，逐步形成潇水流域地理书写的独特品质。作为经济欠发达地区的潇水流域，地理生态保持相对完整。他们生活在这里，有着更为强烈的地域意识，他们更多地选择当地的山川河流、历史文化、风俗民情作为表现对象。在他们眼里，丘陵、小河、树木、竹林、落日、云朵、月亮、夜空、村庄、田园、废墟、牛、野猫、山兔、蝴蝶、青虫以及男女老幼等，几乎任何平常之物、平凡之人都能被他们发掘、书写，成为富有诗意作品的元素，日常之物的美在诗歌中就会显现出鲜亮的灵性，发出精神的回响。

"诗歌其实是一门生长艺术，在最短的笔墨里读最长的情意，在只言片语中悟最深的哲思。行文是一种乐趣，若是我们必须在人生的底线之上蜿蜒前行，我觉得那应该是知觉。这人生何其漫远辽阔，我们极易在这车水马龙的繁复中丧失自我。若干年后，倘使那平静的微澜仍能惊动内心的帘旌，便是不枉。"张樱子在接受陈素凡的访谈时如此说，她对诗歌乃至对人生的理解日趋成熟，已经有了一个比较清醒、持重的态度。她的创作已进入丰富、广博、多元的阶段。她的《侧记》（十六首）、《一匹马它不爱草原》（二十首）、《阳光洗白了黄姚的心事》（组诗）等作品已呈现出丰饶、繁复、璀璨、摇曳多姿的魅力。尤其是她获得第二届"杜甫杯"华语诗歌大赛一等奖的作品《杜甫：仰望一个王朝的六种角度》（组诗），分别以"泰山，90度角抬头所见""二月到九月，花以45度角攀缘而开""我的心是一帧白卷，唯钝角可见""梧桐叶子的摇曳，锐角的凋落""沙与沫的聚散，子美躺下即是180度的地平线""无声的告白：90度的风正一帆悬，热爱亦无悬念"作为每首诗的标题，角度新颖别致，书写方式独辟蹊径，融史于理，融史于情，史、理、情融会贯通，将杜甫激荡、忧愤、悲壮而才华横溢的一生表现得张力极足、酣畅淋漓。总体上看，张樱子对人间的万事万物十分敏感，能从身边微小的事物中发现真、发现美，天空中的云彩、路边的一朵小花都能成为构筑诗意世界的理由：或许是对一去不返的往事的感叹与追恋，或许是对时间与存在的本能触碰和彻悟。她往往从个人自觉出发，在创作中遵循真情实感、内心观照，以现代诗歌语境下的个人自觉去扩展、延伸诗歌意象的美学意蕴，构成诗歌独特魅力的文字空间和思想领域。

"九七年，妈妈怀胎三月/开出租车太累，流产了//我想，那本是我的哥哥/可还是告诉妈妈——/我来过一次，没成功/就试了第二次"，这是陈素凡的《1997》。"雨后，在花园散步的/其实不止我们/第一圈/遇见一只大蜗牛/差点踩到/走到第二圈/蜗牛已经碎了/像一个纸皮核桃/第三圈/看见前面的人/给死去的蜗牛让路"，这是陈素凡的《蜗牛》。如此这般的诗歌在她的作品中占绝大多数，纯净、质朴、简短、直接，却又刺痛人心，直抵灵魂，其震撼力骤然而生，犹如触电。

"与现代都市的喧嚣和拥挤相比，乡村的安宁和静谧或许更显得弥足珍贵。乡村在一定程度上构成了忙碌的现代人梦寐以求的理想的居所和心灵的港湾。"①南枝儿对乡村的情感，兴许就是她对现代都市喧嚣和拥挤

---

① 张德明.游子与乡愁——读雪松诗集《背着一篓乡愁来看你》[J].星星,2021,(02):55-61.

的一种反抗，她写了为数不少的"乡土诗"——《一座村庄的素颜》《我来赎一场雨》《惊蛰》《春风吹》等，其中《我从未拥抱故园》尤其隽永、深刻、打动人心，摘录如下："二十年后爬上塘古冲的公鸡岭／菟丝草在秋风里束紧风衣／／这是容忍我出生却从不允许抚摸的地方／数一数空中的星星，手指都是颤抖的／我心虚地说着爱。努力去辨认父亲口中的雪／自行车的车轮印由深而浅，在那个冬天／／这个我从未拥抱的故园／赐给我如莲的清晨和如血的梅花。"胡小白也有诸多"乡土"诗歌，她不单是对乡土的景物描绘和情感抒发，也不单是对童年的怀旧、乡愁的表达，她更多的是对乡土、乡情、乡亲理性的思考或精神寄托。她对生命、死亡的态度与思辨，客观、冷峻、透彻，富有穿透力、杀伤力和震撼力。譬如《博物馆的木乃伊》中的"风救出，他的身体／完美的身体，被棉布条温柔抱紧的身体／没有漏下冷碎怨念／保持弯曲姿态多年，如腹中婴儿／用双手捧住一段历史中真实存在的自己／献给这世界"；《影子》中的"想到早些时候，我们跪在门前等众人／将他抬出，那是第一次发现影子可以那么重／需要八位男子才能搬离不属于他的空间"；《你会为一只苍蝇擦拭伤口吗》中的"如果腹中装有子嗣的它们恰巧停靠／在失眠的你的右侧身旁，从未属于你的世界里／你会为一只喋喋不休的苍蝇擦拭伤口吗"。正因为胡小白痛切地感受到现代文明正在影响着乡土家园，焦虑和不安便始终萦绕在她的心头。如此这种生命状况，即使她混迹闹市，也常有弃世之念，身在红尘却有看破红尘之心。如果说胡小白对死亡的认识与思考比较尖锐、深入的话，那么何畅相比而言则倾向于粗粝、宽泛和仁慈。他的诗歌对神、佛、上帝充满敬畏之心与祈求之愿。《一首关于牙齿的诗》中的"神让人生出坚硬的牙齿／爱吃甜蜜的糖，就不得不受生活之苦"；《陶瓷的歌》中的"直到他（她）把自己的骨灰与陶瓷一同深埋／埋进世世代代的记忆"；《年华虚度》中的"犹如黛玉葬花的锄头，倾悬于空中／用力挖那口抵达死亡的井。冒出水来／流动着，波光粼粼"；《菩提树下》中的"此刻只有慈悲和怜爱／我信佛，同时，我也信尘世的你"；

《我写献给上帝的诗篇》中的"我写献给上帝的诗篇/我，一个多么卑微的人"；《云空》中的"——哦，上帝/这儿有一个被刺伤却微笑着的人/这儿有一个没有被刺伤却感到悲伤的人/他们都同时望见平原、山川和大海/匍匐在悠悠云空无垠的歌声里"；《祈祷》中的"就这样跟着它走吧，饶恕吧/任雨水打在春天细嫩的叶片。"神、上帝、佛在诗歌里一次次冷静地站出来，带着慈祥的面容，泛着仁慈的光辉；而死亡也一次次赤裸裸地站出来，与人对视，与人说话，但并不恐惧，并不可怕。

何朝的诗歌，始终以"爱"一以贯之，把"爱"作为主旋律，谱写了一曲曲爱之歌。她的"爱"博大而无私，深沉而执着。其中有对父母和亲人的爱：《我也是》中的"连日大雨/爸爸说他一直很喜欢大雨/打在铁篷上滴答滴答热闹得很/我说我也是"；《母亲的脚步声》中的"母亲的脚步声，点了灯光。天黑了/我走过去，帮她洗菜"；《灶台》中的"如今，灶台上的腊肉越发懒了/懒得胜过母亲的等待。等我们又一年回家"。有对自己的爱：《放生》中的"我想把自己当作一条鱼/放生荷塘。"有对季节和时间的爱：《躺回母亲的胚胎里》中的"我换了好几双耳朵来听雨/最好听的不是最灵敏的/是能听懂小满的/不会溢出来的安心/熄灯上床，躺回母亲的胚胎里"；《我已准备好》中的"我已准备好/跌到春天的背脊上"。有对物件的爱：《一架钢琴》中的"一年接一年/做不成奏响的琴/也能好好做一块木头"。有对人间万事万物的爱：《我的感知是我在这世上继承的唯一遗产》中的"我的感知是我在这世上继承的唯一遗产/我将用它在人间开一家疗养院"；《不带人性地爱》中的"人性有无数看不见的水坑/去完成一个人/再，去爱"。很显然，何朝的诗歌是以景生情，以情生爱。景与情的相互交融，情与爱的双重叠加，使单调的世界变得丰富唯美，为生命注入温暖、信任、关切、勇气和力量，使人性中情与爱沉甸甸的分量得以彰显。

"把自己投身于自然中，对世界采取一种超然的态度，反而会获得一种心灵的安妥。"①毛歆炜曾在广东闯荡，进过工厂，试过流水线工作，见证过现代工业既发达又残酷的场景，领悟过底层人们的日常冷暖。他的诗歌坐标自然超越了潇水流域，辐射到了珠江两岸，但他对眼前的世界采取了一种超然的态度，心灵自然就得到了安妥。其诗歌总体呈现出守住自我、归于内心的精神追求。如《柑橘花》中写道："蜜蜂在柑橘花中，嗡嗡地闹着/我又闻到了你身上的味道/你变成了一只白色的小猫/那么小，像一只昆虫在透明的液体里。"这种纯洁的感情、真挚的情怀弥足珍贵。又如《雪房》中写道："我在雪房里度过了一年时光/每天都是冬天的布景/大雪从天花板上落下来/人们弯着腰，像松鼠在森林里/搜索秋天的标记，挖掘/大雪覆盖的橡子/我裹在棉衣里的身体流着汗水/耳朵、牙齿和下巴结着冰/我知道一切都会过去/一切也都会被我忘记。"人在如此环境中，那种身体的冷和心理的冷可想而知。"我知道一切都会过去/一切也都会被我忘记"，这般自我安慰与超然的姿态，心灵的安妥那便是自然而然顺理成章之事。

上述对潇水流域诗群七位"八零九零后"代表诗人的诗歌评析，可能只是揭开了他们作品"神秘面纱"的某些部位，也许还有更关键、更重要的特质尚未揭示，他们的"神秘"依然存在，且还在不断地演绎变化，暂且留待以后慢慢欣赏。然而，客观、辩证地分析，必须指出七位年轻诗人的诗歌表现个人情绪、个别事例、个体状况的居多，而表现大时代、大境界、大情怀的作品少之又少，涉及重大社会事件的几乎没有。这是一种缺失，也是一个遗憾。正因为一些诗歌只注重表达个人情绪或偶尔所见所感，没有深思、深掘，缺乏高远、深邃的思想和生命观照，其格局、情怀和境界都显得狭小，不够开阔和大气，因此诗歌不够厚重和深刻。此外，他们对诗歌技巧和美学追求方面的表现，还有一定的局限性。其作品表现手法较单一，在大开大合、气势恢宏的表现方法和技巧方面

---

① 李少君.自然是庙堂,诗歌是宗教[J].绿叶,2009,(09).

有待提升，以致诗歌意旨的再生性与震撼力尚且不足；在诗歌美学的建构和追求上，还显示出单纯化、扁平化、碎片化的倾向，缺乏系统性、丰饶性、繁复性。因而，他们的诗歌之旅还任重而道远！

（发表于2022年第5期《中文学刊》杂志）

乡土情结、情感脐带与精神内核

——读江华瑶族诗歌群的诗歌随想

　　爱平兄知道我近几年写了些诗歌评论，便给我发来江华瑶族诗歌群13位诗人的作品，每人一组或数首，并嘱我评一评这些诗歌。我虽有点忐忑，但还是答应了。为何忐忑？一次评论十多位诗人的诗歌，在我的评论"履历"中比较少见，担心力不从心，生怕挂一漏万、蜻蜓点水，或者拉拉杂杂，不得要领。为何答应？主要有两个因素：一是爱平兄坚持诗歌创作四十年，成果丰硕，曾获第三届毛泽东文学奖、第九届全国少数民族文学创作"骏马奖"，还满腔热情地组建瑶族诗歌群，带领江华瑶族诗人紧密团结、不懈创作，这些都令我感动；二是我对江华瑶族自治县很有感情，我多次前去，去了许多地方，结识了许多朋友，这十余位诗人中的大多数我还认识，以前也读过不少他们的诗歌，于情于理我也必须答应。

　　江华瑶族自治县风景优美，是一个超脱世间纷扰的世外桃源，它以自成体系的风土人情构建了一个自足的世界。以瑶族文化为核心的地域文化和历史人文底蕴深厚，竟然涌现出数十位作家、诗人，被誉为"江华文学现象"。无疑，瑶族诗歌群就是"江华文学现象"中一道独特而靓丽的风景。江华瑶族诗歌群诗人的书写和表述方式不同、风格不一，别有意趣，但无不立足瑶山，有着浓郁的乡土情结，其情感脐带始终维系着家乡故园，表现出质朴、坚韧、乐观、豁达的精神内核。他们的诗歌，既有沱江的清韵与灵动，又有姑婆山的广袤和深邃，境界开阔舒展，意蕴深沉丰厚。

神秘、神奇的表现方式，是对外部世界的疏离与向往

江华瑶族诗歌群的诗人，他们生于大瑶山、长于大瑶山，阅历虽有不同，但他们的灵感和创作的源泉都来自大瑶山的山光水色、风花雪月、庄稼田园及瑶族人民的日常生活、传统习俗。发酵于瑶乡的诗歌语言，具有一股扑面而来的乡土气息和瑶族风情；神秘、神奇的诗歌表现方式，对外部世界的排斥与疏离、渴望与向往并存，沉凝的思考与深刻的孤独感同在，既让人却步，又令人神往。

"是在子夜／独上山头／风一吹／长发飘起来／像黑夜／／鸟儿睡得死死的／只有一两声狗叫／破空而来／显得那么遥远／这黑压压的世界呀／无边无际／无牵无挂／白雾／从山下／慢慢地升起来／一缕缕一团团／像一道巨大的悲伤／覆盖了整个山头"，这是黄爱平的《黑夜》，调子明显趋于冷峻、迂缓、不动声色，诗歌透露出一种强烈的陌生感、间离感、寂寥感。人间到处有黑夜，可这样的黑夜只属于遥远的大瑶山。身处此时此境，神秘、凄清、迷茫、空旷、孤绝、悲伤犹如白雾冉冉而升，从山下覆盖到山头，从脚下弥漫到头顶。"巨大的悲伤"来自何处，又去向何方？是实景描述还是幻觉世界？留给读者的是无边无际的遐想，是心灵深处的感悟与追问，是人生终极意义的思考与检视。

高庆周的《想和你一起去看海》最后两节如下："小溪逐渐肥壮的身躯，在瑶家三月／增添力度／这时，想和你一起去看海／去看看海的深度和宽度／借潮涨潮落余波，映衬我恒久的胸脯／／越过三月／还想和你一起去看海／我用姑婆山的高度，说服／尚未走远的村姑。"这首诗的调子比较明朗、轻快，可表现的主旨还是挺沉重的。大海和高山，在词义上不是反义词，在

视觉上也不构成对立，但在大瑶山瑶族人民的心里，它们就是完全不同的事物，如果说大瑶山是他们的"牛奶和面包"，那么大海就是他们的"诗和远方"。天天见山，开门见山，睁眼闭眼都是山，谁不渴望见到大海？谁不向往外面的世界？小溪在瑶家三月肥壮，让人联想到大海，也让人产生想去看海的冲动；越过三月，小溪瘦了，"还想和你一起去看海／我用姑婆山的高度，说服／尚未走远的村姑"，其实不用说服，村姑早已动心了。

唐崇慧，他的诗歌无须多说，更无须解读，既好读又好懂。比如，《今晚的月亮》写得多么漂亮："像一只白色瓷器／展示于苍穹，与脆弱的人间／保持恰当的距离／／正在发生的某场战争与它无关／再强大的武器也抵达不了／它的孤冷／／轻举轻放地行走／生怕踩疼了／它的影子／／试着用一只手，将它拎下来／紧紧攥着，不漏一丝光／却忽略了：它只在天空安分守己／／长久地仰望／它是如此透彻：／无论多大的风，都吹不走它。"月亮"像一只白色的瓷器"，神秘吧，神奇吧，天才才有这样的想象力。"无论多大的风，都吹不走它"，大咖才有这样的表现力。新颖、奇巧、稀罕、美妙，他的情感脐带始终维系着家乡故园，大瑶山的月亮超凡脱俗，既高挂天上，也悬于内心。

陈宇的《和星星说话》富有意趣："天色暗下来／我在阳台仰望星辰／漫天的星光投影在黑色的夜幕上／／星星明亮的眼睛，一眨一眨／如同闪电击向我平静的心波／"嘿，你好！"星星从远方／向我招手。夜出奇的静／我只能和星星说话／／盯着它们久了／会感觉星星在缓缓地向我移动／越来越近，越来越近……／触手可及的瞬间／又弹射到无垠的天际／我想摘下一颗／星星却说：我们隔着一条银河。"一个年轻人和星星说话，什么情况？是童心未泯、浪漫情怀，还是寂寞无奈、渴望与人交流？陈宇不愧是一个朝气蓬勃的诗人，思想是何等的活跃，情感是何等的纯真，内心是何等的繁复！诗中描写"我"和星星的形体语言、表情、动作极为具体，可与星星的对话，仅有两句——"嘿，你好！"（诗人向星星打招呼问候）和"我们隔着一条银河"（星星的回答）。全诗简洁、明快，击中读者最柔软的内心，想摘下星星只能是幻想，可我们又如此需要这种幻想。

"山上的树木倦了/便开始涨潮般的发芽/绿得发亮的群山退成一片海/汹涌的大海，格式化了一切/把所有对山的记忆都复制到磁盘//鸟儿出现，在海的上空/我和你无法回到过去/群山就是汹涌的大海/它，淹没了我/和你的世界那朵谦卑的浪花"，这是唐世日的《群山就是汹涌的大海》，不知是巧合还是偶然，竟然也将山与海联系到了一起。他写山还是写海？山和海在他的眼里已不可分辨，在他心里已融合为一。这首诗从表面上看是写景，实际上是写心、写寓意。他采取神秘又神奇的诗歌表现方式，对外部世界的疏离与向往显而易见。

还有，盘国富的《夜的哀歌》、尹力的《候鸟》、赵荣学的《所从来者所依饭》等这些诗歌，都可作如是观，从外部的呈现到内心的激荡，其实就是诗人对故土家园、民生情怀的抒写，对美好生活的憧憬与追求。

丰赡、旷达的诗性表达，是对内心情感的触碰与深掘

丰赡、旷达的诗性表达，是江华瑶族诗歌群诗人的共同追求，也是一个比较突出的特点。他们有着强烈的忧患意识，既注重历史、关注现实，又憧憬未来。他们的诗歌往往摆脱了日常琐碎的现实生活羁绊，进入更具精神层面的诗意开拓，对内心情感轻轻触碰或深掘，具有旷达的时代感与历史纵深感的精神向度。

刘朝善的《我们在大雾中走失》中写道："应该是在昨夜沉睡之时/浓厚的雾气从更高处的天空下沉/或是从最低处的河岸升腾/不声不响充满整个世界//不确定的漂浮感来自一个大雾弥漫的早晨/临窗远眺只是形式/看见模糊和不安/是谁牵手走过斑马线/踩着上课铃声的节奏/又是谁走出乡下院子的柴门/去了竹林边露水清亮的菜园//我们选择少有人走的路/一路风尘/回到人烟日渐稀少的乡下/昏黄灯盏下燃起隔年的枯木/闪亮的火光带来贴身的暖和安稳/喧嚣之外过简单日子的想法/越来越强烈//门前蜡梅寒枝挂满

了待放的花苞/有了微微的暗香/却没能等到盛开/就要返程//穿过现实中的大雾/和内心的阴影/不是归途。"诗里写的是现实生活吗？显然不是。那么，写的不是现实生活吗？又不是，而是现实与非现实交织的一种生活状态。他将琐碎的日常生活经由心灵过滤、重组，在审视自我与世界中参悟人生。孤独、不满、迷茫、徘徊、担忧、憧憬等，这些都寄寓在特定的场景"大雾中"。我们渴望从喧嚣的城市回到乡村，过简单的日子，可是，能行吗？还没等到蜡梅盛开"就要返程"，也许"我们在大雾中走失"。这就是诗人刻意向精神层面的掘进，以灵动而丰厚的心境观照现实世界。

在这一辑作品中，只有唐晓君写的不是江华瑶族自治县的大瑶山，他写的是一组关于三元里的诗歌。三元里是广州郊外的一个小村庄，第一次鸦片战争时期，因三元里和周边103个乡的人民英勇抗击英军而名扬天下。摘录唐晓君《两尊铁炮》中的几句："它们在背风的围墙下蹲着，宁静，缄默/像两位古稀老人，蜷曲着身子/晒太阳，不想被人打搅。""他们陆续走进了岁月。但那无怨无悔的笑容/映照在它们身上，被时光机镌刻下来，绽放出/一朵又一朵开不败的花。"唐晓君将一百多年前发生的英雄壮举与当下的悠闲场景结合起来抒写，表现战争与和平、危险与安逸、邪恶与正义如此重大而严肃的主题，举重若轻，功力不凡。他把两尊铁炮当成两个老人来写，虽说是不失聪明之举，但并没有什么特别之处。村民在岁月过往中露出笑容，笑容映照在铁炮身上，绽放出一朵又一朵开不败的花。这句给我们带来了惊喜。惊喜猝不及防地触碰到我们内心情感最为敏感的地方。那种抵御列强侵略的大无畏精神，就是一朵又一朵开不败的花，植根民间，开在人心，永不凋谢。

陈宇的《伞》最后两节如下："人群中一个高大的身影/抱起两岁的女儿飞奔而过/可雨太急，搂在怀里也无济于事/只见父亲脱下衬衫，披在女孩头上/直到避雨的地方/才大口喘着粗气，瘫坐在地上//我想，是否每一位父亲/都是一个可以遮风挡雨、充满温情的港湾？"这首诗前面是描述、铺垫，调子平稳，直到最后一句突然发力，转而一问，意味悠长，让人警醒。读到这里，谁能轻易掠过？心里肯定都会咯噔一下，顷刻让我们领略到陈宇的诗歌语言强劲的爆发力，以及他广博浩大的同情心。他对诗歌语调语感的把控与运用，已达收放自如之境。

"昨天微微亮，十六位抬棺的人/抬着棺/步履很慢很慢//上山的路狭小，荆棘丛生//他们像英雄/遇山开路，逢水架桥/谁都不会避开//我想/此刻他们的世界里只有一口棺木/和住在棺木里的人//原来，他们也用铿锵的步子/迎接太阳升起。"唐世日的《抬棺的人》书写死亡，悲痛、肃穆、庄重又神圣。死亡，是一个人生命的终结，也是到另一个世界的开始。生老病死是自然法则。在抬棺的人（或者活着的人）眼里和心里，对死者的离去是害怕，还是平常对待？是不屑，还是尊重？这是一个沉重的话题，也最能反映出当地人们的处世态度。"此刻他们的世界里只有一口棺木/和住在棺木里的人//原来，他们也用铿锵的步子/迎接太阳升起"，对于死亡与重生、悲伤与喜悦、过去与现在、今世与来生，他们复杂的内心情感已完全打开，他们的人心、人性、人格已显而易见。对未来，他们是坚定的、豁达的、乐观的。

尹力的《寄给父亲》中写道："清明节/这是多么揪心的日子/我不想称之为节/父亲的身影老早就回来了/没有胖也没瘦/脸色有些苍白/永远带着似笑非笑的笑容/我想/母亲如果看到您/会有怎样的舒心//您给我们拍的照片/我们都存放好了/常常翻看/已经边角泛黄/如果您想我们/我把照片给您寄去/可是/忘了问您那边的地址/常常以为您没有老/而我还正年轻。"他没有直接去写对父亲深深的怀念，也没有直接表白自己的悲伤。可他有一个愿望——如果父亲想我们，就把他给我们拍的照片寄给他。这个想法合情合理，可这个想法无法实现。因为"忘了问您那边的地址"，字里行间饱含深情，不再是对内心情感的轻轻触碰，而是深度掘进。

"窗外的雨，桌上的橘/还有如烟往事/汇聚在逼仄的陶瓷碗里//拨开夜幕里的霓虹/看见婀娜的过往/悄悄抚慰跌落的梦想//有时躁了，有时倦了，更多的是累了/向前却只能都收了//有些话，坟前说了/不怕扰了先祖/

半夜托梦而来，促膝相谈。"邓吉和的《四月》中的这一句"半夜托梦而来，促膝相谈"，直击内心，令人泪目。

盘国富在《雪的哀歌》中写道："雪的哭泣也无法改变——我捧着雪/捧着这些我们外在的心脏、往事的心脏/聚集在一起，我们用心脏来摩擦心脏/使这样的夜晚变得洁白发亮。"他又在《夜的哀歌》中写道："房顶上那缕时有时无的风/在'金'的房间里朗诵，在'木'的房间里书写/在'水'的房间里疏解，在'火'的房间里饮酒/在'土'的房间里苍老，在'虚无'的房里睡眠。"这两首哀歌，用情至深。如果没有刺心的疼痛和灵魂的撞击，没有参透万物，是无法写出这样的诗句的。

意象、细节的巧妙撷取，是对营造诗意的诱惑与丰盈

诗意的营造，关键在于意象与细节的撷取。意象与细节撷取的巧妙，往往对诗意营造构成诱惑、构成支撑，导致诗意的延展、扩充与丰盈。读江华瑶族诗歌群诗人的作品，我觉得他们对意象与细节的撷取十分注意，也十分讲究。我无意中发现一个十分有趣的现象，13位诗人中竟有7位写了月亮。这难道仅仅是巧合？我不这么认为。下面，仅以月亮这个意象为例，分析其在营造诗意中起到的作用。

月亮，是中国古典诗歌中最为常见的意象之一。诗人对月亮有一种独特的情感。中华民族对月的惊叹和对月的深情超过世界上任何一个民族，形成了中国人一种独特的月亮情结。在现代新诗中，许多诗人对月亮这一意象也非常喜爱，佳作不胜枚举。为何？因为月亮与山、水、树林、天空、房屋、动物、人、影子等，都有着千丝万缕的联系，月亮这一意象蕴含十分丰富的信息量。江华瑶族诗歌群的诗人基本上生活在大瑶山，对他们而言，山里的月亮与城里的月亮显然不是一回事。他们对月亮情有独钟，他们对月亮的观察更细、感情更真、感悟更深。

黄爱平的《夜晚》中写道："每当夜深人静/我从睡梦中走出/爬上山

顶/月亮在头上/老狗在身旁/我们就这样/望着黑沉沉的远方/直到天明。"夜深人静是情思难禁之时，天空中的月亮普照人间，抚慰"我"无眠的孤独。如果这首诗里没有"月亮"这个意象，诗意就会大打折扣，甚而诗意尽失。

陈宇的《当月亮爬过山岗》中写道："当月亮慢慢爬上山岗/这是我见过的，最大最红的月亮/霞光升起的时候/我许下一个小小的愿望/——可以看见明日的太阳。"月亮触动他的心弦，牵动他的情思，勾起他的遐想。"最大最红的月亮"成为这首诗中最抢眼的景观，这一意象为诗意的营造奠定了深厚的情感基石：它有别于任何一个地方的月亮，它是眼前的月亮，又是心里的月亮。

盘国富的《夜晚的竹篮轻又轻》中写道："人群的欢声笑语飘过来飘过去/一个老太在广场边上卖竹篮子/七只篮子中、哪一只最为轻盈/我想起了居住在山村里的阿婆/想起她从破开的竹子拉出篾条/如今她的骨头变得像月亮一样轻。"诗人由眼前的竹篮，想到居住在山村里的阿婆，想到她一辈子就是从破开的竹子里拉出篾条，再织成竹器、篾具。人生平凡，命运低贱，可她一生勤劳、灵魂高尚，"她的骨头"堪与"月亮"相比。此诗中的月亮作为一个比对的物体，洁净、轻盈、高远、神圣。

金锦云的《月亮》，共四节："（一）月亮/从水里到天上/需要一些往事伪装//今夜一枚月亮落在远山/我伸出的手/握不住方向（二）我们聆听湖水拍岸/一轮一轮的心事随水波由近及远//人在岸上/月光正透过指间/漏向河床（三）木楼里的旧时光吱吱地响/背影刻在脑海中//我渴望一间楼房/上下层/擦去泪光（四）楼道里有鸽子/啄食阳光/看不清她们的眼睛//把饼干放在手心/像月亮一样轻/屏住呼吸。"他将月亮这一意象作为情感的载体，意蕴十分丰富。幽静、自由、纯洁、美好、永恒、沉思、孤单、凄清、悲伤、离别等不同的意蕴形成了不同的审美意境，诗意也在这不同的审美意境中无限延伸、扩展、丰盈。

还有高庆周的《月上柳梢头》、唐崇慧的《今晚的月亮》、盘国富的

《煤油灯照亮的夜晚》、周军的《熄灭前》，都有对月亮的抒写。离别与相思、故园与思乡、恒久与惜时，借助一轮明月抒发内心的情感，营造无尽的诗意。

诚然，他们在选择和撷取意象的同时，十分注重细节的运用。上面列举的诗歌中除了月亮这一意象外，还有许许多多形象、生动、入微的细节滋养着丰富的诗意。下面，侧重分析一下其他几位诗人的细节运用。

李精兵的《在寂寞的清晨》中写道："我们注定离开，我们皆是同乡人。/我们/轻易透露压在心底的秘密//岸芷不再汀兰，沿着八月路径/一些看似闲散的杂草在扭捏/我目送你和曦光往初秋深处走远//丁香树上的露珠有幸滴在我的脑门/宛如木鱼敲响/一声，二声……"诗虽短，但细节密布，如"杂草在扭捏""我目送你和曦光往初秋深处走远""露珠有幸滴在我的脑门""木鱼敲响"等都恰到好处地营造了离别、担忧而又未陷入孤独、悲伤中的诗歌意境。分别并不可怕，在当今社会司空见惯。只要我们与自然交流、与世界交流，就会发现世界不仅在我们眼前，也在我们心里。

赵荣学在《漂流的涔天河》中写道："涔天河在三伏的日光下漂流/鱼逆流而上。野蛮生长的石蛙背井离乡/野猪占领家猪领地/竹鼠的膳食结构更新换代/杉树又开始遮天蔽日/苦茶和山泉都装进山外的纯净水瓶。"涔天河水库扩容、修建大坝、水位抬高数十米，那么对两岸生态势必会带来影响。很明显，赵荣学挑选的细节都关乎动物和植物，有自然界的实，也有诗人心中的虚，有天然，也有人为，利弊均沾，如何趋利避害，引人思考与反省。

刘朝善的《淡水河边的烟火》最后两节："曾有过的繁华/是多年以前乡下村前的小河/流水潺潺/河风吹拂柳枝和奔跑的孩子//到如今，水一直瘦下去/那么多奇形怪状的石头失去水的温柔/不情愿地裸露出来/在冷清的暗夜里失声痛哭。"刘朝善撷取细节可谓"处心积虑"，细节本身没有立场、观点，也没有情感，但他把细节放在一起，巧妙地形成对比，其立场、观点和情感就表现出来了，诗意亦随之而来，且越加丰盈。这些对比的细节已经释放出更大的能量，在诗意营造中成分蘖状态、成蔓延之势，恣肆、放纵。通过这样的诗意营造，这首诗带给我们的不再仅仅是风景的呈现，而是回望、思考、惋惜、想象和期待的心灵律动与思想激荡。显然，这不仅是淡水河边风情与遗存的写照，更是诗人对家乡山山水水无比的热爱和眷念的情感表达。

通过对上述江华瑶族诗歌群诗人的作品进行分析，可见他们对家乡故土的热爱和眷恋，对本民族优秀文化、传统、习俗的弘扬，对美好生活的追求，对人生意义的思考，那是从血管里流出来的一种自觉，既是个性的，又是共性的，有着浓郁的民族特色和鲜明的地域特征。但也毋庸讳言，少数诗人在诗歌技巧方面还存在一些问题，诸如诗歌语言比较粗糙，缺乏打磨；诗歌表现方式比较单一，缺乏丰富性；诗歌的意象和细节不足，存在表面化、扁平化现象等。在今后的诗歌创作中，这些都是值得注意和改进的。期待读到更多更好的江华瑶族诗歌群的诗歌作品！

（发表于2023年第2期《中文学刊》杂志）

辽阔、丰富、深刻与温暖的诗性表达

——评南蛮诗集《水》

　　南蛮诗集《水》①，凡九卷，收录诗歌约600首（包括组诗、长诗），共646页，是目前为止笔者见过的收集诗歌篇什最多、单本最厚的个人诗集。南蛮，在略显木讷的外表下，有一颗机警敏锐的心，心里有一个鲜活灵动、繁复多姿的诗歌世界。他常以个体经验或审视或融合普泛的人生经验，以小见大，平中见奇；他又常以蕴含温度的文字，唤醒读者感性的生命体验，他的诗歌充满热情、温暖、挚爱与痛苦，引发读者对人之生存境遇的真挚同情和对人类命运的深切关怀。他的诗歌往往采用隐蔽、含蓄、不露痕迹的方式，阐释与揭示事物的灵魂，把抒情性与哲理性巧妙结合。于平常的词语蕴藏辽远的意境，于单纯中见丰富，于物象中见精神，无疑会给读者提供一种独特的审视视角、感悟媒介和审美方式。诗集《水》就是一部实验性、探索性较强的力作，显示了南蛮诸多方面的才能及深厚的文学和美学功底。

---

① 南蛮.水[M].桂林:漓江出版社,2014.

一、题材的"随意"与立意的"讲究"

南蛮的诗歌题材广泛，可谓包罗万象，看似随意，实际上眼见耳闻心想皆可入诗，人、景、物、象信手拈来。事实上，诗人始终站在一个精神世界的高处，反思世俗日常的生活，将日常生活中的人和事、物与理对接诗人早已"准备的""存在的"精神向度，经过触碰、摩擦、融合，然后释放内心深处的信息和情绪，于自然、流畅、朴实中直抵人心、击中要害、发人深省。这显然不是任意而为，不是无选择、无挑剔、无意识的撷取。南蛮在人、景、物、象的择取、归集、立意、表达等诸多方面实际上还是很讲究的。因其无雕琢无拼接之痕迹，加之不刻意、不纠结、不打扮、不做作，使得读者往往忽视了其"讲究"的一面，而立意的奇诡、深邃、不露声色，是南蛮诗歌最为突出的特征。

以《水》中的卷一为例，全都是写人物。以诗集中所写人物的先后顺序罗列，他（她）们是父亲、母亲、舜、屈原、李白、杜甫、柳宗元、苏东坡、慈禧、李长廷、田人、西川、月浪、文紫湘、莫言、文高平、王明娟、宋祖英、王丽君、毛激流、谭群英、陈军屹、刘晖、文朵、陈佳酿、帕瓦罗蒂等，涉及近100人，这些人物他们分布于五湖四海，从事各行各业，既有大人物、社会名流，也有小人物、平民百姓，还有小朋友；既有非常熟悉的、见过面的，也有陌生的、未曾谋面只是耳闻的。南蛮写人不忌讳、无禁区，这是一般诗人难以接受亦无法做到的。南蛮写人无拘束，如人物的体貌、年龄、内心、职业、品行、特长、个性、地位、爱好，甚至脾性无所不包。南蛮见人有感即发，信笔所至，妙趣横生。如在《舜》中写道："……舜/一个裤脚高一个裤脚矮/他的衣衫沾满尘土/舜不修边幅/舜说——/春天就是他的边幅/大地就是他的边幅/他的边幅繁花似锦/他的边幅美不胜收……"舜原本就是一个捕鱼种田的农夫，尔后成为广大百姓敬仰爱戴的明君，其耕历山、渔雷泽、陶河滨的形象在诗中呼之欲出。又如《致西川》中写道："太阳是西川的拳头/西川一拳打来/正中时间的要害/时间一个趔趄/成为黄昏/成为黑夜/我在黑夜的窟窿里思考上帝与人类/人说一千个读者就有一千个哈姆雷特/我要说一个西川就有一千个拳头/论拳击我不是西川的对手……"西川是一个极富思想深度的诗人，他的诗歌就是他的"拳头"，他的思想就是他的"拳头"，南蛮将"太阳"比作西川的"拳头"，既新颖，又深刻。

南蛮的"不讲究"与"讲究"，像《水》中一系列的四行诗，尤为突出。《小娟》是这么写的："小娟的父亲在乡下种桃她在城里卖桃/那些桃子水灵水灵像小娟的脸蛋/有一天小娟突然不卖桃了/小区里的人们才觉得生活中不能缺少了桃色。"平常的生活纪实，小娟卖桃人们买桃，小区居民早已习以为常，可突然没有了卖桃的小娟，人们的日常生活似乎缺少了滋味，缺少的不仅是桃，更缺少了"桃色"。幽默中含机智，平淡中富哲理。《斧头》的四句是："我们的时代/再也看不到斧头的英雄气概/斧头被人为地碎成一口口小针/藏在暗处倾轧我们。"斧头已远离我们，工业化的推进，手工活几乎已被淘汰，工作效率大大提高，这是时代的进步。然而斧头碎成了"一口口小针"，藏在暗处时刻"倾轧"我们。现代工业文明的锋芒始终对准着人们柔软的内心，令人不胜唏嘘。"害怕、厌恶和恐怖是大城市的大众在那些最早观察它的人心中引起的感觉。"①本雅明很早就是这么认为的，这也是工业化、城市化带来的弊端。再看《大自然》是这么写的："吐出的叶子没有一片是假的/开出的花没有一朵是假的/大自然从不假心假意/它赤诚得像一个不谙世事的孩子。"大自然亘古不变的是真实，可在大自然中生存的人类呢？也许只有不谙世事的孩子才有资格与大自然相匹配吧。大人呢，假不假？读者自己想吧，或者对照自己回答吧！《我把东莞的每一个细节都装进自己的头脑》写得更有趣、更深刻："一颗

---

① 本雅明.发达资本主义时代的抒情诗人[M].张旭东,魏文生,译.生活·读书·新知三联书店,2014:162.

颗螺丝钉/把东莞拧得很紧很紧/一张张报表/让东莞迭起高潮//商家的招牌/是这个城市的胸徽/每一次交易/都让东莞吐故纳新……一位小学生在上学的路上啃着面包/一位美少女在下班的路上拎着她美丽的包/我把东莞的每一个细节都装进自己的脑袋/我渴望这座城市有更多的林荫大道……"城市的快速发展，高楼大厦的崛起，生产线的扩展，无疑会以人们生存的时间和空间的挤压为代价，人的生活压力、工作压力和心理压力也会随之增大。瓦雷里曾对城市化、工业化有过这样的看法："住在城市中心的居民已经退化到野蛮状态中去了——就是说，他们都孤零零的。那种由于生存需要保存着的依赖他人的感觉逐渐被社会机制磨平了。这种'机器主义'的每一点进展都排除掉某种行为和'情感的方式'。"那么，"我渴望这座城市有更多的林荫大道"，便是人们压力的"稀释剂"和"减压阀"，便是人们追求自然、宁静、安适、恬淡的生活理想。

南蛮的诗歌包含大量写人、叙事、即景、抒怀的诗篇，这些诗篇在题材的"不讲究"和立意的"讲究"上，暗地里是下过狠劲的，是进行过特殊发酵处理的，这也是他的诗作受到广泛欢迎的重要原因。

二、语言的通俗与诗意的深刻

南蛮有鲜明的诗歌主张，那就是"让诗歌大白于天下"，这不仅是他的诗歌宣言，也是他的诗歌实践。他诗歌的"白"，是通俗、好懂、易接受。有初中甚至小学文化的读者即可读懂，甚而没上过学不识字的人也听得懂。诗歌能如此，也许不是难事。然而在"白"的另一面是深刻、富有哲理、耐人玩味。读者因学养、见识、经验有别，就会有不同程度、不同层次的"悟"，就会有不同程度的"斑斓"和惊喜！南蛮使用通俗的语言，着力于深刻诗意的营造与揭示，并着力于构建其诗歌的美学伦理。这让我不禁想起张德明对诗歌的思想内容和艺术形式的论述："诗歌既然是一种艺术形态，就应该遵守某种艺术规则，就应该执行一定的审美要求，就必须践行艺术之为艺术的伦理规范。作为重要的文学体裁，诗歌创作必须在思想内容和艺术形式两方面都有所作为。在思想内容上，诗歌尽可能做到在短小的篇幅中承载最为丰富深刻的思想内涵，而不能停留在单调平庸、浅尝辄止的意义表层；在艺术形式上，诗歌创作必须做到用语节制……讲究结构营造，讲究意象选择，注重内在节奏的恰当处理。"①南蛮的诗作，就是这种艺术规则和审美要求的实践者。

笔者认为，《母亲》一诗可以看作是南蛮诗歌的通俗语言和深刻诗意充分呈现的典型，亦是其诗歌美学伦理的典型。"我的母亲/端着一碗水/在老屋里进进出出/我的母亲不懂得儒家文化/也不懂得物理学/但我的母亲懂得/把一碗水端平。"此诗语言再朴实不过，诗意却无比深刻。静态地看，就像展示在读者面前的一幅画——年老的母亲谨慎地端着一碗水；动态地看，这还是一组移动的镜头，母亲端着一碗水在老屋里进进出出，镜头由远及近，母亲端着一碗水向你慢慢走来，然后站在你面前，再然后你眼中是端得平平的一碗水，镜头定格。此诗用非常通俗易懂的语言，在短小的篇幅中承载着丰富深刻的思想内涵，同时诗人通过精心的结构设计和有效的意象选取，加上极富韵律感和节奏感的表达，使诗歌直奔丰富深刻的意义指向。

再看另一首《李白从来不微笑》中写道："李白从来不微笑/李白只狂笑/李白的狂笑/是唐朝的摇滚//唐朝/在李白的摇滚里/狂欢/豪饮/然后醉倒//我渴望李白的狂笑/我渴望唐朝的摇滚/……够了/十万条短信/也当不得一句床前明月光……李白从来不微笑/李白只狂笑/啊我的祖国/我二十一世纪的祖国/我渴望李白的狂笑/我渴望唐朝的摇滚。"唐朝的繁荣无疑是中国封建时代的一个高峰，唐朝的诗歌无疑是中国封建时代诗歌的一个高峰，李白无疑是这个高峰之顶。二十一世纪的中国，这个具有优良传统的诗的国度，竟然出现庸俗、媚俗的娱乐至上、娱乐至死的文化现

---

① 张德明.诗想的踪迹[M].梁平,龚学敏.成都:四川文艺出版社,2017:66.

象，人们的审美观、价值观出现严重偏差，对比之下，诗人何以能安，何不激愤？南蛮触及了现实本质，将现象背后掩盖的深层次问题揭示开来，凸现其锐气和锋芒。这首诗的语言平白、浅显、大众化，没有高深莫测，没有故弄玄虚，可语言背后的感染力、杀伤力何等尖锐、强劲，诗意何等深刻。

南蛮的诗歌文字鲜活，元气充沛；语言通俗，语感活泼；节奏感强，爆发力足；意象纷呈，寓意深刻。他这种特色鲜明的语言所呈现的诗歌不仅能给读者以身临其境之感，还能给读者带来回味无穷的思考。南蛮诗歌的艺术形式既富有音乐美（节奏），朗朗上口，错落有致，前后呼应；又富有绘画美（辞藻）、建筑美（诗节），善于选用富于色彩的词语来构筑画面，有绚烂之观，诗节匀称，诗句较均齐，有视觉之美。

三、事物的平常与想象的奇诡

南蛮诗歌的取材基本源于日常生活和大自然的一景一物，并非稀奇古怪的事物。南蛮写桃花、河流、大山、小草、树木，写大海、草原、荒漠，写虫、鱼、鸟、兽，也写风、雨、雪、霜、雷、太阳、月亮，还写了许多与地域相关的"地理诗"，诸如湘南、珠三角、海南、湛江、河南、舟曲、新疆、铜仁、凯里、江华、易江、渌埠头、石鼓书院、潇湘奇石馆等，大至数百平方公里的广袤地域，小至几十平方米的场馆，甚而一只虫、一朵小花。凡是大自然所有的，他就敢写，南方北方天上地下，他都敢写，且予事物以巧妙呈现。他的诗歌既显示大自然的粗犷豪迈，又散发着新颖、别致、清新和野性。南蛮写童年，写父亲母亲，写男女老幼，写市井生活，他笔下的这些元素古老却常新。笔者认为南蛮的可贵并不是他取材的宽泛，而是他写了别人没有写或不愿写、不敢写的内容，或推陈出新，或卓越出彩，或与众不同。

特别值得指出的是，南蛮想象的爆发点是多向的、全方位的，辐射面是广阔的、多维的，冲击力是强劲的、震撼人心的。正由于此，南蛮诗歌的辨识度也非常明显，他超越常人的奇妙而又有些诡异的想象，让读者一下子毫不费力地就能辨识出来。诸如诗集《水》中的几组长诗，尤以《在永州》《东莞惊艳》《美神》和《桃花集》最为突出。《在永州》一共有140节，约3000行。《在永州》之七："为了水有更好的表现/为了赋予水以形式和美感/在永州我与泥土岩石树木山坡/自愿组成漫长的河岸/让湘江通过/让潇水通过/让渔歌和船舶/让鱼群和水藻通过/永州通江达海/这是我作为岸/岸作为我/最大的快乐。"《在永州》之三十九："门前有清流/屋后有青峰/表叔那座美好的农家小院/我没有半点产权/但我的回忆与艳羡/早已把它完全霸占。"《在永州》之五十七："在永州的鸟雀们/在山顶上召开会议/那次会议没有印发资料/那次会议没有新闻报道/也没有领导做报告/那次会议畅所欲言十分活跃……那次会议一发号召/春就来了/山就绿了/花就开了/果实就怀孕了/——人间开那么多鸟会/什么问题也解决不了/对比山上的鸟叫/人其实是一群笨鸟。"永州，是南蛮的故乡，诗人书写的永州既是现实的、感性的，又是想象的、理性的。诗人经过奇思妙想、浮想联翩，异彩纷呈的永州就在读者的眼前徐徐展现，就在读者的心里具象化。《在永州》是一种延续、开放、包容的历史性抒写，是从阅历中来、到灵魂中去的写作。"这种写作并不因为体认到自己个体生命的重要，而轻视别的生命；这种写作并不因为感悟到自己的故乡珍贵，从而对别人的故乡、对外面的广大世界不屑一顾、杜门不出；这种写作并不因为要创建一种新的文化，就将旧的文化视为不共戴天之敌，从而连根拔起、碎尸万段。"[①]诗人南蛮在《在永州》里把他自己完全托付给永州的山水、森林、花草、虫鱼、村落、庙宇、云霞、风雨……让它们为他说话（有时候是它们把自己托付给了他，让他给它们说话）。南蛮立于永州这个特定的地理方位，抚今追昔，直抒胸臆，精彩呈现了古城永州悠久丰厚的文化底蕴和人文气

---

① 杨昭.诗人的魂路图:雷平阳论[M].太原:北岳文艺出版社,2014:50-51.

质。同时，他不仅只写永州，还写了广大的中国乃至更广大的世界。《在永州》之八十三："那些伟大的先贤们/使我们的历史十分肥沃/他们是寒夜里的星辰/温暖我的心灵……//老子成吉思汗李白鲁迅孙中山/苏格拉底歌德普希金华盛顿马克思/这些伟大的名字像广袤的原始森林/他们是人间奇观/他们涵养着人类文明的水土与水源……//他们依然活在我们中间/他们的户口本不在公安局/而在市中心的新华书店。"南蛮将永州置于中国乃至世界更宽广的视域下，巧妙地处理了历史和现实之间的照应与对接关系，既让历史落脚于现实，又让现实在历史的助益中得以深化，将故乡永州人民的情怀和品质生动而形象地传递出来。《在永州》之一〇二："在永州/我想从湘江出发/沿着水路/走遍全国/就像一滴血/沿着血管/走遍全身……"这种独语式的语流有如从诗人的心里直接流出，自然、真实、淳朴、真挚，读着这样的诗句可直抵诗人的灵魂深处。

四、表述的纯粹与意象的缤纷

南蛮的诗歌的表述方式和手段并不繁复，大多是比喻、拟人、排比、夸张等几种传统花样而已，诗歌语言和语感似乎也比较纯粹。然而，诗歌中的意象犹如雨后春花争相怒放、灿烂夺目、摇曳多姿、美不胜收。譬如长诗《美神》之一"你的每一根发丝/都有阳光的质感/你的睫毛/是我的屋檐//在你的屋檐下/我不想低头/我想仰视/你的灿烂"；《美神》之七十九"我要把你的微笑/和蒙娜丽莎的微笑/兑成一杯鸡尾酒/我不想干杯/这么好的佳酿/我要慢慢品尝"；《美神》之八十"我的目光/像一笔不良贷款/投放在你的身上/很难收回/不是你不愿意还贷/你根本就不知道这笔贷款的存在/是我有心让目光/成为烂账。"此诗每节都比较短，但意象迭出，令读者目不暇接、怦然心动、惊喜连连。再如《我们在水岭》其中的一节："田人是中国最瘦的诗人/他喜欢和草垛以及远山合影/也许他想用水岭的风景让自己胖起来/还有五大三粗的彭楚明/他走在石板路上/每一块石板都是他最合脚的鞋底/在水岭的山水间/我们喊一声王敦权和黄志新的名字/山水间的回声把他们的名字传递了三个回合/在水岭的山水间/空谷回音把我们的笑声/保存了三份复印件。"这么常规的排比、比喻、拟人的表现手法，在南蛮的鼓捣下竟魔幻般呈现出怪异、奇妙、缤纷的意象，确实出乎意料，明显地"不按常理出牌"。

南蛮写了诸多"地理"诗，如《在渌埠头》《湛江行》《五岭短章》系列、《黄溪》等，还有状物写景的诸多诗篇，如《湘江是我的手臂》《撕下太阳》《二月的桃花》《东莞的月亮》《写给山西人民的一封信》《梨花开在三月的蓝山》《题曾凡忠剪纸作品〈李鼎荣〉》等，亦是如此。"每一个词，及其色调、气味和韧性，不是现成而是无数可能；每一个词，与另一个词的距离、关系和友谊，不是现成而是无数可能：它们都在等待着属于自己的艳遇。"①南蛮的语言文字好像就是为营造缤纷的意象所储备的。他的语言文字的奇妙之处得益于：语言文字本身意义的不确定性（在不同的语境下可以是完全不同的意思，而多义词是这种不确定性最突出的表现之一）、被解读的不确定性（同样的语词、句子由不同读者读来会得出截然不同的多种理解）以及被使用的不确定性（同样的语词，同一人或不同人，可以个性化地出于不同目的、动机去使用它）这三个主要方面。南蛮对此了然于心，不管语言文字如何变化，均为其所用。比如《小娟》中的"桃色"，《我把东莞的每一个细节都装进自己的头脑》中的"报表""交易"，《母亲》中的"端平"，《在永州》中的"霸占"；再比如《美神》中的"屋檐""佳酿""干杯""贷款""烂账"等词语的应用，对营造缤纷的意象就有着出其不意的效果。

南蛮已年过半百，他博学多才，老成持重，善于思考。其诗歌成就与其经历、修养、禀赋、学识、品行、爱好等诸多方面是密切相关的。他的诗歌既体现着博大的家国情怀，又体现着殷切的悲悯情结。他始终关注

---

① 潘洗尘,宋琳,莫非,等.读诗·云南的声响[M].武汉:长江文艺出版社,2013:208.

人性、关注社会、关注现实，他的诗歌质地坚实、现场感强，同时，又具有一定的浪漫主义色彩。他的诗歌率真而随性，充沛而温暖。同时，也正是由于他的随性率真，显得有些诗歌沉淀不够，如一些应景之作，有"快餐式"之弊。他的文字有着令人吃惊的爆发力，但内聚力尚有所欠缺，往往表现为用过多过重的排比句、拟人句，显得恣意放纵、节制不够，从而导致语言的张力和弹性不足。当然，南蛮是一个孜孜以求、不断进取的诗人，他总是行走在探索的途中。继《水》出版之后，他近几年又创作了数百首诗歌，相信他能给广大读者带来更大的震撼和更多的惊喜。

（发表于2020年第4期《艺术广角》杂志）

尘世的卑微与灵魂的高贵

——冯果果诗歌给我们带来了什么

冯果果独特而精彩的诗歌世界，既有天地一样的广袤，又有尘土般的卑微。她常以率真的笔触抒写无邪的童年、浪漫的爱情、温馨的生活；也偶以凝重的情怀触碰尘世的隐痛与悲情。她尤其擅长于呈现高贵灵魂对卑微事物的观照，让读者在声音、色彩、气味与世相百态中感悟大地的氤氲，引发心灵的共鸣。冯果果的诗歌散发着不同寻常的魅力，带给了我们不同寻常的感受。下面，笔者主要从其诗歌造境意识的陌生化、审美意识的异质化、女性意识的自觉化三个方面来评析她诗歌的艺术特色。

一

诗歌的造境，作者往往以主观意识将客观存在巧妙地布展在诗歌文本中，生发出或空灵蕴藉、或丰满绚烂、或辽阔深远的艺术效果。诗歌的造境主要是通过语言和意象来完成的。冯果果的诗歌之所以令读者着迷，笔者认为与其语言表述的陌生化和意象呈现的陌生化密切相关。

诗歌语言和意象的常规化（熟悉感）是容易的，也是大多数诗人的惯常所为。而陌生化则是诗人有意而为之或刻意追求的，是不容易的，甚至是一个颇费工夫而艰难的过程。诚然，当下比较优秀的诗人的诗歌语言和意象都具备陌生化特征，但冯果果诗歌的陌生化特征更突出。其主要表现在语言陌生化的程度更强更广泛、意象陌生化呈现的频率更快更紧密。因其不同寻常的陌生化而让我们觉得更新颖、更别致，从而激发我们阅读的兴奋点和探索欲。一旦进入其诗歌世界中，我们的视觉、听觉、味觉甚至幻觉都被唤醒，进而被她的诗歌语言和意象的陌生化呈现所迷住，感觉到前所未有的刺激与酣畅。

如《丹凤记》组诗写的是丹凤县，其题记："如果说丹凤县呈手掌地貌，我甘愿永不逃出她的手掌心！"然后就以《小指》《无名指》《中指》《食指》《拇指》为题书写。《小指》一诗如下："我不是凤凰，我之为我／我的出生拜天所赐／／我出生的时候，丹江正在涨潮／一定有什么来到／也一定有什么，打马作别／／我的到来轻似鱼吻／只有凤冠山，轻启朱唇／及时将我，含在嘴里。""我的到来轻似鱼吻""凤冠山，轻启朱唇""将我，含在嘴里"，这样的语言，并非常规意义上的比喻、拟人修辞手法，这里的"小指"已隐喻为丹凤县的一部分，这一部分于整个丹凤县而言，面积不是很大，分量不是很重，"轻似鱼吻"，却被凤冠山"轻启朱唇""含在嘴里"。"手掌"与"小指"的融合多么自然，关系多么亲密；"手掌"对"小指"的疼爱之心、疼惜之情何其浓烈；"小指"对"手掌"的依赖之态又是多么憨厚和纯真。我们有谁见过"鱼吻"、见过山"启朱唇"？诗歌呈现出来的意象已完全陌生化了，但我们并不认为荒诞，反而觉得真实、可信、在情理之中。这就是语言陌生化带给我们的新魅力、新感受、新体会。

又如《等风来》是这样写的："我不想说我爱你是忧郁的／虽然，我忧郁地爱着你／／我用心，用诗，用古井的微波／雪域的光度，爱着你／／遇见你时，你居于蓝色火焰之上／玉树临风，细瓷般的光芒／／我可以记住你而不忘吗／我可以站在你的光环里，与你相拥吗／／初见／初见／／懂，敌过秒针／如是我闻，／如是，莲香幽幽／／拥我入怀，好吗／这一次，我要得具体。"这首诗中的"你居于蓝色火焰之上""懂，敌过秒针""如是，莲香幽幽""这一次，我要得具体"等，语言的陌生化程度很突出。题目是《等风来》，诗里只有"玉树临风"这四个字中出现一个"风"字，但诗中处处都有"风"的信息、"风"的存在——"古井的微波""蓝色火焰之上""玉树临风""莲香幽幽"等。爱情诗我们读得太多，但像《等风来》这样的读得太少，尤其是"用古井的微波/雪域的光度，爱着你""这一次，我要得具体"，其语言表述的陌生化出现的频率和节奏尤为密实、紧迫，"我"和"你"意象呈现的陌生化状态，简直妙不可言。

诗歌语言表述的陌生化和意象呈现的陌生化，贯穿于冯果果自2005年开始诗歌创作以来的全过程，在她的诗中随处可见——

《夏夜》之第二节："习惯于临睡前，持杯/站在大幅的照片前/手握当年、细瓷般的骄矜/雷鸣刺穿暗夜，剥开深藏的羞涩。"《降临》之第一节："亲爱的，遇见你之前/我的小心脏，如同包裹的花瓣/闭合的锦囊，节制的火焰。"《距离》之第四节："我是我的合欢花，毛茸茸的另一半/我说的是花蕊/它被天空倾倒，落满城廓/仿佛立春时节，爱情站在山顶/俯视/颠倒众生的人间。"《打开》的最后一节："听不见声音/也没有光/黑夜，在黑夜里/悄悄，打开歌声。"《无尽夏》的最后三句："他的期待如月光纷披/从睡梦中接住一些敏感词/无数碎片组成的团聚与美满。"《给某人》中写道："你在你的世界花团锦簇/我在我的世界守着一场白雪/我们有时候共用一场春风/有时候把雪团偷偷塞进对方衣领/大闹中，突然陷入一场风暴。"

冯果果诗歌语言表述的陌生化和意象呈现的陌生化，能够给我们司空见惯的事物赋予新鲜、新颖、新奇乃至使其完全陌生，然后把我们带入诗意中，带入可知和不可知的缤纷世界。

二

我们常常有感于当今诗歌的同质化现象突出，常常千篇一律、千人一面、无特色、无个性、无差异，使人厌倦，这也正是当今诗歌的硬伤；我们呼唤特色、个性、差异，希望诗歌异质化局面涌现，这才是真正的诗歌创新与繁荣。所谓异质化，与同质化相对，通俗地说就是与别人有异，凸显自己的个性。如果就商品而言，异质化的商品才具有核心竞争力。那么，对于诗歌而言，异质化的诗歌除具有核心竞争力以外，还具有明显的辨识度。事实上，古往今来追求异质化的诗人还真是不少，且往往都是些优秀的诗人，都是些辨识度很高的诗人。我们一读到诗歌，便知道作者是谁。比如唐朝，那么多优秀诗人，如李白、杜甫、白居易、王维、王勃、孟浩然、岑参、张若虚、柳宗元、贺知章等创作了那么多优秀诗歌，其辨识度都是很高的。长期以来，理论界认为这是诗人的风格使然，就以风格来推断作者，这当然没错。但笔者认为，真正形成诗歌风格的毕竟极少，且一个诗人的风格也不是一成不变的，不同时期会有不同的风格。如果依据诗人在各个不同的阶段之特质，以异质化来界定其作者和作品，也许更容易、更准确。

那么，诗人的标新立异是否就是异质化？肯定不是。当然，标新立异也有值得肯定的一面。不容忽视，当今大多数诗人的异质化追求，就仅仅停留在表现形式上的标新立异或诗意的表层，而真正深入诗歌内核，体现在审美意识上的异质化，少之又少。值得庆幸的是，冯果果就是一个杰出的代表。她的诗歌的异质化，除了语言表述、意象呈现陌生化以外（其实，这也是异质化的重要内容之一），更主要的是体现在其审美意识上。她的诗歌的异质化恰巧深入到诗意的内核和审美的本质，尤其显得难能可贵。

她这种诗歌的异质化深入到诗意内核和审美本质的特点，我们可从她诗歌的评析中得到认证。

先看《潘金莲》是这样写的："临街的窗户已不再打开／在阳台上养了绿萝和吊兰／吊带裙，露脐装束之高阁／水晶鞋每天在橱窗里闪耀／从高处取一些雪莲／从木头里提取沉香／一些蚂蚁已远去，一些蝴蝶正赶来／被清明节的晨露洗濯了一次又一次后／看山还是山，看水还是水／'哟，西门大官人，您来了'/隔壁王婆大声叫嚷/头顶的木棍却再也没有落下/潘金莲打开书卷/她要边读书，边等武大回来。"谁这么写过潘金莲？谁敢这么写潘金莲？只有冯果果。冯果果诗歌审美意识的异质化，就是这么大胆、直接，触及内核和本质。同时，她的审美还蕴藏着诡秘气息。诡秘，是冯果果的一个"开关"，常常关掉我们熟悉的、日常的、已认知的场景，打开一个突兀、炫目、灵异、奇诡的陌生世界。她对这个"开关"掌控自如，还常常以此诱惑我们，从跟随、存疑、适应、认同到赞赏她异质化的审美。

再看《后来》是这样写的："从17岁到20岁，倏忽间/我就老了，容颜/凋零，打算忽略后半生/玫瑰的盛放令我愤怒/它的鲜红和母亲的血液相似//在那场疾病中，母亲的血/从她生命里全部出走/天，摔碎了/独自留下我，一具没有灵魂的躯壳/除此之外，苹果照常熟透/牵牛花疯了一样地开/……后来，你来了/你愿意和我交换岛屿，花朵，火焰，情书/我着了魔/我说：我愿意/我复活。"按照常规，诗人笔下的爱情要么应该是海誓山盟、感人肺腑的，要么应该是凄婉哀伤、悲痛欲绝的。再按照常理，17岁到20岁的少女应该是青春阳光、魅力四射的，对爱情的憧憬是无比美好的，遇到心仪的"他"时会心跳加速，会心花怒放。可冯果果笔下的这位少女恰恰相反，冰冷，麻木，厌世，人老了，心死了……即便"你"的出现，让"我"着了魔，"我"愿意复活，但是也没有花前月下、海角天涯，没有欣喜若狂、忘乎所以，情节虽发生了让人期待的逆转，可场景还是那么沉寂、清冷，心境还是那么沉郁、克制，甚至还透着一丝丝彻骨之寒意。冯果果的诗歌不仅是现实图景和生命的直接呈现，也是对这般呈现巧妙的艺术处置——或提升，或予以限制，以致诗歌中的现实图景、生命呈现转化为艺术化的呈现。其重要手段就是"遮蔽"。这种遮蔽诱惑我们去发现、去深入、去寻找答案。有趣的是，这种遮蔽又恰似一种过滤，现实图景和生命的艺术呈现因这种遮蔽而更为真实、更为清晰、更为肯定。

然后看两首短诗。其一，《异类》，此诗写法也有点怪异。它是这样写的："异质的野性之花/不活在谁的期待里/当我惊异于它的细小，圆润，惊艳于/它的蓝，一种从未见过的蓝/我不知它叫不叫蓝/我也不知它的学术名/问起你，狡黠地说叫野花/切，我偏唤它/蓝朵。"这也是挺有趣的一首诗，有趣就有趣在有点调皮又有点调侃。调皮和调侃，是冯果果审美意识中诱惑我们身心放松进入诗歌意境中的又一绝招。其二，《空椅子》一诗亦如此："打开门，风灌满荒草丛生的庭院灌满空屋/蛛网把湛蓝的天空分成许多块儿/左边一口弃置枯井，右边一张藤椅/像墓碑，又像草莽，更像孤独的帝王/那藤椅，一直空着/长出青苔，长出野性的粗粝/它一直空着/它空着，代表从前的人去了远方/代表他不可取代的唯一性。"此诗在调侃中揭示了一个十分严肃的问题——即便某一把椅子空着，也不可将其挪开，即便明知"他已去了远方"，别人亦不可随意去坐。这把椅子空着，仍然代表具有不可取代的唯一性，仍然代表具有不可触碰的权威性。

冯果果在其诗歌审美意识中，往往借助某一特定的物件来架构成一种超形象的形象，亦即一种超现实的现实。这种超现实的现实，已不仅只是自然的一部分，还是一种精神层面上的象征。

三

女性意识在现代诗歌史上大致经历了几个重要阶段。

冰心、林徽因、陈敬容、郑敏等诗人，对女性主题的拓展与超越拓宽了女性诗歌的视野。20世纪70年代中后期的思想解放，让舒婷、林子、傅天琳、申爱萍、王小妮等新一代"夏娃"觉醒，丰富了女性诗歌的内涵。20世纪80年代，翟永明的组诗《女人》及序言《黑夜的意识》发表，标志着女性主义诗歌的诞生。紧接着，唐亚平的组诗《黑色沙漠》，孙桂贞（伊蕾）的组诗《情舞》《独身女人的卧室》《流浪的恒星》闪耀诗坛，陆忆敏、张真、海男、林珂等女性诗人标举女性意识的闪亮出场，形成以女性深层心理揭示、极度强调女性角色与自恋情结为主的躯体诗学，替代了舒婷、林子等一代诗人的角色确证，从而确立了爱欲的固有存在意义。"以男性话语霸权的解构和女性自白话语方式的建构，改变了女性被书写的命运。"①20世纪90年代后的女性主义诗歌从躯体写作出离，出现新的审美指向：性别意识淡化，向日常化和传统"掘进"，内省式叙述和语言呈明澈化趋势。

进入21世纪以来，余秀华的出现引起了又一波女性主义诗歌的热浪。"实际上余秀华很多的诗歌是安静的、祈愿式的。而她那些优秀的诗作则往往是带有'赞美残缺世界'态度的，尽管有反讽和劝慰彼此纠结的成分。"②张莉在谈到余秀华现象时，分析得很客观很透彻，"许多人只看到那句'穿过大半个中国去睡你'，却看不到她的诗本身的开阔和辽远。她写下爱的强悍、爱的无理，以及爱的动荡。也许，正是因为这些诗句，许多媒体记者都去追问这位女诗人的爱、婚姻、性。问题中有好奇，也有猎奇。采访中许多记者好奇她的爱、婚姻与性，你就知道这个女人要冲破多少束缚才可以表达那些情感。她似乎天然不把这些条框加诸自身。"③其实，婚姻与性既没有什么可忌讳的，也没有什么可炫耀的。在论及胡茗茗诗歌时，张德明如此说："并没有回避对'身体'和'性'的书写，却并不是以此达到身体的展示和欲望的狂欢，而是为了揭示战争缝隙中留存的真实人性与人情。"④这样看待"身体"和"性"，看待女性意识的诗歌，才是文明社会的应有之义。

冯果果诗歌中的女性意识，主要因袭了20世纪90年代后的女性主义诗歌新的审美指向，淡化了性别意识，诗歌书写日常化比较明显，内省式叙述比较突出。她不像翟永明、唐亚平、伊蕾那么放肆和张扬，也不像余秀华那般强悍与无奈，她的女性主张始终是自觉的、优雅的、淡然的、温

---

① 罗振亚.与诗相约[M].成都:四川文艺出版社,2017:98.
② 霍俊明.陌生人的悬崖[M].成都:四川文艺出版社,2016:59-62.
③ 张莉.众声独语[M].上海:上海文艺出版社,2017:246.
④ 张德明.诗想的踪迹[M].成都:四川文艺出版社,2017:328.

婉的，甚至还带有一点低调与迷惑。与女权主义不同，在她的性别意识里最理想的就是男女平等，和谐融洽，性爱美妙。她对当今社会现实中男女地位实际性的差异持认同观点，并倾向于做贤妻良母、小鸟依人的女性角色。她的诗歌有半数以上具有女性主义诗歌的审美指向，既不猎奇猎艳，也不忌讳性和色。

我们来看《失眠》这首诗："百叶窗透进的阳光/照着你淡黄的衣服/你甘愿被阳光囚禁/如同我甘愿被你囚禁/我用失眠的双眼亲吻你/久久不愿睡去//你是黑夜里长出的向日葵/一闪一闪的，闪成我的太阳/我的梦就这么醒着/该干点什么呢/你就这么猝不及防撞进来/我还没有想好/该如何将你安放/我想对你说的，羞于启齿/我要把它写下来//我写到露而不解的旗袍/在虚拟的裸体上呼吸/写到合欢花，它的花蕊/写到良人的爱情/仿佛一下子/进入楚国。"诗中"黑夜""旗袍""合欢花"都隐喻着性别意识。冯果果的多首诗、多处地方反复出现这些词语，这是其女性意识的展现。"合欢"虽为花，但在冯果果潜意识里则象征着性爱。

"似从上海的鬓角斜飞而出/如最明亮的装饰物/派生出众多美人儿/裸钻气质，玲珑身段/从藤椅上起身/款款扭摆/以最亲密的姿势契合/美人儿的头，颈，肩，臂，胸/腰，臀，腿及手足/它看似紧密包裹/实则呼之欲出/这穿透纸背的背叛/装在旗袍里/装在民国的街道。"这首以《旗袍》为题的诗，可能是冯果果女性意识较强的一首。"美人儿的头，颈，肩，臂，胸/腰，臀，腿及手足/它看似紧密包裹/实则呼之欲出"这种身体的描写与情欲的表达，自然而不刻意，冯果果写作的巧妙就在于于温婉表达中有所节制，于温情的描述中带点含蓄，诗意浓郁而又被"紧密包裹"着。

我们再来看《妲己》是这样写的："马儿驰骋在无边的草原/马背上是你和我/我是你半路捡到的女子/你直接拉我上马/揽我入怀的第一句话是/你的气息太魅惑/你是狐是妖/我没有回答/继续我魅惑/你的亲吻我无力拒绝……我告诉你我叫妲己/苏妲己/这一生不要江山/不要金帛，只要一场/马背上的风月。"这首诗与前面列举的《潘金莲》有异曲同工之妙，在人们心目中妲己、潘金莲这两个女人都是红颜祸水。如果站在男性的角度，也许对她们的狐媚不一定就是否定和拒绝，也许还有一些动心和向往。可冯果果作为女性，照理应该是嫉妒、反感、鄙视、憎恨才是，相反，她同情她们，她们虽然狐媚，可内心寂寥、灵魂孤独。冯果果因此改写了这两个女人，改变了这两个女人。在冯果果眼中，潘金莲成了知书达理的贤妻良母，苏妲己"只要一场马背上的风月"，她们都"改邪归正"了。

《天黑就让它黑吧》这首诗是最为日常的生活写照，普普通通的牧人，平平常常的一天，安逸祥和，生活充实。普通人有普通人的乐趣，"痛快地哭一场，然后欢爱"；普通人的日子其实也可以过得很精致——读小说、写完信用蓝色信封装起来。全诗如下："待把最后一群羊赶回家/待银锄轻悬/蓝色渐渐加深，变为钴蓝/'天黑就让它黑吧'/在九点之前，我必须/读完小说最后一个章节/必须把未完成的信写完/用蓝色信封装起来/那一对儿黑蝴蝶已栖息/不知名的夜鸟已归巢/野蔷薇花香满径/是时候，痛快地哭一场/然后欢爱/然后把夜色饮尽。"

冯果果的诗歌一般较短，三十行以内，长诗、组诗少见。在其不多的组诗中，《爱上厨房里的男人》也许客观地反映出了她的女性渴望和诉求。《爱上厨房里的男人》之一《洗葡萄》："你带我去市场/辨认水果/买回的葡萄带白色霜/你说这是最新鲜的/你细心洗，边洗边/回头喂我/我从后面抱住你。"《爱上厨房里的男人》之二《小风骚》："倚着门框看你/我厨房里的男人/你的白衬衣/被窗子吹进的风/摁贴住背部/有隐隐的汗湿。"冯果果如此沉溺与陶醉在小女人、小日子、小家庭的温情里，对女性角色感到欣慰和满足。她的许多诗如《如果》《你在左我在右》《一座城，两个人》《降临》《老伴》《午夜火车》《不告诉你》《夜宴》《你离开，我突然不再喧闹》《乘一列没有终点的列车》《把我的醉倒进你的杯中》《这个夜晚》《妖精》《诱惑》等，总体来看，她的作品给我们带来的是女性情感的悸动与迷惑，是女性世界的斑斓与丰富，是人世间的幸福和美好。同时，正因为诗歌创作，冯果果获得了源源不断的爱与欣喜、陶醉与温暖。

冯果果的才情已初露锋芒，诗歌的美学成色非常诱人，因为她的诗歌对个体的感觉、经验、思想、行为所具有的强度和情感表达得非常准确、非常到位。笔者认为，冯果果的诗歌能走近我们，能走进我们的内心与生命。她的诗歌，是当今"八零后"诗人的诗歌中最重要的收获之一，是最具特色和潜质的诗歌文本之一。她的诗歌带给我们于熟悉又陌生情境中的新魅力、新体验，带给我们感受日常生活的体温和呼吸，带给我们沉醉于优雅和从容、斑斓而迷人的女性世界，带给我们阅读的快感与掩卷后的深思。

（发表于2021年第3期《艺术广角》杂志）

与另一个自己相遇

——文紫湘小长诗《渡鸦，渡鸦》简评

> 穿越遥远的时空，回到唐朝
>
> 我必然是一位诗人，未名
>
> 无职位，跟在众人之后
>
> 骑瘦马行走于寂寞的山径

这是文紫湘170行小长诗《渡鸦，渡鸦》的起首句子，说实话，它给我的诱惑太大了，也把我的心悬了起来。我边读边在心里发问："回到唐朝"干什么呢？"我必然是一位诗人"，且"未名""无职位"，图什么呢？"骑瘦马行走于寂寞的山径"，干什么呢？诗人的清高、失意和孤寂纠缠在一起，这不是自讨没趣、自讨苦吃吗？可紧接着，诗歌展现的又是另一番完全不同的境况——"为青翠的山色/陶醉，为碧绿的溪水击掌/疏解内心无穷尽的愁绪/聆听瀑布的悬响，清风的吟唱/艳羡溪涧石潭里游鱼的快乐"，至此，"我"必然是一位诗人，才有合乎情理的解析，我这颗悬着的心才得以放下。

全诗从唐代贬谪永州达十年之久的柳宗元山水游记名篇《游黄溪记》意境入题，"我"前往永州阳明山黄溪河谷，寻找柳宗元当年跟随永州刺史祈雨的旧迹，与一只渡鸦不期而遇。开篇就有意识让自传性因素渗透于诗，巧妙地利用了时间和空间的双重穿越，这个"我"既是实实在在的作者文紫湘，又是虚构的穿越时空的唐代"未名"诗人，一个"跟随者"或"观察者"。此诗的巧妙还在于，诗中主体的"我"与"诗人"可以互换，这就是"我"的一体两面。这种身份的重叠，往往会产生奇妙的情境。一个唐代的观者，一个当下的诗人，对同一事物的眼见耳闻究竟有何不同？再加上"渡鸦"这一神鸟（其实，作者暗寓"渡鸦"为另一观者），在接下来的诗句中"现身"："我看到／一只渡鸦在那里发愣。面对／一群不速之客，出于安全考虑／是否必须逃窜，鸟需要做出决定。""唐代诗人""渡鸦"以及"我"，三者又形成了一种新的关系，既相随相伴，又相互观照。

　　而且，作为另一重眼光的观察者，渡鸦"就像一个败北者，走投无路／潜入幽谷"，因为心怀善念、珍惜生命、爱护环境、热心公益等原因，最终"脱胎换骨／灵魂重获自由，取得浮世／之外的，另一重胜利"。这无疑是一个隐喻，直指柳宗元的《游黄溪记》中所涉及的黄溪之神，也喻指柳宗元的人生实况，甚至还包含着诗人自身对生命蝶变的渴望。

　　"一辆木轮马车，从空无一人的街巷／穿过，驶出城门。从长安到永州／从公元805年秋天，走到冬天。""永贞革新"失败后，柳宗元被贬谪至湖南永州，从朝廷要职到员外"司马"，从京都长安到"南蛮之地"，从踌躇满志到意冷心灰，如此落差，柳宗元的内心自然有着"千万孤独"的挣扎。更有甚者，他还经受着失去众位亲人的情感煎熬。身为独子，被贬前，他父亲去世，妻子病亡，两个姐姐出嫁后相继亡故。到永州后半年，随行而来的母亲病逝，而后女儿夭折。如此精神上、情感上的双重打击，让柳宗元身心俱疲。但他并没有就此沉沦，在永州，他很快找到了情感的寄托和心灵的慰藉。"我用渡鸦的／眼光探究，看到一个跌落人生／断崖的读书人，内心的恐惧、迷茫／与哀怨。如果他没有彻底绝望／不是因为来自庙堂的宽恕，而是/因为自然的恩赐，水石草木/对心灵的慰藉。因此，我有理由期盼/永州山水，从此走进唐诗宋词/走进《古文观止》，走进千年后的/中小学语文课本。"柳宗元没有被厄运和孤独击败，永州的自然山水拯救了他，永州百姓的善良、厚道、朴实的禀赋给予了他新的灵魂。神鸟渡鸦为"我"指引，"我"见证了柳宗元创造的奇迹——永州山水走进唐诗、走进《古文观止》和中小学语文课本，柳宗元永远留在了永州这方山水里，留在了永州这块大地上，成为延绵不息的地域文脉源头之一。

"渡鸦"是指引者，也是观察者。诗人借用渡鸦超自然的眼光，对湘南佛教名山——阳明山的前世今生进行了深度探究，对行走在朝圣之路上的善男信女，对成就一座深山古寺的"得道真人""坐化僧侣"以及热衷修炼的退职"刀笔小吏""没落王孙""远道而来的跋涉者"，都有细致的解读与还原。诗人还把犀利的目光，对准了"一个表面甘于寂寞、严守清规"实则"心怀鬼胎/一门心思，想着堂前功德箱的收获"的寺庙住持，对他"为了扩大地盘，招来更多的香火/偷偷地伐倒庙侧300岁古木"的无耻行为，给予"好一阵咒骂"。

其实，仔细研读这首诗歌，便会发现诗中还有一个较为隐秘的主题：人与生态环境。诗的第一节至第五节和第七节均有涉及自然生态方面的描写。"步入幽邃的深谷，为青翠的山色/陶醉，为碧绿的溪水击掌"，阳明山黄溪河谷秀美的自然环境是多么令人神往！"漫山绿色/让万物回归本性"，环境于人、于鸟兽、于万物有熏陶感染、潜移默化之力。"在那看不见的地方，榛莽封住蹄兽/的足迹，却拦不住一缕风的潜行/悬流飞瀑撞响大山的沉寂，郁郁苍松/向迤逦而来的小脚妇人致敬，她们的虔诚/让寺庙里敲响的钟声愈加洪亮"，这般幽美之地，永州刺史率官员祈雨来了，柳宗元游山玩水来了，妇人拜佛许愿来了，神鸟渡鸦筑窝来了，野兽觅食来了，可见环境于人、于鸟兽、于万物还有养育和教化之功。诗人对阳明山深厚人文所依附的自然载体——生态环境，更是深情凝眸并心存敬畏：

"吸引众人的／与其说是一座千年古刹／不如说是庙门前一片郁郁苍苍／的原始次生林。"

在迥异于其他七节的第六节里，诗人特别突出了"我"与"渡鸦"相互贯穿的心灵交流，主要表现在"我"与"渡鸦"高度的一致性——"每一次飞翔都有着落地生根／的梦想，每次离家出走／都是一次死里逃生的冒险。""渡鸦不是十足的候鸟，不会绘制远走高飞的地图"，"我"也只是一个故乡大地上的长途"旅行者"。从零陵古城到阳明山中，沿着柳宗元曾经走过的黄溪河谷"一路探寻"，这人生旅途，虽然不是"险象环生"，但也少不了"惊心动魄"的时刻或场景。只是，凭着信念和坚持，"每一次绝望过后／都有一个小小的新生"。在这里渡鸦的形象，有了明确的升华，"我"的渴望与追求也有所揭示，那便是为达目的百折不挠。

最后的遭遇看似偶然，实则必然。在高山之巅，在冰天雪地，在万寿寺寺庙门前，"我"与"渡鸦"直面相向。万籁俱静，那肃立石栏杆之上的"渡鸦似一团熊熊燃烧的焰火，温暖着无限辽阔的天空"。而我则"把一只禽鸟／当作是最亲的亲人／读懂了珍禽眼睛里的温馨／我洞开身体的寺庙之门／邀请渡鸦入驻。"此时此刻，"我"与"渡鸦"融为一体，无法割舍。诗人以铿锵的声调宣布："这里没有菩萨／只有信仰。"人神相遇，天人合一。

或许，可以用"出神入化"来比喻《渡鸦，渡鸦》的写作探索。文紫湘有意识将口语诗的语言与先锋诗歌的语汇融合，既简洁明白，又含蓄内敛，既朴实沉稳，又飘逸摇曳，叙述节奏张弛舒缓，常以白描手法凸显细节，且在跳跃的叙事中注重情绪、思想对叙事性因素的渗透和灌输。在句子的营构上亦颇具匠心，少有单个词组或单句独立成行，多是每行有两个或两个以上的句子并置，并常以跨行的方式使前后诗行之间几个句子首尾连接，句子似合实分，却又似分实合，其意义含量愈加沉淀与丰厚。在诗歌表达中，时间和空间不再是一种障碍与局限，诗人甫进入创作情境，便进入了另一个存在场域，完全超越时间与空间的束缚，在唐朝至当下任意来往、自由穿越。

　　文紫湘尤其注重"及物"写作与诗性叙事，有效地对抗和消解诗歌的浪漫因素，减弱抒情色彩，强化诗与现实之间的亲密关联，较好地实现了诗人主观情绪、思想对细节或事件的诗性渗透。在思维路径上，文紫湘抛开单向度、直线式的抒情模式，采用多线条、立体式的表意模式，即在意绪舒展的过程中，不断将诸多新的性质各异的事物添加进来。由此，引发新的事物与此前叙及的事物之间产生摩擦和碰撞，整首诗便形成了张力极足的意蕴交响。

（发表于2023年第3期《文学天地》杂志）

人生意义的拷问与感悟

——梦天岚小长诗《树林深处》简评

　　梦天岚是一个习惯于以诗歌来思考的诗人，我们往往在他深邃沉稳的诗意表达中，接受他日益成熟的诗歌理念，感受他深刻而博大的人文情怀，这是解读、评析他诗歌的关键所在。他的近作150行长诗《树林深处》，是一首拷问人生之诗，也是一首回答人生之诗。它有着真切的现实感与疼痛感，同时又有着隐约的虚幻感和超脱感，既观照诗人个体的内心，又揭示普泛众人的心理。他的诗歌质地朴实，表面上看比较传统，不怎么"先锋"，但成色纯正，内涵诱人。我甫一进入，便陶醉其中，不仅心灵受到了一次洗礼，还对人生之奥义有了诸多新的感悟。

　　"我沿着这条小径走了很久，/已人到中年，还得继续往前。/那树林深处，似乎一直有什么/在等我，似乎所有的疑问，/都将在等待中归结为一个。/只有极少数人，/因为未知的终点，/他们只专注于脚下，/那缓慢的，匀速的，疾跑的，/甚至是懒散如我的。"

　　诗一开始，就巧设玄机，充满诱惑，"那树林深处，似乎一直有什么/在等我，似乎所有的疑问，/都将在等待中归结为一个。"此诗的"小径"无疑暗喻着诗人之人生路，"树林深处"则暗喻着众人的人生之境。对于已到中年的"我"，尽管经历了许多风景，或鲜花，或泥泞，但必须继续往前走，所有的期待和未知还都在前方。而在前方等我的是什么呢？"在等待中归结的这一个"，又是什么呢？读者的好奇、思考、追问随之展开，读者探寻的欲望随之而来。对于前程，众人的态度和表现各异——极少数人不知终点，或缓慢，或匀速，或疾跑，或如我一般懒散。那么，大多数人呢？诗人未曾揭示。这个悬念留给读者去想，这个留白留给读者去填补。

别人在经过时总想留下些什么，"可我两手空空，/从清晨出发走到这里/……我不会因此而感到担忧。/岁月以其承载的繁复而变得轻盈，/身在其中，终归也会轻盈。"诗人对人生过程的辨认和追问，最终变得难以辨认和不可追问。不过，这一辨认和追问，表明了诗人的心态——终归也会轻盈。虽然"我两手空空"，却"不会因此而感到担忧"。这种心态，不说看破红尘，但起码亦不为声名所累。"有些人则像我一样，/在某一段路上徘徊，犹疑，/因思考而变得坚定。/那走在前面的已不屑于回头；/还有一些聚在一起，他们争执，/和解，再争执，旁若无人。/另外一些，我看见他们前面的悬崖。"大千世界，芸芸众生，为权谋，为利往，为情忙，不一而足，各有各的喜好和追求。然而，有的人为追名逐利不择手段，已经到了危险之境，甚而性命堪忧："我看见他们前面的悬崖。"诗人并没有沉浸于个人经验和自我满足中，而是直面现实，尤其是对当下社会追名逐利的现象深感焦虑。诗人企图以自我之经验"唤醒"旁人，让其悬崖勒马，免陷万劫不复之境。

"我能寄寓什么。/这幽深，何时才能抵达。/当呼吸不再，肉体埋于山野，/我是否还会像往常一样经过这里。"

在诗歌的中段第五节，诗人抛出遐想与疑问，谁来答？诗人自己还是读者？其实，诗人对自己的厌倦和孤独一直耿耿于怀，却又无法摆脱。"当一个人还懂得为人的哀伤，/应该感到幸福和满足，/因为这林中路会告诉我生的奥义，/它们让落叶演绎死，/把出窍的魂灵交给清风。/然后在木心里安放眼睛，/让它们漾起一圈圈波纹。"当诗人目睹落叶飘零，它的灵魂交给了清风，感悟到了人生的奥义，一切便释然了。人，亦如落叶，最终也会交给清风、交给泥土，诗中的现实感与疼痛感、虚幻感和超脱感同时而至，悲哉？喜哉？难以言说。

"念及这些，苦难才不足惧，/才有胆汁酿就的甘饴，涌如山泉。"因为释然，因为明白，苦难不再可怕，苦涩的胆汁反而也会品出甘饴。"而对于未知，当除却妄念，/应不绝于摸索和攀援，/不为觊觎那豁然耸立的新城邦，/只为那雪峰上悄然萌长的松茸，/一个隐藏的小惊喜，亦可擦亮远方。"什么才是满足？什么才是惊喜？不一定是显赫的城邦，抑或是巨大的财富，其实一朵小小的松茸就能带来无尽的惊喜，带来信仰的力量，带来前行的希望。

果然，经过饥饿、坎坷、危险、磨难，前方出现迷人的风景："抚额望去，暗紫色的刺莓点缀其间，/经山风呼啸，/芭茅随之狂舞，/高处的石壁如嶙峋之骨，忽隐忽现。/除此之外，还有凝露和暗香，/两者拌和，弥久不散。"诗人抵达了预期之境，获得了幸福感。关于幸福，因为各人的理解不一样，期盼不一样，肯定会有不一样的认知和体会，这不足为奇。在诗人梦天岚的心中，也许幸福非常简单。幸福可以是"暗紫色的刺莓"，可以是"芭茅的狂舞"；也可以是喝一杯早茶，是看一朵鲜花，是一句微信问候，或者是一个真诚的拥抱。幸福有明确的标准吗？显然没有；幸福可以公开比赛评分吗？显然不可能。

诗的结尾收束有力，诗意得以陡然提升。极富禅意，极富哲理："由此愈加看清自己，/肉身温软如土，骨骼峭立如崖，/我之精气如岚，萦绕不绝。/高天彩云之下，/有山川河岳如斯，幸矣。/至于那远方，它之深，它之远，/从未委身于双足。//或可曰：它即我，我即它。/我思，如同行走。/我在，就是抵达。"

梦天岚是一个多面高手，在诗歌、小说、散文写作方面无所不能，且均有建树。他的诗中，有小说笔法、散文场景、戏剧独白、诗意内核，所有的这些全都彼此敞开，相互渗透、洇染、重叠，由此产生既是直观的又仿佛经过折射的文字秩序。诗的语言，呈现鲜明的陈述特征。只要一经梦天岚这位文字魔术师之手的陈述，就意外地获得了不可陈述的语言品质。他扎实的叙述功底体现在这首诗中，就是于平静的叙述中呈现出冷峻的抒情意味。这种冷峻的抒情意味释放着舒缓、克制、深邃、痛切的诸多因素，十分切合触及灵魂之作《树林深处》。诗歌用叙述性语言不难，表达抒情也不难，但以叙述性语言来呈现冷峻的抒情意味，非常人之所能为。梦天岚却成功地做到了"无缝对接"，实在令人佩服！

"社会景观在当下'制度性素材'堆砌式的'浅层'写作中多少被庸俗化、世俗化和窄化了，词与物的关系缺少发现性，缺失应有的张力与紧张关系——缺乏反视、内视、互看。陌生之物、熟悉之物、发现之物、神秘之物'内在性'被晦暗、变动和有限所遮蔽，这需要诗人进一步去蔽。在一个媒体如此开放，每个人都争先恐后表达的时候，差异性的诗歌越来越少——这关乎修辞，也与整体性的诗人经验、精神生活和想象能力有关。"①梦天岚深谙此道，奇巧地将诗歌语言的"词"与其表现的"物"形成"紧张关系"，语言张力十足、魅力四射。《树林深处》中的"我"与"其他人"通过反视、内视、互看，陌生之物、熟悉之物、发现之物、神秘之物的"内在性"被揭示开来。陌生之物不再陌生，神秘之物不再神秘，甚至灵魂深处的秘境也昭然若揭。谢有顺说："诗歌的揭蔽，不是分析，不是论证，应该更多的是一种情感的真实敞露、一种存在的自我领会。"在这首诗中，"我"的"小径"、众人的"树林深处"所涉及的一切之"物"，都寄寓了诗人发自内心的情感，寄寓了一种由物及人的生命的体验和感悟。人生犹如那远方，"它之深，它之远，/从未委身于双足。""我思，如同行走。/我在，就是抵达。"诗人简单、豁达、乐观、无惧的人生态度，对读者的启迪何其深刻，对读者的影响何其深远。

---

① 霍俊明.现实诗辨与诗性正义——论诗歌的现实感与当代经验[J].南方文坛,2017,(05):85.

现实社会如此复杂，而诗人如何延展、拓宽甚或再造一个语言化的现实社会是极其重要而又非常不易的。特别是在当下"日常之诗"泛滥的情势下，诗人如何绕过日常转到背后去看另一个迥异的空间，显得尤为重要。梦天岚的视觉相当奇特，手法相当巧妙。读者可以从"树林深处""小径"这些涉及的场景、从"我"与其他人的行走对照、从"我"的所见所闻及情绪、心态、感悟的变化等方面巧妙架构一个瑰丽、丰富的文本空间，这种带有虚构性质的空间，与他对真实生活的借用紧紧地纠缠在一起，读者徜徉其中，犹如身临其境，就好像我们自己正行走于"小径"，向着"树林深处"越过黑暗与光明，历经坦途与坎坷，终于抵达理想的目的地。这是我们生命的觉悟，抑或生命的救赎，无须命运的眷顾，我们生命本身就能抵达。

（发表于2024年第7期《文艺生活》杂志）

因为我对这土地爱得深沉

——刘忠华诗集《一个人的山水诗经》赏评

我之所以借伟大诗人艾青的诗句"因为我对这土地爱得深沉"用作这篇评论的标题，是因为我认为，这句诗最切合刘忠华先生的诗集《一个人的山水诗经》的主旨，甚至可以说是直接揭示了这部诗集之灵魂。

抗日战争爆发后，艾青怀着高昂的爱国热情、同仇敌忾的民族义愤，投身于反侵略的伟大战斗，他写下了《我爱这土地》著名诗篇。"土地"象征着生育养育诗人的而又多灾多难的祖国，"为什么我的眼里常含泪水，因为我对这土地爱得深沉。"朴实、真挚的诗句，凝聚了艾青对祖国和人民最深沉的爱。欣逢太平盛世，虽然诗人刘忠华如今所处境遇，迥异于当时艾青所处的时代，但诗人对"土地"、对祖国和人民的爱是一致的，是浓烈的、深情的、持久的，是发自肺腑的。刘忠华在自序《回到生活现场》开宗明义第一句话就是"我一直以为，我的诗歌，是我向自己的出生地和居住地致敬的一种方式。"结尾处连用三个致敬："向大地致敬，向生活致敬，向人民致敬！"可见，《一个人的山水诗经》贯穿始终的是对土地、对生活、对人民无比深沉的"爱"！

一

　　《一个人的山水诗经》共三辑。辑一为潇湘颂，是诗人在中华人民共和国成立七十周年这个大背景下，对永州市十一个县（区）的献歌。辑一的十一首诗，诗意飞扬，联想无涯，格局大气，表达了诗人对永州市十一个县（区）的满怀深情和倾情礼赞。《献歌：零陵》，着重抒写零陵古城悠久的历史文化、传说、名胜古迹及历史人物。诗人以其奇思妙想，穿越两万年前的石棚、西汉的春陵故城的历史时空；与蔡邕、柳宗元、王翰、苏辙、杨万里、张浚、黄庭坚等诸多名贤邂逅零陵；将零陵香草、高山寺钟声、愚溪、柳子街铁匠铺、霞客渡、零陵渔鼓、永州血鸭、异蛇酒、潇水河鱼、红辣椒等独特而又具有地理标志性的景物或文化等串联在一起，意象缤纷，融通古今，诗人欣喜与豪迈之情显而易见。道县，是刘忠华的故乡。对故乡的情和爱，对故乡的魂牵梦绕更是绵远悠长。在《献歌：道州》中，他这样写道："在道州，作为一只蚁／是幸福的。从福岩洞／到玉蟾岩、中朗岩、月岩，洞穴中／可以看到十万年以前的先人／在洞外劳作，洞内栖息／把劳累、血汗，怨恨与伤痕挂在洞外／把欢笑，爱与胡须上晶莹的露珠／留给孩子、父母、爱人和夜晚。"历史虽已久远，但爱还很新鲜。过往艰辛的岁月，经过时间的沉淀和血与汗的洗礼，留下来的是弥足珍贵的幸福。"比黑夜更浓的，是墨。一百多年前／有人化墨为汁，书人间正道，书天下大道。"诗人对何绍基出场的铺陈手法何其特别，对何绍基的景仰何其尊崇。诗的结尾充满了缱绻与爱恋："我要让闪电／回到石头，让石头开花，生烟／让花朵和青烟，长到月亮上，代替白云／代替我，守护亲娘和姐姐／就像守护我的祖国，我的大道之州。"冷水滩是一个还比较年轻的城市，有幸位列中国幸福城市20强，正在打造"潇湘第一城"，可谓活力满满，魅力四射。宋家洲水电站大坝建成后，上游形成了壮观的"百里平湖"，两岸风景旖旎。"一条河流，最硬的是沿河而行的铁轨和铁轨前的离别／最软的是水，是水中倒影的斑竹上的爱与对爱的坚守／一艘艘驳壳船停泊在时光中，我读懂了水上流动的忧伤／与近岸的柔情。旧码头与新城市，就像父亲和孩子／像一条河流上，送走的晚霞与迎来的朝阳""堤岸上，一个男孩，推着童车和童车中的妹妹，欢笑着／在阳光与歌谣中，一路奔跑……"这些诗句犹如水的流动、水的波光、水的缠绵，诗人书写的既是冷水滩之当下，也是未来之憧憬；既是对冷水滩的礼赞，也是对冷水滩美好的祝福。"今夜，我想象自己，伫立于舜皇山巅，在老山界，一边倾听／山风吟吟，一边缅怀，期待明天的旭日普照大地，东方永远／安宁如慈祥的母亲。我会在抖音和快闪中，歌唱／我的东安，我和我的祖国"（出自《献歌：东安》）；"我也成了一个词语，与日月湖一起／成为中华版图上，一个闪亮的意象"（出自《献歌：双牌》）；"《过山榜》翻动的声音，穿过历史与现实／在蓝蓝兰溪与蓝蓝天空，荡气回肠……"（出自《献歌：江永》）。在献歌中随处可见这样充满赤子炽烈的情感力量的诗句，无不让读者动心动情，引发强烈的共鸣。诗人有意识地结合永州各县（区）的历史文化因子，将现实与历史、自然景观与文化遗产有机地融为一体，以体现一种厚度、深度、高度和温度。

辑二为永州书，收诗六十三首，其中直接书写行政村的就有二十二首，这是诗人深入生活现场，通过发现、倾听、触摸、感悟家乡的山和水、人和事，来展现美丽乡村的风景与人文、历史与现实、民情与风俗的瑰丽画卷。《浯溪读碑记》中写道："这石头的书库，由书法和诗文和樟树清香构成／这书法和诗文，又由血和风骨和时代气象构成""他们一定∥和伟大的国家一样，有砚台般／坚毅的面庞；墨汁一般／穿透时间的力量；羊毫一般，柔软细微／却抒怀江山的心。"浯溪碑林是中国现存最大的露天摩崖石刻碑林，其文化底蕴之深厚，书法诗文艺术之精湛，文物价值之珍贵，真乃叹为观止。诗人的敏感与睿智，如"羊毫一般"细腻饱满、柔中带刚，书写岁月沧桑，描绘时代图景，不落窠臼，别开生面。"是斜阳，是新月，是中国南方／稻田里游动的蝌蚪；是沙洲上飞出的布谷／春光里向上的鸟鸣；是藤蔓新长出的弧度/弧度下醒来的永明河；是祖母，是娘，是你/是姐妹们孤寂中滴下的泪，许下的誓，命中的痛。"这是《女书赋》的开头几句，全都由一系列的比喻构成，既描述了流传于江永一带世界上唯一的女性文字——女书的字形特征和质感，又寄寓了女书魂灵的斑斓与传奇色彩。当然，这一辑最突出、最富特色的还是写给二十二个行政村的诗歌。据我所知，刘忠华可能是当代诗人中为行政村写诗最多的一个。《良村》全诗如下："双牌有良村，良村出良民/良民种良田，产良种/更产良心//潇水从上游走来，这个良家女子/良辰中的样子，像七月的葡萄/也像七月的丝瓜，葡萄藤和丝瓜藤/挽着昨夜娇柔，欲语还休//河流与村庄，我知道的不一定/比一只卷心虫多。它们向下的力量/超过我的内心/傍晚时分，河面上闪着/醒世良言，让良山上的夕阳/回眸良久//从良，须去良村。在良村，须慢。慢/会邂逅一段良缘。夜晚，知了与青蛙/会唤醒深藏的爱。"良村，位于潇水河畔，山清水秀，物产丰富。诗人从"良村"的"良"字入手，解读、阐释、引申、遐想多种手段并用，便构成了这么一幅生动有趣的乡村图景。"春风里盛开的事物，要把村庄重新镀亮/它们是：高处的桃，李，梨，泡桐；低处的/油菜，萝卜，荠菜，紫云英"，这是《花地湾村》一诗的结尾，"花地湾"这个村名，在诗人眼里便有了诗意的诠释。

辑三为人间志，收录短诗四十四首，其中有近半篇什是书写永州地域以外的别处，但又与家乡在永州且生活在外地的诗人之亲人、朋友息息相关。诗人巧妙撷取如一个眼神、一丝意念、一片树叶、一朵浪花等微小之物，充分表现生活的丰富、思念的浓烈、人性的美善，感恩父老乡亲，感恩美好的时代。《海南师范大学的椰子》中写道："在海南师大工作的朋友/买下几个校园内采摘的椰子/请我们喝椰子汁/并说：椰子汁/是天上最干净的水//我看看椰子，又看看椰子树/树高。天蓝。几块白云/这天生的椰子肉，在等//上天那么小/捧出辽阔的爱。"诗人由喝椰子汁，到看椰子树，再到看椰子树上的蓝天白云，再到看树梢上狭小的空间，直至豁然感叹"辽阔的爱"。诗人以小小的椰子为由，揭示了人世间爱的博大与辽阔。在《对女儿的思念，相距1.2厘米》一诗中，诗人对远在美国的女儿的思念之情洋溢在字里行间。全诗五小节，第一节直言思念，诗人与女儿相距1.2万公里；第二节写诗人有意在手机上设置了自己与女儿所在的两个小城的天气预报，点开显示屏，即刻就知晓两地天气情况。第三节描述诗人想象中的女儿在地球另一边读书、生活的场景。第四节表达诗人的担心与牵挂，回忆女儿孩提时代的天真与胆怯。最后一节如下："再见，宝贝。偶尔，我也会故意让雨／淋湿面颊，让雨水顺流而下。就像这个季节／有好多次，我驻足雨中，向东而立，让细雨／流过女儿送我的'YALEDAD'T恤，任它们／滴在手机上，将屏幕显示的／纽黑文与零陵之间，1.2厘米的距离／渐渐洇满。"读到这里，我的双眼已被泪水盈满。古往今来，思念亲人、思念朋友的诗歌何其多也，像这种立意的写法，像这种让人泪奔的诗篇是不多见的，亦是最能打动人心的。

综上所述，《一个人的山水诗经》三辑共同的、最突出的、最鲜明的主题，无疑就是对土地、对生活、对人民的爱辽阔而深沉。

二

《一个人的山水诗经》，是诗人在永州各县（区）之乡镇、行政村，甚至更小的自然村之深情行吟，诗语涉及地名、建制、沿革、历史、文化、人物、风景、习俗、美食等诸多方面。读着这些诗篇，让我自然联想到近年来中央电视台重磅推出的浩大而系统的"中国影像方志"专题片。全国两千多个县（区、市）每个县（区、市）约四十分钟的影像，全方位多层次展现其"地名记""考古记""古城记""红色记""人物记""美食记""当代记"等诸多方面。我认为，"中国影像方志"与《一个人的山水诗经》有异曲同工之妙。前者是通过镜头剪辑的影像和解说来演示，后者是通过语言所渲染的诗情画意来呈现。这样的呈现，诗人在结构方式上可谓用心良苦，亦进行了大胆的尝试，取得的成功也令人欣喜。《一个人的山水诗经》的结构方式主要有以下三种。

一是板块式结构。如《献歌》的十一首诗歌，诗人以板块拼接的结构方式，构成每个县（区）的"诗歌版图"。《献歌：零陵》，着重于对其悠久的文化、重大事件、传说、名胜古迹、历史人物的书写，由五个板块构成。《献歌：双牌》三节分别用"和""荷""河"，写"和文化""荷产业""河生态"，这三个板块表现了双牌的特色、特质和特别。十一个县（区）的"诗歌版图"从整体上又构成了永州市的"诗歌版图"。这一辑多以全景展示、长镜头推移，沉雄开阔，大气磅礴。

二是串联式结构。《永州书》一辑则将富有代表性的几十个行政村或以地名的关键字眼为核心进行串联，突出表现"小范围地域"的特色。如《蓝山蓝》中写道："比我更快。翻过一个山头／又一个山头，那些云／像唱累了的旦角，拂拂水袖／要告别人间。青山，从一朵蓝中／抽身而出，比蓝更蓝／／在蓝山，看见大片蓝／是平常的事情：蓝山，蓝天，蓝蓝远方／溪水像蓝色家织布。蓝蓝的山头／只有雾霭；传芳塔／只住着白娘子，而法海远在传说之外／哦，这东方斜塔，塔下的庙宇／像三蓝大地一样谦卑，像我／进入蓝山要躬下身子／／蓝山蓝，蓝色之母，让尘世／如此心安。需小住三日／剪一些蓝，快递给／走着走着走丢的人。"全诗三节，均围绕地名"蓝山"的关键字"蓝"展开，把"云""山""天""溪"等与"蓝"相关联的景物或意象串联起来，构成灵动而斑斓的画面，让读者有身临其境之感，从视觉到听觉，从感觉到幻觉，从现实到梦境，从肉身到灵魂皆沉浸在诗意盎然的多元空间里。在对几十个行政村或自然村寨的书写中，诗人的叙述视角更为独特，以镜头语言的方式扫描、特写、定格、留白，呈现出地域色彩和地域文化，诗的画面感和跳跃性都很强。诗人也常常抓住地名或地名引申意义的一两个关键字、词，尽情发挥，尽兴遣怀，纵横捭阖，充分体现了诗歌的抒情本质。

三是散点式结构。《人间志》一辑基本上采用此结构方式。诗人巧妙地应用散点辐射或点线勾连形成网状图斑，既有概貌之状，又重点突出。《秋水辞》中的石头、浅滩、她、芭茅草、云朵、红鲤、翘白、山路等，《纸月亮》中的月亮、泷泊湾、李寡妇等，这些"点"从散到聚，从平面到立体，诗人就是采取散点辐射或点线勾连的结构方式来实现的。《峡谷行》尤其明显："大瑶山，是穿旧的蓝袈裟/瀑布，是挂在胸前的念珠//山高路远，须从流而行/溪水，是最好的向导/村庄，永远安在向阳一面/吊脚楼的脚，永远站在近水一面//太阳就要下山。群山沉默/虫子们用鸣叫，陪伴着我//峡谷中有可描述的陡峭与险峻/亦有不可描述的小确幸与大欢喜。"短短十行，诗人把瑶山、瀑布、溪水、太阳、虫子这些自然之物与村庄、吊脚楼等人文之景，以点线勾连的方式，构成峡谷行之全貌，又突出了瑶寨的独特建筑与民族风情。诗的最后两句融景于情，有感而发，诗人以丰厚而敏感的心境观照自然，大瑶山僻静而美好的图景让人神往。

在诗集《一个人的山水诗经》中，这三种主要结构方式的使用如上所述，除具有一定的规律外，还具有交叉、混合使用的情形，也就是说，在一首诗或一辑诗歌中，诗人同时使用其中两种或三种结构方式，那么，诗歌的架构、意象、音韵就不显单调，就会呈现繁复、多元、交响的艺术效果。比如《献歌：宁远》，第一节写云，第二节写田畴、先祖，第三节写天堂镇早年牛市、耕地、如牛般放养的孩子，第四节写梅岗寻梅、仁和问仁、舜帝陵，第五节写春陵故地、远祖荣光、当下工业园区，第六节写下灌十里画廊、麻将故里、骆家戏台，等等。从大的方面讲，这六节是块板式结构，每一块都代表着某一个层面的内容，拼接后较好地呈现了宁远的历史与现状。而在第一节、第二节中又使用了散点式结构，以点线勾连的方式，把"云""风""田畴""鲤溪"这些风景与"先祖""儿孙""孩子""我"勾连在一起，组成了传统的乡村生活图景。在第四节，则运用串联式结构方式，把梅岗寻梅、仁和问仁（即中庸之道）、九嶷山舜帝陵、斑竹泪、万里寻夫等历史典故和传说串联并置，展示宁远丰富的人文景观与深厚的文化底蕴。《老渡口》《江村行》《山居书》《萍阳路》等诗篇，亦有交叉、混合使用这三种结构方式的现象。总之，诗人对结构方式的把握和应用，主要还是针对不同题材和诗歌表达的需要进行选择的，是灵活变化的，也是恰到好处的。

三

诗人刘忠华在其诗歌的精神家园里阐释着绵绵不尽的乡土情结和故乡情怀，并竭力构建他自己心中的"诗歌世界"，痴迷而沉醉。刘忠华诗歌所呈现的是"感性乡土""诗性乡土"和"神性乡土"的"三重世界"。其实，这也是他诗歌的审美视界，或者说审美维度。诗人就是以这种审美视界，行走于乡土间并审视永州这片热土，通过历史叙事、现实叙事、想象叙事等方式，并以自己独特的人生经历，感悟潇湘大地的自然、社会、生命；同时，他以自己独特的话语方式，诗意抒写故乡永州，表达他对故土潇湘的深情守望、现实关怀与人文忧思。

诗人刘忠华身上有着明显的古代知识分子为人称道的"士人情怀"，具有一种随性、自由而心灵皈依故乡的归属感，具有一种高尚的、积极向上的而又深感焦虑的使命感。他出身于道县一个比较偏僻的小乡村——在这里，事物自然生长，又自然消亡；在这里，人情重千金，草木皆关情。这个世界本真自然，滋养了诗人最初也是最真的灵魂。故乡对诗人而言，是地域印象最直接的心灵体验，刘忠华对此有着最朴实的理解与坚守。近年来，他行走了不少村庄，有时还与村民同吃同住同劳动。很多小村偏僻、荒凉，却宁静、祥和，村民淡定、从容、悠闲、知足，这些深深烙上了农耕时代印痕的元素，同样会烙在诗人刘忠华的心灵深处。他通过"感性"视角，最直接、最真实地展示他所见所闻的村庄模样，比如《黄甲岭村》《晒北滩，晒北滩》《桐子坳》《水月庵村》《画眉山村》《在勾蓝，牛是安静的》等。这些诗篇正如山涧潺潺溪流，轻灵，跳动，沾着草叶上晶莹的露珠和山野清脆的鸟鸣，带着山茶花的芳香，从历史的那边而来，不事雕琢，气韵生动，犹如一幅幅浅浅淡淡的水墨画。在这些诗篇里，诗人以深邃的目光和敏锐的感悟，对山岗、河溪、树木、夕阳、村庄、渡口、花草、时令、牛羊、黄三秀、蒋二嫂、老白等十分寻常之物之景之人情有独钟，他发现了肃穆之美、宁静之美、沉积之美，发掘了自然的本源与原生态的诗意，当这些寻常之物之景之人与他的"感性"撞击，就会迸发鲜活的灵性，传送精神的回响，喷射灵异的火花。

诗人刘忠华对"诗性乡土"的建构，是在"感性乡土"的基础上完成的，他始终以"诗性"情怀观照"感性"世界。诗人置身在喧嚣、物欲、世俗的尘世中，日益紧张的工作、情感、生存压力在渐渐消磨着人们生活的激情，日渐漠然、麻木的心也很难溅起温暖和激情的火花。然而，我们感到庆幸和欣喜的是，还有像《一个人的山水诗经》这样的诗歌，还有像刘忠华这样的诗人，还有我们共同向往并为之不懈努力的诗意栖居。刘忠华尝试着行进在对乡村的万事万物赋予"诗性"、直抵诗核的路径上，把"我"与"物象"交错、叠加，由己及人，以点带面，从"地方""空间""景观""历史""人文"的视域出发，打开现实的多层空间。比如《全药冲村》《空树岩村》《花地湾村》等，这些个人经历犹如岁月淘洗后的蚌壳或者瓷片，明亮而又尖锐，会让久离乡土的人眼前一亮，又那么不经意地戳在读者心里，令其疼痛。在这些篇什中，诗人不再停留在对乡村平常物、景、事的摹写上，还倾注了他对乡民们生存状态的关注和朴实品格的颂扬。比如《水井村》《大皮口村》等，这些村庄培养了乡民们朴素的价值观；"水井村"的水以她甘甜的清泉滋润着一代又一代乡人，从而受到乡人的喜爱和珍视。从乡野自然万物及其生长状态，到乡村农民及其生存现实的真情书写，是诗人对生活的感怀与追忆，同时，也寄寓着诗人对待人生与自然生态和谐依存的一种"诗性"的审美向往。

刘忠华的诗歌重视对"诗意乡土"精神的挖掘。一方面，以质朴的乡村世界传统伦理对抗工业时代的工具理性，从乡村生活寻找远去的诗意。另一方面，将地域文化色彩如民风民俗、人文地理和历史事实等，融入诗意世界的描绘中，或者直接记叙地方特有的文化遗存，以展现某种地域精神。如《小调中的人民》，就是撷取流传在祁阳市的地方戏曲祁阳小调；写月岩的几首诗也是如此。尤其是《献歌》系列中的《献歌：道州》《献歌：新田》《献歌：零陵》《献歌：江华》等，以"在场"的方式介入叙述与抒写，再现一幕幕诗意化的情景和生活场景，巧妙地将艺术与生活、历史与现实、个人境遇与时代变迁糅合起来，仿佛让读者穿越时空，置身于以"永州"为舞台的现场，领略各地传统文化古拙独特的瑰丽与魅力。

刘忠华在构建诗歌"感性乡土""诗性乡土"的过程中，始终笃行着对人和乡村的终极性哲学思考与深度追问，他坚定地不断将"感性乡土""诗性乡土"提升到哲学思考的高度并予以深化和升华，秉持近似于宗教般虔诚的对生活和文学的崇高信仰，从而构建起他的"神性乡土"。诗歌的哲学性是诗歌的生命力和源泉所在。诗人通过自我的深层体验，联通与读者共同的审美意趣与哲学认知；诗人通过自我抒发，诗歌延展到更深远的审美空间和更深刻的精神情怀。比如《对一条河流的仰望》《萍阳路》等诗篇，从"空间"之维，探寻精神家园之旅。现实与艺术虚实相交，很好地描绘了众人心目中共同的精神家园。尤其是《对一条河流的仰望》以潜隐流水作为观察世界的一个视点或者视角，把情感投射到养育自己的故土之中，并以浓郁的乡土性、地域性文化特色，标识自己的存在，同时不忘"仰望星空"，将深邃而忧郁的目光掠过河流，掠过山头，掠过东山与西山，投向蔚蓝的天空。诗人借助于流水，从另一个视角，进一步追寻自己个体的精神家园——这个家园不再是停留在"桃花源"式的村庄层面，而是更高更美的追求与向往——充满艺术气氛的、喧哗中宁静与和谐的圣殿！在《献歌：道州》这首诗中，诗人发出了人生的终极追问，进一步引发我们对人生宇宙的终极思考，同时也表达了诗人对生活与创作的一种新的追求。从某种意义上说，这首诗歌甚至有某些形而上的意义。它复活了诗人在写作过程中对世界的细腻感觉和对生命的深刻体悟，让那些民间的生活细节和心灵镜像得以重新呈现。

刘忠华诗歌中的三重世界并非孤立的，而是三位一体的一个整体。其三重世界相互渗透、相互包容、相互映衬，形成了一个斑斓多彩的美学境界。他行走于故乡永州大地，执着而真诚。他的诗歌，就是他在行走中与世界的一次次美好相遇与深情拥抱。

　　（发表于2022年第4期《湖南科技学院学报》）

快节奏与慢时光

——永州诗人诗歌专辑作品简评

 与往常一样，晚饭后我喜欢在湘江河边散散步，每天都陶醉于属于自己的这段闲散时光。望望天空云霞，看看河岸灯火，听听鸟鸣虫唧，想想身边琐事，在日新月异、车水马龙的城市里能够如此生活，我已然觉得是多么舒适、惬意和美好的事。一天傍晚，我的手机嘀一声，收到在北京的朋友楚子先生的微信，他给我发来刚刚完稿的诗歌《在纸上写诗》，并附言："时在北京至杭州的高铁上。"高铁上写诗，什么情况？我突然觉得自己的生活节奏也有了改变，当即阅读，当即回复："好久没有读到这么大气的诗歌了。"为此，我的灵感触动，瞬间想到了这篇短评的标题。

在快节奏的形势下，我们一边是对快捷方式的认同，一边是对慢生活更强烈的渴望

 下面，就从这首诞生在高铁上的诗歌谈起吧。楚子，主业无疑是文艺学和美术学，他是这两个专业的双料博士后，学术成果丰硕。诗歌应该算是他的副业，或者说业余爱好。近年来，这业余爱好居然呈现出痴

迷之态、蓬勃之势，灵感如泉涌，佳作不断，令诸多专业诗人震惊和羡慕。当今时代，随着工业化、城市化的快速推进，人们工作、生活的节奏普遍提速，时速28000公里的宇宙飞船、900多公里的飞机、300多公里的高铁，是何等节奏？慢频率慢生活已经不能适应形势，可正因为这样才尤其显得奢侈，弥足珍贵。楚子在高铁上写诗，显然，他是在快节奏上度着慢时光，很享受很惬意；但是诗，不是在纸上写，而是在电脑或手机上输入文字，可他在心里怀念甚而还在渴望"在纸上写诗"那般悠然而舒缓的日子。"如今在纸上写诗/已成为一种奇特的风景""在纸上写诗/让文字在'纸归'中/还原灵魂的姿态/让它在广袤的原野/作一次真实的飞翔/让文字回归文字/让情感回归情感/让生命回归生命/让人类回归人类/让天人合一——/在纸面上满血复活"。余华云的《指间风》也在快与慢的辩证中，向我们透露这种信息。"琴声流淌每一个房间/女儿的手指在黑白之间舞蹈/先生在厨房演奏锅碗瓢盆的交响/电脑前，敲击键盘噼里啪啦的我/在六月的风里种下诗歌/种下星星的愿望//母亲在乡下堂屋编织竹筐/去方井捶打衣裳，去小河边打水捞虾/田野里，春光明媚/父亲左手举鞭，右手扶犁/吆喝那头水牛向左/拐了一道弯。"诗只有短短两节，第一节写在城市生活的"女儿"在练琴、"先生"在厨房炒菜、"我"在用电脑写诗，此类的"指间风"，要适应城市的节奏，相对比较急也比较快；第二节写在乡下的"母亲"编织竹筐、捶打衣裳、打水捞虾，"父亲"扶犁耕田，乡村农耕状态的"指间风"相对比较慢、比较缓。这一"快"一"慢"的互衬让内涵得以拓展，既有对城市快捷方式的认同，也有对乡村慢生活的留恋与渴望。宋秀娟的《零陵，浮桥的夜》表面上只写了"慢"："不要惊扰河水，也不要惊扰河面上的夜/放舞曲的人，心情同月色一样纯净而惬意/我们手牵手，步步小心翼翼/怕会惊醒水里的鱼，草丛里的虫鸣。"实际上这种"慢"是建立在城市白天"快节奏"的基础上的"慢"。"我们手牵手，步步小心翼翼/怕会惊醒水里的鱼，草丛里的虫鸣"，这种"怕"，其实就反映了内心的想法，对自然、宁静、安逸的慢生活状态的向往和追随。"我喜欢枕着月色/枕着潇水河/听娥皇女英的故事/我相信爱情是风中的音符/有虫鸣，有鸟叫，有溪流/才是自然和谐的乐章"，这是邹陶然的诗歌《东山鸟语》中的最后一节，这般陶醉式的陈述与享受，是对当今时代快节奏的对抗，是对慢生活、慢时光的最佳诠释。

在工业化氛围里，我们一边是对物质生活的满足，一边是对心灵孤独更痛彻的无奈

不可否认，现代工业文明高度发达，城市繁华，物资丰富，人们的物质生活条件越来越好。但也不可否认，繁华都市里承载着太多的欲望、太多的诱惑，我们的精神生活领域却存在着巨大的压力，心里常常觉得空虚、惆怅和孤独，愈想排遣愈想解脱，反而愈是排遣不了解脱不了，让我们十分焦虑和无奈。陈素凡的《孤独像只小狗》，揭示的就是工业化城市化快速推进过程中人的处境孤独和心理孤独。"为了摆脱孤独/走了三万多步//不要停下/在植物园看樱花的时候/孤独会跟上来/穿过大街/回望黑压压的人群/你发现孤独也在看着你//回到出租屋/拧开钥匙的那一刻/孤独像只小狗/比你先一步进屋。"刘朝善的《我们在大雾中走失》，又何尝不是一种对喧嚣的逃避、对安逸的追寻——"我们选择少有人走的路/一路风尘/回到人烟日渐稀少的乡下/昏黄灯盏下燃起隔年的枯木/闪亮的火光带来贴身的暖和安稳/喧嚣之外过简单日子的想法/越来越强烈"。梅朵的《一种宿命》的结尾如此写道："慢慢地，靠近雨/今夜，我躲在雨里，你不要来找我。""我"为何要慢慢地靠近雨？"我"为何要躲在雨里？"我"为何让你不要来找我？回答这三问，除了想躲避想安逸，恐怕就是心灵的孤独与内心的无奈了。在当下，不仅城里人在喧闹的表征下，倍感心灵孤寂。就连乡村，老人们在荒凉的背景里也会陷入深深的孤独之境。吴山的《寂静》写的就是这番

情景。"驼子大爷不肯迁住城里新房/执拗留守深山/往昔几十号人喧腾的山村/就剩他与一匹老马/他一头白发就是一盏马灯。""驼子大爷"在城里有新房，但他不肯迁往城里住。是不适应、不习惯，还是有别的原因？虽然，农村中的"空壳村""空心房"日渐增多，但应该还有一些"老""少"留守的村庄。可偌大的村子，只留下"驼子大爷"和"一匹老马"，其冷清、荒凉、颓废可想而知。"驼子大爷"宁可独居乡村，与"一匹老马"为伴，也不愿住儿女在城里的新房，他是自寻孤独，还是自处自安？我们找不到答案，也无须去找。"大爷闲时/与那些倾斜的木屋，坐在太阳下打盹/山顶乌鸦的叫声/和树叶簌簌落下来/砸不醒他/马骨头丁点响声/却让他从梦中惊起"，他这种孤独，带着岁月的沧桑感，也带着时光消逝的悲壮感。"驼子大爷"就像种在地里的庄稼，故乡情深，故土难离，离开了也就枯萎了。

在城市化推进中，我们一边是对他乡的生活寄居，一边是对故乡情感更深刻的眷恋

他乡？故乡？这两个概念的确是明晰的，也是有着明确的区别度的，可在现实中越来越模糊，越来越趋同。在城市化、工业化、现代化的大力推进过程中，有多少人离开了故乡，又工作生活在他乡？简直难以计数。就情感而言，我们对他乡的寄居与依赖虽存感恩戴德之心，但多多少少还是有一些被动、牵附之嫌，不像对故乡那般是与生俱来流淌在血液里的感情，自然、真挚、浓烈、执着、痴情。所以，无论我们在天南还是海北，日子过得舒畅还是憋屈，对故乡的那份眷恋始终如一，愈久弥坚。"我的房间并不属于我/她们走后，我搬过来/等我走后，新来的人又是谁/房间就像静静的顿河/它深知里面潜藏着怎样的危险/但它又给人以不同于衣物柔软的庇护/因为人的尘埃与墙壁皆为同一物/人们建造它，丈量它，使用它/同时人们自身也被建造，被丈量/而关于使

用，爱与被爱是唯一没有被时间/确定的动词和名词/生锈的水龙头因厌倦反反复复而垮掉/地面因过度踩踏而烂掉/门窗因拉拉扯扯而松弛/书桌一旦失去了书写作用，便不再散发出/智慧漆黑的光泽/而这些，原谅我擅自将你们划分/房间并不仅仅只是房间/暂居地也并没有被暂居/孤独的心房更多时候就像停驻在窗外的一片/美丽风景。"何畅的《暂居地》所写的，就是无数打工者客居他乡的一种比较典型的生活和精神状况。客观、真实、琐碎，充满着人间烟火气，又透露着庸常生活的世俗化，还夹杂着疲惫心态的无力与无奈。刘洁的《湘江源头》别有意趣："我听见，山涧捡石头的小姑娘/对妈妈说：我已长大了，能找到家了/是的，我也找到家了/湘江源，本是我的家/这山是父亲，这水是母亲。""家"应该说比"故乡"更具体，更温馨，更亲切，更能吸引游子回归。但此诗中所言及的"家"，应有两层意思。小姑娘对妈妈说，"能找到家了"的"家"显然是小姑娘的小"家"；而"我也找到家了"的"家"则是"湘江源"这个大"家"。"这山是父亲，这水是母亲"，使诗的寓意得以深化，情感亦随之升华。诗人通过小"家"、大"家"这种特殊方式，回眸家乡，情系故土，思乡之意、思亲之情呼之欲出。金锦云更是如此，他在远方眺望家乡，竟然把一棵棵枣树看成了自己的父老乡亲。他的诗歌《枣树》中如此写道："我在夕阳下仰望村庄/无垠的远处/那一棵棵枯瘦的枣树/列队而来/形如我的父老乡亲。"荆庚红曾一度在外地打拼，事业发展得不错，日子也过得安适。可他常常梦到潇水河，因此就有了《家乡有条潇水河》这首诗歌。"潇水河的浪花，开成云的模样/河里的鱼，触手可及/我也是一条鱼，只是没有鳞/却被宠成潇水河里的王//我手里有一根鱼骨头做成的权杖/我在北，潇水也一路向北//时光，踏水而来/一片红叶，贴在我的脸上/将我的梦染色"。与其说潇水"将我的梦染色"，不如说我的思乡情、恋家情给潇水河染色，染成了我梦中的颜色。"在记忆里。四十年以后/我终于明白那些枯黄的落叶/像日历，翻过去以后/再也回不到从前"，吕定禄的《小四合院里的落叶》在恋旧、回忆、伤感的旋律中感叹，在感叹中惆怅、惋惜、回望，整首诗触景生情、情景交融，诗人对曾经住过的小四合院情深依依、魂牵梦绕。上述这些诗人在书写时间的诗歌中存在一个重要的突出的特征，那就是岁月与记忆指向的不仅是一种祭奠式的哀悼与挽留，更多的则是对历史与记忆的重新体认和建构。与此同时，诗人在建构的过程中，自身得以成长与成熟。

这辑诗歌中，还有书写自然景观和人文历史题材的作品，选取的角度不同，表现的方式不同，但都能感动人、启发人。如毛歆炜的《大渡河上的苹果树》是这样写的："吃苹果长大的她们，脸上从酡红/到绛紫，有苹果一样的人生。"张艳君的《在湖边》温婉、缠绵，新奇的意象迭现，语感徐缓，节奏舒展，诗意浓郁。文紫湘的《艾草的符号学美学》《楮，或者构树的答案》《银杏树童话》三首诗歌，熔自然、历史、人文于一炉，其叙述缜密，想象奇诡，跌宕起伏，意象纷呈。李鼎荣的《陪楚子打水》中诸如这样的句子颇多，"陪楚子打水/我们打回了一桶生活的真谛/我们打回了一片春天的芳菲/我们还打回了一个天机/——天机不可泄露"，他还是一贯的机智、敏锐、言简义丰、举重若轻。桑显瑛的《诗歌地理》两首，气韵连贯，大气磅礴，又不失凝重，我们能在愉快的阅读中获得教益，受到启发。更值得一提的是，还有几位诗人抒写亲情的作品，别出心裁，感人至深。刘忠华的《物与辞》（三首），追忆童年往事，描述母爱细节，虽然时光过去几十年，仍然历历在目："太阳出来我也起来了/在村口我看见了母亲/她弓着腰正在补插昨晚/被我踩坏的禾苗/那时候阳光像扔出去的黄泥巴/正好砸在母亲的背上//禾田里溅起好多水花啊/——那一刻我看见母亲/多像一只船，在水面上/晃啊晃，晃啊晃。"乐家茂的《晃荡》组诗，以真挚、痴情、炽热的情感抒发为精神指向，以朴实语言、浪漫情调为表现方式，读来情动于心、心动于形。其中《父亲又缩水了一厘米》尤为突出，描述父亲因病住院称体重、量身高时与"我"的几句对话情景，其语言特别朴实，又特别感人："父亲糖尿病住院。入院称体重时/执意要我给他量一下身高/'是不是又缩水了？'/'没有，和去年差不多呢。'/父亲抬头看了一下刻度/白了我一眼：/'明明又缩了一公分嘛。'/我不说话。把父亲扶到/一张椅子上坐下，等护士量血压/喘了两口粗气，父亲说：/'这些年我这把老骨头，/总共缩水有六七公分了。/这样也好，将来你们送我走时，/可以少给我扯一两寸布料……'"

（发表于2024年第1期《文学天地》杂志）

底层抒写的情感力量与生命感悟

——乐家茂诗歌漫评

在潇湘诗坛中，乐家茂先生是一位低调、执着且勤奋的耕耘者，二十多年来，他右手写公文，左手写诗歌，均能得心应手，诗文双畅，实属难得。他始终秉持以真挚、痴情、含蓄的情感抒发作为诗歌的精神指向，以朴实语言、浪漫调性、人文情怀书写他对家园故土、现实生活、芸芸众生的眷恋与热爱，以敬畏之心、感恩之诚礼赞大自然、歌颂劳动者。其诗歌，直抵自己的感悟和情感悸动，一首诗就是一次生命的体验，就是一个鲜活的灵魂。他已出版诗集《爱的星辰》《乐家茂诗选》，作品在《诗刊》《诗选刊》《星星诗刊》《扬子江诗刊》《青年文学》《北京文学》《湘江文艺》《湖南文学》等文学期刊频频发表，深受各界人士关注与好评。

题材：底层人物与日常生活

对底层人物和日常生活的书写，是文学创作不可见底的深井，也是诗歌创作挖掘不尽的富矿。因为，作者所见所闻所感真实、真切，容易触发创作灵感，写出有深度、有温度的佳作；读者则感同身受，容易产生共情、共鸣，生发感性认知和哲思能力，获得深度思考后的某种启示。乐家茂幼年在农村生活，大学毕业后较长时间在基层工作，即便到市直机关工作后，也还是经常与底层劳动者打交道，在日常交往中，他敏感的神经、悲悯的情怀就会被触碰、被刺激，甚至被灼伤。唯其如此，他的诗歌题材主要是书写底层人物和日常生活。

譬如《38度的烈日下》，写的就是一群农民建筑工的日常生活："找不出更好的比喻。我只能说/是一群蚂蚁，在拱动着砖块，木料/水泥，钢筋，和白花花的日头//一栋楼即将完工。它是怎么/蚂蚁垒窝，一点一点，垒起来的/我没有在意过//它巨大的阴影/压过来。切断了我面前的/白花花的日头//我从来不曾想过，一栋楼/会有如此巨大的阴影/像一年前，我二叔三叔的肺部/——那时，他们也是这群/蚂蚁中的一员，在白花花的日头下/拱动着砖块，木料，水泥，钢筋……"这是他们劳动场景的实写，也是触动"我"感官和心灵的虚写，还是场景实写与"我"的感官、心灵虚写的实虚结合——"我从来不曾想过，一栋楼/会有如此巨大的阴影/像一年前，我二叔三叔的肺部"。诗歌结尾"而现在，他们应该在淌下村的一棵槭树下/打着盹，喝着茶，听着我们听不见的/流水和风声"。二叔三叔他们是不幸者，过度的劳累和工地的灰尘，导致他们的肺部像高楼投下的"巨大的阴影"，落下病根，因患肺病而过早离世，让人悲痛又唏嘘。这首诗的巧妙也是最令人心痛之处，是前面的建筑工人们蚂蚁般的辛勤劳作与后面"二叔三叔"逝去后"在淌下村的一棵槭树下/打着盹，喝着茶，听着我们听不见的/流水和风声"的"悠闲"形成的强烈反差，更显出诗的张力和给人的锥心之痛。

再看看另一首诗《三个挑萝卜的女人》，其中有两节如下："三个挑萝卜的女人/跟她们筐里的萝卜多么相像/仿佛也刚从泥土里拔出//半敞的衣襟/我隐约窥见，她们/萝卜缨子一样的青春/但这个早晨，一担萝卜/一肩霜花，将她们烙成了一张/生活的煎饼。""但我愿意赞美她们/这赞美，或许比她们肩上的萝卜更为廉价/但此刻，我愿意这样/颂出我的诗篇。"三个女人在小区门口卖萝卜，她们四十来岁，虽仍风姿绰约，但也掩饰不住农活艰辛、生活磨难带给她们的容颜早衰。她们，太过普通和平凡，可"我"还是从内心深处赞美她们，尽管"这赞美，或许比她们肩上的萝卜更为廉价"。他还有些诗歌赞美筑路架桥的工人、擦皮鞋的女工、环卫工人、种地农民、织布的瑶族同胞等，对劳动者的同情、理解、关切与赞美，是诗人乐家茂骨子里的品质，也是他作为诗人的人格魅力。

《父亲又缩水了一厘米》用口语化的叙述语言，白描父亲因病住院称体重、量身高时与"我"对话的情景："父亲糖尿病住院。入院称体重时/执意要我给他量一下身高/'是不是又缩水了？'/'没有，和去年差不多呢。'/父亲抬头看了一下刻度/白了我一眼：/'明明又缩了一公分嘛。'/我不说话。把父亲扶到/一张椅子上坐下，等护士量血压/喘了两口粗气，父亲说：/'这些年我这把老骨头，/总共缩水有六七公分了。/这样也好，将来你们送我走时，/可以少给我扯一两寸布料……'"显然，此诗乃诗人进入了非表达不可的状态，内心受到触发，故而一挥即就。其实，这诗早在诗人的心中潜伏久矣，或许早已属于自己灵魂的一部分，一旦触碰，便信手可得。

诗人乐家茂的诸多诗篇，如《父亲和一筐泥土》《注满春水的田野》《长途客车上》《源自故乡的河流》《小病友》《蹲在地上吃饭的乡亲》《盲女按摩》《晃荡》《试着拨打一个逝者的电话》等，均取材于底层人物和日常生活，这是滋养他生命和灵魂的血脉，这是他情感的基因。同时，这些事物赋予了他取之不尽、用之不竭的营养、精神与智慧。在他的笔下，这些底层人物坚强乐观，勤劳勇敢，可亲可爱，血肉丰满；日常生活虽平淡琐碎，艰难不易，但也是人间温馨，津津有味，斑斓多彩。

语言：洗练、精到与"及物"表述

乐家茂的诗歌语言，以洗练、精到、"及物"表述为圭臬，语言的诗性纯度较高，语言的感染力、冲击力、穿透力较强。他追求叙事的诗性，将物象和事象充分感性化、心灵化，强化诗的质美。

下面，来分析乐家茂的三首诗，领略其诗歌语言的独特之美。《盲女按摩》全诗如下："盲人的眼睛和手指有神性/她圣女般的微笑是天堂提来的一盏小灯/当她的手掌徐徐探来/我感到某种神秘和神圣的光/在靠近/想起，在暧昧的按摩院/狐媚的按摩女前/时常闪现的不洁念头/我拼命将骨骼和关节收紧/害怕她洞悉并称量出/我身体或灵魂某一处的/暗与轻。"由盲女按摩，自然联想到往日的按摩，在暧昧的按摩院接受狐媚的按摩女按摩，不时滋生"不洁的念头"，"身体或灵魂某一处的/暗与轻"就可能出轨。诗歌在展现自然意象的同时，却处处能见到人的心灵。人的五官感受，无疑会较敏感地察觉别人尤其是异性微妙的变化，于是人的感官、情绪、性情也会随之变化。盲女按摩时，他用了"神性""圣女般""天堂""神圣"等四个词，想到在按摩院按摩时，他用了"暧昧""狐媚""不洁"三个词，待回过神来，面对盲女，他又用了"收紧""害怕"两个词，稍加比较，通过这三组词语以及"我"情绪的波动，就能明显地看出乐家茂诗歌语言的高妙，洗练、精到、"及物"表达均有独特的韵味。

　　《陪母亲过马路》一诗只有短短的几句："我先走在她的左边/过中线后/我换到她的右边/返回来的时候/也是如此//母亲说：三十来岁的人了/走路还这么不安分。"此诗，言有尽而意无穷。陪母亲过马路，显然这里的马路不是乡村马路，而是繁华喧嚣、车水马龙的城市马路，"我"有意的移位，就是为了保护"母亲"，规避行车；而"母亲"不明就里，没有意识到"过马路"的安全隐患，在她眼中，三十来岁的"我"仍像个孩子，过马路还这般调皮、不安分。"我"听到"母亲"的嘀咕，且带有宽容、温情的指责，肯定是会心一笑，不会把话说穿。如此一来，诗意就即刻迸发，意兴盎然。诗歌的语言如此精炼，言简意丰，堪称典范。

　　"一个人坐在香零山上/从日出到日落/我始终没有惊动脚下的潇水/潇水，也没有惊动它怀里的雁群/和傍晚，天幕上次第展开的星光"，这是《一个人的香零山》最后一节，极致的静美、极度的幽静、极静的心境构成了一幅极美的画卷。人与自然不仅只是和谐相处，几乎成为契合的一体，人就是自然中的一粒沙、一滴水或一片叶。自然界中的河流、雁群、天幕、星光又是多么自在、安详、美好。看看这诗的语言，纯净如潇水，没有杂质，透明清亮，不疾不慢，自顾自流。这语言充满感性，充满灵性，充满诗性，何其美哉！

情感：蕴藉内敛与自然流溢

乐家茂诗歌的情感抒发，最突出的特征就是真情实感自然流溢。"自然"在其诗中，既是书写对象，又是一种基本的情感表达方式。他往往巧妙地使用叙事技巧，实现表情达意之目的。他的叙事并非为了呈现一个风趣的故事，也不是为了吸引读者的眼球。因此，他常常有意识弱化抒情主体，或者将抒情主体隐藏于叙事中，而以叙事"自然"生成平静蕴藉或跌宕起伏的情感波澜，情由境生，心由情牵。不虚情假意，不矫揉造作，不无病呻吟，这种情感表达方式不夸饰、不张扬，还常常以克制、内敛的手段进行处理，自然从容、质朴本真、亲切感人，这种情感表达就会带给读者心灵的激荡和思想的启迪。譬如《晃荡》《我们要时常保持相爱的姿势》《一个人怎样才能变成一块玉》《永州》（组诗）等，都是如此。

《晃荡》一诗如下："中年之后，一切都慢了下来/像一条河流，进入平原，把腹部放在/日渐淤塞的河床上爬行/我以为这身体里，再没有什么晃荡了/像花朵退去之后，院子里/终于安静下来的，那棵玉兰/可是，今天早晨/当我在八路公交车站等车，隐约感觉/有个长得很好看的女孩，从我身旁飘过/我不禁瞟了一眼，并惊奇地发现/我眼波转动的速度，居然/仍是一朵玉兰花开的速度。"人到了中年，"再没有什么晃荡了"，心态趋于平和，"一切都慢了下来"。可是，当"有个长得很好看的女孩，从我身旁飘过"，"我"的眼睛、我的心境就有了急剧的变化。"我"并非不食人间烟火，并非正人君子，但也不是猥琐卑劣之徒。"花心""好色"的本能与情绪波动，爱美、欣赏美、追求美的情感表达随之而出，自然而然，水到渠成。

《我们要时常保持相爱的姿势》，亦是在漫不经心的叙事中不声不响地完成了情感表达。"我们要时常保持相爱的姿势，以待那／突遇的风险和不测——比如／在一场大火中，你的身子要在我的背上／在一次车祸中，你的头要在我的怀中／在一场洪水中，我的脚要立于岩石／屏住最后的呼吸，双手，将你高高地托起／而在我们期待已久的沙漠旅行中，如果不幸／被一阵风暴吹散，吹得失去了行走的力量／爬，我们也要彼此爬向对方——"我们为何要时常保持相爱的姿势？诗人乐家茂一反常态，没有从生活日常状态进行叙述，而是设想在多种生死攸关的危险时刻，要保持相爱的姿势——"这样，事故之后，多年之后／当那些清理现场的人，当那些考古的人／看到我们的形态和身姿，就会指着／我们的尸体或骨头说：／'嗐，这是一对相爱的人！'"最后，谜底揭开，真相大白，情感饱满，感人至深。

更值得一提的是，他获得"潇湘杯"全国诗歌大赛一等奖的作品《永州》（组诗），更是关于自然、关于家乡、关于生命、关于人间的人生体验和情感宣泄的佳作。他在序诗中写道："1968年，我出生在这里／2068年，我死在这里／这不是世界上唯一养命和埋人的地方／却是我命定的泉水与牧场／——不管我爱她或恨她／一切，都将在她的风中和尘土中收藏。"可见，他对家乡永州用情何其深、用心何其痴。他企图在时间与空间、历史与现实、自然与人文的多维向度中，将永州所具有的自然风光、文化内涵和人文情韵呈现出来，将自己对永州的爱与恋、情与义、愧与怨表达出来。永州（之一）》《永州（之二）》《潇湘夜雨》《桐子坳》《板塘水库》给我们描述的是永州风光之美、人文之富——"嗯，最紧要的，是你的心胸要再宽广一些／左心室要盛得下它的潇水，右心室要盛得下它的湘江／舌尖之上／要盛得下它呈给你的一场山水盛宴""我愿意把你想象为一个古典的女子／总是撑着一把油纸伞，独立潇湘之浦／看水中你的倒影，洲上的一群白鹭""让我们只静静地等待一道闪电／去到那二水交汇之处／看两只蓝色的手臂如何在黑夜紧紧相挽／听两条千里奔腾才得相聚的河流／如何替我们说出了岩浆一样/埋藏在我们心底的痴恋的/话语……""在桐子坳的这个下午/是的，就是这个下午，当它向着黄昏靠近/有那么一瞬，我突然爱上了死亡/又无限渴望，若婴儿初生""我踌躇了很久/要不要在她如蛊的魅惑里，投下我的俗身/——哦，罢了，罢了，连影子写在上面/都将是：玷污"。这些作品都是以大部分篇幅叙写情境，营造诗意空间，为情感的自然流露做了充分的铺垫。《从江华到江永》《秋天的芦苇放大了它的影子和苍茫》《世外》这三首诗，虽然也描述了风光之美，但更偏重的是表达"我"的感悟、情绪、情感的激荡，以及个体生命的情怀。譬如《世外》，先写"我"对"世外"的理解：只需要一棵树一壶茶，一溜溪水一勺月光，或许什么都不需要，只需要一个影子——前世的，今生的，自己的，或某个古人的。然后笔锋一转，"想到这些，你知道我有多羡慕/在蓝山，那翻山一百余里才碰到的一户人家/那头戴蓝巾，正在屋檐下纺着一种/失传多年的家织土布的/瑶家老妇/——她不仅坐拥一片莽莽苍苍的原始密林/怀抱星辰一般罗列其间的溪潭流瀑/而且，我们所看到的月光/听见的鸟鸣，闻到的花香/或许，都是她所用旧了的"。何为"新"？何为"旧"？这里显然不只是时间概念，更应该是情感的暗示与情怀的寄托。"世外"不是"桃花源"，也不是"乌托邦"，它是"坐拥一片莽莽苍苍的原始密林/怀抱星辰一般罗列其间的溪潭流瀑"和"她所用旧了的"月光、鸟鸣、花香。

审美：简明疏朗与澄澈通透

乐家茂的诗歌善于捕捉自然澄澈的审美意境。只有纯净的心灵，才能见到、体验到纯净的审美境界，才能呈现出澄澈素雅的诗意。他往往将自己全身心融入自然之中，冷静观察，深度思考，超越时空，让自由的精神、活跃的思想、无边的遐想徜徉其间，进入一种物我一致、物我两忘的审美境界。他的诗歌，只要我们多读细品，就能更真切地感受其中的哲思雅趣和澄澈通透的境界。这个境界，既有心灵的高度、精神的高度，又有生命的高度。

　　以《黄昏》为例："我喜爱这样的黄昏——/夕阳将落未落，夜幕欲垂未垂/一条不大不小的河流伴在身边/宛如亲人//隔河还应该有一抹，淡淡的远山/衔着夕阳，与我相对/河面上有几只鸽子，驮着暮色/低低地飞//我一个人在河边走着/向晚的风，吹着我，也吹着芦苇/我不离去，夜幕不启，夕阳/也不忍撤退。"很明显，此诗从日常生活中来，从诗人乐家茂对环境的洞察与感悟中来，我们在这首诗里能真切觉察到他与自然的休戚相关，触摸到他与环境（黄昏、夕阳、小河、远山、鸽子、风、芦苇）的同频律动。在诗与自然的衔接、交汇、融通之际，诗人自觉介入其中，一方面显示其对自然环境和生活的观察、思考与感悟，另一方面向读者揭示更深层次的生活与生命的内涵。同时，诗歌呈现出简明、疏朗、纯净的美学质地和蕴藉、澄澈、素雅的美学特征。《一朵花拦住了我的去路》亦是如此。前半部分颇有"盈盈一水间，脉脉不得语"的韵味，最后几行"啊，它发出的震颤/就像在初吻当中/来自我恋人舌尖的/一道/轻轻的闪电"，则以一种性感的姿势和动态的节奏打破了前面的平稳，诗意随之蓬勃，诗趣陡然提升。"先要学会亲近泥土，泥土中的/光芒和灰烬/接着要学会仰望星空，保持对住在头顶三尺的/神灵的虔敬//再接下来，要学会在心中种植菩提/在泪水中，养育观音//最后，要记得经常在阳光下/翻晒灵魂，用一根月光磨就的小针/挑破手指，排出血液中的毒/和骨头里的阴影……//——当肉体渐渐变轻，影子清澈、透明/这样，一个人，与一块玉，或许/才能，慢慢接近"，这是他的诗歌《一个人怎样才能变成一块玉》，多维呈现了诗人宏阔的观照视域，时间的绵延与空间的拓展、个体的生存与大自然的淘汰、生物的进化与精神的淬炼等，都在这首诗里交汇、冲撞、缠绕、剥蚀，彼此生发又彼此制衡，构建了一个纵深开阔、富有思想内涵和精神厚度的美学境界。

　　总体来说，乐家茂的诗歌作品大多写得朴实、平易、素淡，但又不失优雅、韵致、深刻。他对诗意的营造，十分注重意象与细节的撷取。巧妙撷取意象与细节，就会为诗意的营造增添诱惑、构成支撑，诗意就随之延展、扩充与丰盈。诗意愈是丰盈，澄澈通透的美学境界愈是精彩，愈是诱人。

（发表于2024年第5期《今古传奇》杂志、
2023年10月25日《湖南工人报》）

父亲，抑或故乡
——李春兰诗歌阅读札记

　　山西诗人李春兰的诗歌，我在报刊上陆陆续续读了一些，印象不错。前不久，她给我发来一辑诗歌三十四首，我集中阅读这些诗歌时，确实是有点惊讶的。她的诗歌尽管题材广、情感真、写法活，有两个关键词却十分突出，即"父亲""故乡"，下面就此谈点读后感言。

札记一：诗歌富有情感和生命的重量

　　"父亲""故乡"，是每个人的血脉源流与情感脐带，也是每个人的念想与牵挂。李春兰的体验和抒写似乎比常人更细腻、更深切、更强烈，她的诗歌便有了情感和生命的重量。比如，"父亲，多年不见/我有时觉得你还在故乡/只是化成了烟云，落入了故乡的黄土地/我伏下身去，就可以拉住你的衣角/回到芦苇荡。"（出自《父亲多年不见》）朴素、平实、冲淡的叙事，却暗伏着情感的波澜。试想，如果诗歌没有情感，或者说诗人不言情感，那么，诗歌还有什么意义？李春兰诗歌的情感涌动，是我们可感、可及的。她对情感的抒写与把控往往恰到好处，既不虚假、不做作、不空洞、不无病呻吟，又不无度宣泄、滥情。这种情感的表达源自内心的律动，自然、贴切、敏感、丰盈，是自我为生命或灵魂找寻到的出口通道，既存在于现实中，又超越了地理时空。父亲已不在人世，化成了烟云，落入了尘土，然而"我"还是愿意且可以把他拉回到芦苇荡。真也假也？亦真亦幻。是生命不朽还是灵魂再现？"父亲，我看不到你/飞来飞去的神，我也看不到"。诗人对生命意义和生命意识有着敏锐的触角、独特的感悟和深层的思考。再如，《父亲你忘记我们吧》第一节："把自己揉进一声鸟鸣/返回麦田，桑梓下/去看望你的墓地，长出安详的新绿/把你放入暮色下的三月/用微雨擦洗往事/父亲，你忘记了我们吧，转世它处。"这是喃喃低吟，也是痴情倾诉；是告慰，也是祈愿。诗人置身于多雨的三月、父亲的墓地，多愁善感的内心思绪翻滚，有多少话语要表达，有多少情感要抒发。可是，只此一句"父亲，你忘记了我们吧，转世它处"最见性情。父亲在世时，对"我们"那般关爱、不舍和惦念，希望不要再延续到另一个世界，再带给父亲不堪重负。诗的最后一节写道："父亲，你忘记我们吧/忘记酸甜的杏子摘取夕阳/落在屋脊上的云朵，还会飞走/你再生一堆儿女，承欢膝下/当我开始落泪/你就忘记前生。"父亲在另一个世界，没有了天伦之乐，子女也无法尽孝，所以，祈求父亲"你再生一堆儿女，承欢膝下"。诗人紧紧扣住"你忘记我们吧"这个内核，在语势的流转中始终保持心灵倾诉的姿态，将心中弥漫的痛感有意克制、钝化，通过境与情、象与思的交织纠缠，表现出极强的情感穿透力。

札记二：呈现日常生活及怦然悸动的诗意

书写日常生活的某一场景、某一时段、某些人物，是当下诗歌的一种趋向。诗歌不再是曲高和寡的天书，也不再是象牙塔里的吟咏，应该是植根于泥土、来源于生活的绽放，是所见所闻所感的诗意表达。唯其如此，诗歌表现的空间才得以拓展，诗歌呈现的内容才更有意义。故乡和亲人，是诗人最愿意、最擅长、最用心抒写的对象，由于用情真、用情深，容易出佳作。但也由于诗人的痴情，恨不能将所见之物皆入诗，没有仔细选择，囫囵吞枣，来不及消化，更没有提炼，诗作信手而出，难免就会流于琐碎与平庸。至关重要的一点，就在于诗人能否发现与表达日常生活中的诗意。李春兰显然是一位捕捉和呈现诗意的能手，看她的《归乡》便知。"在故乡，一草一木都是乡亲/向日葵举起金色的阳光/古柏述说着衷肠/我时常梦见晨光里的河水，绕过村庄/草地上的牛羊/卷起无际的春色/布谷鸟飞过头顶/一只画眉在时光中弹唱/父亲在芦苇里拨开风/寻觅露下来的阳光/母亲坐在小凳子上/用针线把花布缝好/然后喊道：兰，快来试试新衣。"草木、向日葵、阳光、古柏、晨光、河水、村庄、草地、牛羊、布谷鸟、画眉、父亲、芦苇、母亲、小凳子、针线、花布、新衣等，这些都是我们在日常生活中司空见惯的，在李春兰的笔下却出神入化般异常生动，逸趣横生。尤其是结尾一句"然后喊道：兰，快来试试新衣"，使得诗意妙不可言。她在《四月》中这么写故乡："从故乡出走的浅水河/承载着千朵万朵的云/把雨滴击碎，从城市的高楼倾泻而下/滴在我的屋檐下//我在黑夜与光明的缝隙/拾的清风/在楼宇间倾听鸟鸣/漫天的雨水，扑在窗户上/敲打着四月的梦。"在城里待得越久，对家乡故土的思恋越深，这是我们从乡下来的城里人普遍的恋乡情结。李春兰又是如何表现这种情结的呢？城里下的一场雨，让她找到了情感的寄托与宣泄。城里下的雨，却是故乡浅水河上空承载的云所致。"我"拾的清风、听的鸟鸣，不仅局限在城里的楼宇间，"我"也许已经站在了故乡的浅水河边，或正冒雨追赶着故乡的炊烟。此诗的结尾更是意味深长，"把四月与雨滴一起饮下/等待爱与幸福疯长"。

札记三：热爱并忧患地关注自然万物的生存

诗人的热爱，不单是指生命与生活，还有更广阔的领域，譬如弱小的生灵、自然万物。文学艺术无疑都会关注自然万物的生存状态，诗歌更不例外。但诗人能自觉做到忧患的关注，实属难能可贵，李春兰恰恰就是表现较为突出的一个。她的诗歌，表面上看似清纯朴实，实则内涵深邃，彰显着人性的光芒。无论伤怀感动时，还是观照底层社会、寻常百姓，都充满了温情与温暖，充满了良善与友好，散发着人间烟火味、市井气。《黄昏》一诗，写花开花落："西山还没有日落／一朵黄花开在石头的缝隙／已经微微合拢阳光／黄昏的凉浸入花蕊／将是什么样的凋谢与落魄／纤细的根茎紧咬着北风，摇摇晃晃／还能经起几次这样的黄昏，不掉色／一朵花，头顶着薄暮的肃杀／归于泥土，落在星星上／一瓣香气吹下去给自己送花。"这难道仅仅是写花开花落吗？显然不是。一朵不起眼的黄花开在荒郊野岭，又被肃杀的北风吹落，乃寻常之事，谁会在意，谁会关心？李春兰竟然给予了超乎寻常的观照、同情、怜惜、感叹之情呼之欲出。在如此荒僻、寒冷、肃杀恶劣的环境下，一朵花凋谢了，可它也完成了自己的使命。它享受了阳光和雨水，散发了应有的香气，最终还实现了自己送花给自己的美好愿景。《候鸟》则写的是迁徙之旅："候鸟停留了一下／就把太平窑水库的夏日全数搬走，从水面掠过／带走深秋／多么幸福啊，它们成群结队／是兄弟姐妹，是左邻右舍／领头的大雁是父亲／／一个雁之家，结队奔赴南方／那里的阳光还能开出花形／没有掉队的弱鸟，雏鸟／不会孤苦无依／为温暖而去的生灵，翅下／有回家的方向。"候鸟迁徙的艰辛，是人类不可体会的，但它们在迁徙过程中获得的关爱和幸福，是令人类羡慕并能感同身受的。"多么幸福啊"，这不是诗人宽泛的赞叹，而是诗人情感无法抑制时的有感而发。雁群在领头大雁父亲的带领下，勇往直前，虽苦犹乐。诗人即刻联想到自己的父亲，他在世时对女儿和家人的种种关爱，他去世后父爱的缺失以及女儿对父亲的深深思念，心中之痛难以言说。最后，她以"父亲种下的爬山虎／还在夏日一节一节地红"结束全诗，这是一种别样的风景，也是一种情感的寄托，诗的意境细致绵长。

清纯而深邃的语境，迂回顿挫的语感，与灵魂的碰撞和融通，恰好成就了李春兰诗歌那种独特的美。

（发表于2023年11月29日《山西日报》）

直抵人心的灵魂抒写

——刘年诗集《世间所有的秘密：刘年诗歌自选集》漫评

刘年的诗歌，虽然近些年已引起国内外诗坛的广泛关注，也引起了诸多专家学者的研究和批评。但是笔者认为，这些还远远不够，对刘年诗歌的价值研判，还没有提升到其自身应有的层面，分析与评价还不充分，还没有到位。笔者也知道，凭自己的见识与学养，亦不能触及万一，拙作只是抛砖引玉，期待更多的专家学者、评论家参与研讨，见仁见智。因为，他的诗歌，源自他的身体、精神、灵魂与大自然的契合，诗意是从高山流水、荒漠孤烟、犬吠鸟鸣、雷电雪崩、山花野草中长出来的，既清纯朴实，又高远深邃，闪烁着迷人的光辉。他的诗歌，放在当下纷繁的诗坛来考量，具有重要的启迪意义，值得我们深入分析、研究和借鉴。

一、思想深度

所谓思想深度，指的是一个人在思维活动中对于深层次问题的理解和探索程度，也可以理解为触及事物本质的程度。思想深度还涉及对生活经验的感悟和对常识的理解与掌握。《世间所有的秘密：刘年诗歌自选集》收录了371首诗，作为行吟诗人，他的诗歌所表现的思想深度显然有别于或超越于一般的诗人。在大自然中，他的身心就会完全放松，没有顾虑、虚伪和防备。所以，很多诗都是在路上写的。在路上才能感觉到自己像一个孩子、一个赤子一样，接受大自然传递出的各种信息。这些信息基本上是一些没有加工过的、原生态的、没有污染过的信息。这些信息，非常有助于诗人去观察、理解这个世界的万物到底是怎么回事，它们和自己究竟是什么样的关系。通过这样的观察和理解，他对客观事物敏锐的洞察力，对问题多角度的审视和思考，不仅不会局限于表面现象，还深入到问题的本质，能独创性揭示或呈现深刻的结论。

这里所言的思想深度，并非指带有政治倾向、价值教化和道德说教的成分。恰恰相反，它应该是真实的、真挚的、客观自然的认知与思想升华，是对事物本质的思考与感悟，是对价值的判断和道德的引领。"骑士精神"是刘年的标配，他亦非常认可。他说："骑士精神在国外是牛仔精神，在中国可能就是武侠精神，对正义、自由、公平、是非看得很重。"正因为如此，他的诗歌有一种强大的力量，有许多打动或者刺痛人的地方。笔者认为，刘年诗歌的思想深度主要体现在大爱的情怀、生命的哲思和赋予日常生活的禅韵等几个方面。

大爱，通常指的是一种超越个人私利和无私奉献的爱，也可以理解为一种广博的关爱，不仅包括对人的关怀，还包括对自然界或其他事物的关心和保护。刘年的诗歌较多地聚焦良善、美好、坚守和孤独，忧患地关注人和动物的生存状态，观照生活抚爱弱者，抚慰思考的疼痛，同时也充满着对大自然的敬畏和感恩。"西西弗斯，推着石头，反复地推/无休无止地推//屎壳郎，一生都要推粪球/要到顶了，又滚了下去/同时滚落的，还有黄土高原的落日//五十七岁的秦大娘，每天推着儿子，去朝阳医院。"（出自《英雄》）何为英雄？有抱负，不畏强暴，对民族有重大贡献的杰出人物，是英雄；无私忘我，不畏艰险，为人民利益而英勇奋斗，令人敬佩的人，是英雄；在各个领域为人类社会进步事业作出突出贡献的人，是英雄。那么，无休无止推石头的西西弗斯、终其一生都推粪球的屎壳郎是不是英雄？每天推着儿子去朝阳医院的秦大娘是不是英雄？这是来自灵魂深处的追问，直击人心。可他的叙述，始终波澜不惊，平静而低沉，这种绵里藏针的处理，反而增强了诗歌的感染力和穿透力。他的《万年堡》是这么写的："黄豆喝饱水后，比姐姐还肥/石磨只听母亲的话，小孩子怎么推也不动//端着热气腾腾的豆腐脑/送给劈柴的父亲/雪，准确地洒进搪瓷碗//人间像豆腐一样善良，天地像清理过后的石磨一样安静。"姐姐，是诗人刘年最深处的痛。姐姐被人贩子拐卖，失踪、失联数十年，无时无刻不让他牵挂与怀想。见到发泡后水汪汪的黄豆，他即刻想到了胖乎乎的姐姐。这种对亲人的爱和眷恋，刘年在诸多诗篇里均有刻骨铭心的描述和表达。此诗，如果抛开姐姐的失踪、失联这个隐情，整首诗呈现出来的倒是一幅温馨的画卷——母亲推磨，我烧火，父亲劈柴，然后母亲端着热气腾腾的豆腐脑给父亲吃，雪花洒进盛豆腐脑的搪瓷碗里。结尾一句简直是神来之笔："人间像豆腐一样善良，天地像清理过后的石磨一样安静。"刘年把揪心的、巨大的悲伤隐匿在日常劳作和日常生活的氛围之中，唯愿人间温暖、祥和、清欢。

当然，诗集《世间所有的秘密：刘年诗歌自选集》还有许多诗歌都有着大爱的情怀。比如《骑摩托从长沙回永顺记》中写"在岩泊渡停下来加衣服，有只狗，叫出了狼的孤独"；《小夜曲》中写"愿深夜赶路的人，都能看到一扇橘黄的窗子"；《刘江长》中写"我要沿江修一些亭子和排椅/供爱水的摩托车手躲荫，躲雨，等落日/我要建一些碾坊和油坊/让水车日日夜夜咿咿呀呀地唱/让满江都有菜油香、茶油香和桐油香"；《德令哈的田野》中写"将膝盖上的瓢虫，放回田埂/起身，暮色像件棉质的衣衫，无声地滑落"等。诗人对自然万物的关爱温暖人心、启迪众生，实属可贵。

刘年当过水泥厂的机械维修工，做过卖木材、卖棉花、卖谷种、卖药材的小贩，做过期刊编辑，现在从事诗歌散文的创作与教学工作。正因为如此，苦难、挫折赋予了他对生活、对人生通透的理解，虽看透生活的本质，但依然勇于面对生活、热爱生活。他对生命的感悟和体验就会比常人更深刻、更复杂。他的诗歌有着较强的悲悯意识和对生活、生命的哲思。"有些石头，因为吸收了太多的黑暗，慢慢成了煤/有些石头，吸饱了月光，成了和田玉/信赖人间的石头，孵出了一堆石头/什么都不信的石头，孵出了蝎子/胆小的石头，缩成了一团/更胆小的石头，在风中，低低地呜咽/一双绿莹莹的狼眼，让满天的星斗，黯然失色。"他的这首《荒原狼》，借石头写出了人在各种环境中的改变，不同的境遇，导致不一样的结局。尽管满天的星斗在一双绿莹莹的狼眼里，会黯然失色。但我们无论成为什么样子，无论面对毁还是誉，都应该把持得住，不忘初心，保持本真。《如果那些云是绵羊就好》则是穿越广袤时空的冥想，弥漫大地的气息，展现天空的浩渺，表达生存的对抗和心中美好的愿景。"云，如果是绵羊就好/我会把多余的云，往西北赶//云，迈着雨脚，离开江南/沿着河西走廊，赶进沙漠，圈起来//两年后，会出现一个叫塔克拉玛干的淡水湖/三十三万平方公里//摇杠杆压水机的少女/需要重新学习摇橹的技艺。"思想的广度和深度向宇宙拓展，向生命深处掘进，这种广度来自与外界万物的心灵契合，这种深度来自对生命、生存甚至宇宙的哲思。

禅韵，通常指的是一种静谧的氛围和享受。它是一个与禅宗有关的概念，是一种极致的感官和精神的协调，能够让人感到舒适、自然，享受大自然的美与宁静，能够减轻焦虑和忧愁，帮助人们摆脱日常生活的纷扰，感受生命的美好。同时，禅韵也代表着淡泊、柔和、温馨、雅致的美感，其所体现的审美观与生活方式，让人们更加关注自然、回归本真的价值观念。刘年的诗歌，往往赋予日常生活以禅韵，这是他内心平静、沉淀而达到的一种境界。《黄河颂》中写道："源头的庙里，只有一个喇嘛/每次捡牛粪，都会搂起袈裟，赤脚蹚过黄河//低头饮水的牦牛/角，一致指向巴颜喀拉雪山//星宿海的藏女，有时，会舀起鱼，有时，会舀起一些星星/鱼倒回水里，星星装进木桶，背回帐篷。"这般淡泊、柔和、温馨、雅致的画面，给我们带来美感的同时，也会给我们心灵猛烈的撞击。"趴下来，牦牛一样喝水/喇嘛说，喝一口玛旁雍错的水，可以看见前世/看见了，我的前世是一朵云/难怪，这一生，总也停不下来//喇嘛说，喝两口，可以看见来生/又看见了，来生，是座雪山/难怪啊，我那么迷恋高原的星光，那么担心尘世的烟火。"（出自《玛旁雍错》）喇嘛的诱导、我的虔诚、前世、来生、云朵、雪山，巧妙地构成了一种静谧的氛围，形成了极致的感官和精神的协调。在物我观照中，诗人与物象融为一体，在趴下来喝玛旁雍错的水时，看见了自己的前世和来生，他竟然在与自然的交互中实现了内心的自洽。

显而易见，诗人刘年在写这些诗歌的时候，见景写景，见人写人，想怎么写就怎么写，思想十分自由。他在行走与日常生活中发现了诗意，发现了美，就真实地呈现这种诗意，呈现这种美。这种诗意或美，就具有唯一性、自然性、真实性，能感染人、打动人、启发人。这种思想深度，是刘年的诗歌具有重要启迪意义的突出标志。

二、语言特色

诗歌语言的多样性、探索性、先锋性带来了诗歌的多样性和丰富性。可以说，当下诗人对诗歌语言特色的追求越来越强烈，语言的个性化程度、开放程度也越来越突出。但是，毋庸讳言，目前绝大多数诗人还缺乏语言的个性和特色。值得庆幸的是，刘年做到了，还做得特别好。

刘年的诗歌鲜明的语言特色，表现在语言的形式与语言的本质的有机结合上，表现在独具个性上。笔者认为，刘年的诗歌语言特色起码具有三个特性：野性、刚性和灵性。

关于野性。雷平阳曾说："刘年是我认识的当代诗人中最具骑士精神的诗人，其诗歌有三个出发地：故乡、路上和现状……"刘年自己坦言："人找回野性后，诗歌就会从身体里长出来。"他长年累月骑着摩托车，穿行于大江南北、荒郊野岭、戈壁大漠、雪山草地，乃至原始森林、无人区，他对大自然的亲近、深入和感受，以及野外生存的体会、经验，是独特的、深刻的，是深入肌体、血液和灵魂的。他的诗歌语言，亦如大自然、野性、原始、蓬勃，充满生机与活力，却又粗糙、真实，不落俗套，不可取代。我们不妨看看他的几首诗歌，就会明显感受到其语言的野性。"从枯木中取出自己的火，从坚冰里煮出自己的水/小半天隔着冰面，与一只火狐相望//小半天，用来羡慕那匹马驮两袋面粉/被一个好看的女人牵着，翻过了白雪皑皑的山岗。"这首题为《远》的诗，是刘年在旅行途中"撞见"的。他有很多诗写的是路上所见；也可以说，这首诗是他在路途中不经意捡到的，语言未经任何修饰加工，野性、纯天然，有如在大自然长出来、在身体里长出来一样，这是生活在城市钢筋水泥建成的"盒子"里难以想象的一种状态，是冥思苦想都很难产生的一种语言。作为一名骑士、一名行吟者，他很喜欢在路上的感觉，他很喜欢这种语言表达方式。《大西南》是这样写的："二姐如同澜沧江，流经佛教地区后，开阔起来/她说卖保险，也是普度众生//我是怒江，拼命地抓着自己的溜索/一头是碧罗雪山的悬崖/一头是高黎贡山的教堂//大姐是金沙江/石鼓第一湾，是她向满头白雪的青藏高原/最后的回望。"这语言，也是野生野长的，任性，随意，却又长在该长的地方，长成该长的样子。澜沧江、怒江、金沙江、碧罗雪山、高黎贡山、石鼓、青藏高原，这些江，这些山，都在他的摩托车车轮下，也都在他的诗歌语言中。《肖尔布拉克的寂静》更加野性："阿吉把碱草编成辫子，喂给他的绵羊/当然，不编，羊也吃得很开心/但是他喜欢辫子/肖尔布拉克的姑娘，都留着辫子//不编草的时候，他会扔石头/反复地捡，反复地扔/有时候，会扔出很远很远/也不是为了击中什么，只是为了听到一些声响。"把草编成辫子喂羊，如果不是亲眼所见，即便天才，也无法想象。阿吉无聊吗？不，他喜欢辫子。阿吉反复地捡、反复地扔石头，无聊吗？也不。他为了听到一些声响。可见，肖尔布拉克是何等寂静、何等荒凉！刘年在这首诗里用的语言，就像当时在那里顺手捡到的，如阿吉捡的石头，不需要担心有没有，也不需要精挑细选。这种效果便是野性中见力量、朴实中见精神。

关于刚性。刘年的诗歌语言除野性外，另一方面往往表现为刚性，即直接、坚定、刚毅、朴素，不枝不蔓，干净纯粹，富有雄性气息。譬如，《在昆仑山上的致辞》中写道："海拔五千五百六十六米，我站的地方/比所有的主席台都要高，请安静下来/我想说三点//一、别老想囚禁我，你们不是棺材/二、不需要那么大，那么多，那么新，那么快/你们需要的是忏悔、宽恕和审美/三、你们把手机显示屏，当成了苍天//被你们遗弃的苍天，被昆仑山苦苦支撑着/你们喝的水，是昆仑的泪。"这致辞，够直白，够朴素，够坚定，没有一句多余的话，没有一个多余的字，但骨骼雄健，气血旺盛，有张力，有力量，直击人的痛点和泪点。诗人通过了解社会、认识世界，看透了人性的狭隘与邪恶，他想干预、控诉，企图拯救。同时说明，诗人在人生观、价值观上有着主体意识觉醒的期待。他的《大象穿过城市》《审判者》《神话》《戈壁谣》《战鼓》《永顺城》《读云记》《在海南棋子湾沙滩有感》《雅鲁藏布江歌》《下辈子还当不当诗人》等，均可作如是观。

关于灵性。刘年的诗歌语言的灵性，来源于诗歌的发生、发现和内心的敏感。他先有了发现，才有诗歌；或者，发现与诗歌同步。在场，是点燃他语言灵性的导火索；实写，是助力他语言灵性的加油站。他的诗歌语言极其自由，口语、方言、俗话、古词皆能入诗，且恰到好处，浑然天成。《世间所有的秘密：刘年诗歌自选集》中有近150首诗歌是直接用词、歌、颂、令、谣、曲、记、吟、祭、传、行来作标题的，就连序《祈祷辞》和跋《湘西辞》都以"辞"名之，这种歌谣式诗歌体量之大、语言之富，无人出其右。他诗歌语言的灵性，带给我们以亲和之美、悲悯之心与博爱之情。如《稻草》中写道："秧，老了，就成了稻草/稻草搓成绳子，可以系住一些本已散去的事物//草绳弯在门口，女人惊出一身冷汗/以为是蛇//那晚，月光极好，草绳在老槐上，突然有了生命/蛇一样，绞住了寡妇的脖子。"此诗的语言极为平常，除了"秧、稻草、绳子、草绳、门口、女人、冷汗、蛇、月光、老槐、生命、寡妇、脖子"这些名词外，只有不多的几个动词、虚词。但语言的灵性特别突出，词和句是活的，在生长，在呼吸，有感知，有体温。草绳如蛇突然有了生命，草绳活了；寡妇的脖子被草绳绞住，寡妇死了。这一死一活，张力足，力量大，我们的情感受到撞击，我们的心被锥痛。又如《春风辞》中写道："快递员老王，突然，被寄回了老家／老婆把他平放在床上，一层一层地拆／／坟地里，蕨菜纷纷松开了拳头／春风，像一条巨大的舌头，舔舐着人间。"此诗更短，但意更深，情更浓。他以敏锐的洞察力、独到的视角、透彻的感悟、平白朴素的语言，揭示了现实与生命、自然与生命、亲人与生命的依附关系，提出了深刻的批判与反省。再如《离别辞》中写道："白岩寺空着两亩水，你若去了，请种上藕／／我会经常来／有时看你，有时看莲／／我不带琴来，雨水那么多；我不带伞来，莲叶那么大。"语言之平实、流畅、舒缓、精妙、隽永，堪称典范。诗人内心气定神闲的平静和豁达，情感的单纯和丰富，在平和、优雅、从容的字词中得以充分表现；在略带调侃、轻松的叙述中，诗人朴拙可爱、和蔼亲切的形象得以充分呈现，整首诗便有了一种风趣俏皮之态和幽默机智之美。

为了摘录方便，上面举例均为短诗。其实，刘年一些较长的诗，如《写给儿子刘云帆》《世间所有的结局，都在火里》《大怒江》《澧水传》等，叙述和细节大幅度植入诗歌，构建起诗与当下生活最直接、最紧密、最广泛的关系。他对语言意识和语感的强调，从根本上确保了语言的生动、准确、空灵、"及物"的质地，其诗歌文本沉静而纯净。

如上所述，刘年的诗歌语言"野性、刚性和灵性"的三个特征，正是我们大多数诗人所欠缺、所没有的，尤其是那些"拆骨族"（诗歌无骨架，语言零散疲沓）、"木乃伊"（诗歌没有血肉，没有温度，没有呼吸）和"回车键"（散文、笔记的分行体）的写诗者，该反省了，该猛醒了。刘年为当下诗坛提供了陌生的、新鲜的、优质的诗歌语言范例，开拓了诗歌书写的另一种可能。

三、情感表达

毫无疑问，诗歌的情感表达并非空中楼阁，它必须依附于语言。朱光潜说："语言的实质就是情感思想的实质，语言的形式也就是情感思想的形式，情感思想和语言本身是平行一致的，并无先后内外的道理。"这就客观而辩证地阐明了语言和情感的关系。吕进认为："从生成过程来看，诗有三种：诗人内心的诗，纸上的诗，读者内心的诗。因此，诗的传播就是从（诗人）内心走进（读者）内心。诗人内心的诗是一种悟，是'不可说'的无言的沉默。"这说明了诗人与读者情感交流的方式和路径。

当下，我们许多诗人在情感表达上无病呻吟，缺乏现实、生活与灵魂交合的"及物"写作。那么，诗人刘年的写作实践，适逢其时地给我们树立了标杆。他的情感抒发，是血液的流动，是脉搏的搏动，是心灵的律动，具有真实、自然、内敛三个突出特点。

真实，是诗歌情感表达最根本的要求。离开真实谈情感，是虚情假意，是伪情感。刘年诗歌情感的真实，无论是日常自我心思的流露，还是感叹、悲悯、敬畏、感恩、赞颂，均是他情感的心电图式呈现。读他的诗，无一例外地会一次次被感动、被冲击、被震撼。他的诗歌似乎具有招魂的功能，有心跳、有体温、有眼泪，有苦难、有坚守、有希望，有人性、有良知、有操守，是一种延续、开放、包容性写作，是"从阅历里来""到灵魂中去"的写作。前文所列之诗歌，均是如此。不妨再举一个例子加以分析，如《在陈家坡独坐》中写道："每一棵树，都有性情和样子/那些认识的树，却不会像人一样，走过来/要你客套，要你陪笑//喜欢看山。一起爬过的山/不会像人一样散开，十多年了/等也等不到//目光是有重量的，本来要去远方的云/被你看成了雨，落了下来。"独坐在陈家坡，看到了树，看到了山，看到了云，这些皆为所见；想到了人（日常交往的人、思念的人）和雨，这些皆为所想。那么，情感呢？人与树的对照，人与山的对照，把云看成雨，情感也就表现出来了。人和树，不管何时何地都能真实相处，而不像人与人的见面，需要客套，需要赔笑；人和山，即使分离了，也不会失散，下次还会再遇，可思念的人，已经分开十多年了，还没有音信。诗里流露出对人际交往中虚情假意的厌烦和抵抗，对朋友（抑或恋人）的眷眷之情。尤其是结尾"目光是有重量的，本来要去远方的云/被你看成了雨，落了下来"，心柔软下来，情感凝聚，瞬间有了疼痛感——人在时间之中，却在连续不断、永无休止地失去时间，人在思念之中，却往往忽视曾经在一起的那一种缘分，未能珍惜那一份美好。

自然，是诗歌情感表达的心灵波澜。自然，是针对生硬、突兀、拘谨、做作、牵强、呆板、勉强等而言的，一旦诗歌中的情感表达不自然，那么诗歌就会显得尴尬和别扭，这无疑是诗歌写作之大忌。刘年在诗歌情感表达中的自然，主要来自其内心，境由情造，情由心造。心中有什么样的感觉，才能表达什么样的情感。他对大自然的感受尤为敏感，反映在写作中，多采用口语表述，很少见到生僻之字和晦涩之词，平实而不平庸、冲淡而富韵味，常常出其不意，让人耳目一新。刘年将个体的情感曲线与斑驳的灵魂自然呈现出来，源源不断地激荡我们的心灵，启迪我们的思想。再从刘年的诗歌语句的分行来看，他十分遵从内心的情感，不图形式，不求整齐，分行自然而然，长短随意，错落有致。这也正好适合演唱，所以他有许多作品被配音弹唱，意蕴重生，十分精彩。

内敛，是诗歌情感表达的智性把控。针对张扬、放纵、猖獗、放荡而言，内敛是一种修养，也是一种艺术。刘年的心灵世界尽管斑斓多姿，情感脉络尽管复杂多变，但在诗歌中绝不表现为情感的强化和放纵，而是表现为情感的内敛和克制，尽力去除感性化的色彩，保持情感的真和纯。如《广陵散》中写道："写封绝交书，写了撕，撕了再写/手在颤抖，字，却是工整庄严的魏碑/倒一瓢竹叶青，喝了，再倒一瓢/瓢，在欢喜，酒，也在欢喜//往路的尽头走，不打，不骂/水牛知道，什么速度最适合黄昏/不要问我去哪里，上车来就是/不要问我去做什么，上车来就是/说什么没钱，上车来，车上有酒//一支短笛，几声长啸/啸声中带有咳嗽，咳嗽中带有血丝/不要担心，酒坛后面，有把锄头/——死，便埋我。"这首诗中，刘年的叙事还是惯用白描、写实的笔法，几乎全是陈述，有人物，有故事，有情节，有细节，如不仔细品味，似乎感觉不到情感因素。但一读完，其诗歌意境的营造所暗示的情感表达，犹如涓涓细流，久久萦绕在读者心间，令人感动、感叹和感怀！诗歌所隐喻的那种人生的隐忍、无奈、绝望，以及那种通透、乐观、豁达的人生态度，就会在内敛的情感体悟与平缓的诗句节奏中直抵内心深处，让人潸然泪下。

总之，刘年在10余年时间里，行走大江南北，深度体验生活，坚持写作，赓续传统，勇于创新，创作了大量的深受广大读者喜爱的诗歌作品。虽然他写作诗歌的时间不算很长，但其诗歌成就斐然。他的诗歌的思想深度、语言特色和情感表达，应该说给当下新诗带来了独具价值的参照和启发。他的诗歌文本，为新诗提供了另一种写法、另一种范本或另一种可能，是中国新诗史上的重要收获之一，具有重要的启迪意义。

（发表于2024年第3期《今古传奇》杂志）

诗情，大江大河般奔涌

——读吴茂盛组诗《江河大地》

　　《鸭绿江》杂志的2024年第8期诗歌头条重磅推出诗人吴茂盛的最新力作《江河大地》，这是一组充满诗意与哲思的长诗，由《大地歌谣》《原野之上》《大江大河》三首诗组成，洋洋洒洒300余行，情思飘逸，想象奇诡，意蕴广博，气势恢宏。诗意，犹如大江大河般舒放、奔涌、激荡，读来荡气回肠，酣畅淋漓，震撼心灵。此诗以其深厚的文化底蕴和独特的艺术风格，展现了诗人对自然、历史与人文的深刻感悟。诗人以江河为喻，描绘大地的壮阔，历史的沧桑，既表现了自然的雄浑之美，又蕴含着对人生、历史、世态的深沉思考。其语言凝练而富有张力，意象生动，给人以强烈的情感冲击和艺术感染。诗人通过对江河的描绘，寄托了对家国情怀的强烈抒发、对时代变迁的敏锐体察、对"中国速度"的深情礼赞，展现了诗人深邃的历史洞察力和深厚的人文关怀。

　　捧读这组诗歌，让我读到了"宏阔深沉"，读到了"神思妙喻"，读到了"纵情抒怀"，让我心潮起伏、悲喜交集，让我情不自禁、击节叹赏，还让我感慨唏嘘、热泪盈眶。

　　《江河大地》这首诗纵贯古今，穿越时空，地阔天长，情系苍生，不仅表达了诗人的个人情感和体验，还蕴含着深刻的理性思考。它通过对自然、社会、生活的观察和思辨，提炼出对人生、命运、历史等问题的真知灼见，对人类古老的大地情结和家园意识进行了深沉的思考与独特表达，体现出厚重的人文精神和现实关照，诗歌具有较高的思想性和艺术性。

《大地歌谣》甚至可以理解为中华民族的苦难史、血泪史、屈辱史、奋斗史、英雄史、发展史、光辉史。读着这样的诗歌，我的心在颤抖，眼在流泪，情感在跌宕起伏。"重建家园天安门前／带血的旗帜／插满数亿人们的眼睛／我，我们，脱下结痂的汗衫／脱下漫长的枷锁／从历史手里取走历史／以人民之心热爱人民／和平的阳光下／辛勤地干活／愉快地歌唱／在水草丰茂的地方／建造家园。"在这个伟大的历史时刻，在亿万人民的欢呼声中，中华人民共和国成立了，中国人民从此站起来了。这一载入史册的重大历史事件，诗人深情地回眸，倾情地讴歌，激情地展望，对历史、现实、未来的感慨与憧憬瞬间迸发，雷霆万钧，震撼人心。诗歌还从耒、耜、铲、镢、锹、镐、耙、犁、耱、耖、耧、砘子、打稻机、辘轳、筒车，写到拖拉机、旋耕机、打浆机、育秧机、插秧机、打药机、施肥机、喷灌机、水泵、收割机、打捆机、粮食烘干机、碾米机、农用飞机。这一系列名词的罗列，难道仅仅是农具或机械的对照吗？显然不是。它是几千年来祖祖辈辈乡亲们摸爬滚打、跌跌撞撞的蹒跚步履，是刀耕火种、肩挑手提的农耕文明向现代文明、工业文明演进的艰难历程，是为中华人民共和国的诞生而献身的先烈们不屈不挠、英勇无畏的坚硬脊梁，是社会主义事业发展繁荣的时代标识，是改革开放社会快速进步的呼啸力量。

《原野之上》如此写道："狼烟四起的献辞／有谁在马蹄幽幽的深夜呢喃／在大海磅礴的边缘／把圆明园的耻辱刀刻一样铭记／把血的清晨和花的颂词／用锋利的刀子／一再刻进我明亮的瞳孔／／今夜 我骑着岁月的白马／高铁般翻过枫叶染红的山岗／从南方手中／接过北方的微笑／丰满的历史啊／墨水不够书写 吉他不够弹唱。"诗歌展现了那段波澜壮阔的历史，"墨水不够书写 吉他不够弹唱"，那么，还有多少个"不够"？留待读者去思考、去回答。诗歌既有哀怨与悲愤的血泪，也有希冀与奋进的激情，场景宏阔，纵横千古，抒发了个人、民族、国家多重的复杂情感。再看《大江大河》的结尾："新时代从崛起的喜马拉雅山/飞奔而来/珠江 松花江 黑龙江 汉江/湘江 鸭绿江 嘉陵江 澜沧江/怒江 雅鲁藏布江……/吹响了前行的集结号/青铜的长江，雄鹰的长江，大树的长江/我挺拔的祖国啊/枝繁叶茂！"我们"脱下结痂的汗衫/脱下漫长的枷锁"，经过几十年的奋斗，迎来了新时代、新征程、新机遇，同时也迎来了新挑战，唯愿祖国如参天大树，枝繁叶茂，唯愿祖国以昂扬的姿态阔步前行，在实现中华民族伟大复兴的道路上不断创造新的辉煌。

　　诗歌的想象和比喻的运用大胆、奇诡而又贴切的诗人确不多见。像吴茂盛的诗歌这样神游八荒、遐思千载、妙喻成串、琳琅满目的想象和比喻，更是凤毛麟角。他的诗歌兼具小说流畅的叙事性和诗歌的智性，语言干净自然，意象瑰丽，画面淡雅，诗意流淌。他的诗歌词语简约而不单调，蕴含深厚的情感与对生活的深刻洞察，给人以强烈的视觉冲击和感官享受。《江河大地》中运用的诸多想象和比喻，已然赋予其新鲜的内涵和超乎传统意义且此前未有的意蕴，同时赋予词汇以新意、深意与多义，因此生成了吴茂盛诗歌语言鲜明的个性与较强的辨识度。"我紧握的拳头 高高举起/在深夜/散发太阳的光芒 /我锋利的手指 划破天际/划破沾满血滴的历史的封面""开放的/是一瓣一瓣的凝重/凋零的/是一朵一朵的悲伤"（出自《大地歌谣》）；"如今 我什么都能够看见/太阳啊 我脚下的火轮/挂在黑夜的头顶/落在血液的中央""我清洗自己坚硬的骨头/把干净的诗句/从灵魂深处抽出来""苍茫的天空如同掌上的秋天/一样宁静 也一样疯狂地喧响"（出自《原野之上》）；"春天/紫燕的辽阔的翅膀/在蔚蓝的天空寻找戈多/仿佛寻找汹涌的波浪的枝条""黄河啊/正是你这滴混浊的壮丽的泪水/浸黄了我们的皮肤我们的手/黄河 在你身上/钢铁和兀鹰展开森林的翼/向世界普降二月的菲雨/十月的瑞雪""长江啊/各拉丹东 小小沱沱河/胚胎的月亮 蹁跹的香气接近大地的沉思/长江 你彩虹的岸边/牛羊遍地"（出自《大江大河》）。诗中这样的句子比比皆是，令人惊喜不断、兴味盎然。诗歌想象奇特，意象奇诡，比喻奇异，真是令人脑洞大开，击节称赞。

吴茂盛对诗歌语言的提纯和举重若轻的能力，可谓鬼斧神工、炉火纯青。他的诗歌语言简练而富有感染力，直抵读者的灵魂。诗歌中的神思妙喻来源于作者丰富大胆的想象力与高超娴熟的语言掌控力。他的诗歌充满了对事物洞察本质的独特解构与联想，赋予无生命之物以灵魂和情感，变化出鲜活生动的意象。他善用比喻，将抽象的事物具体化，使深奥的道理浅显化，让读者更易于理解和感受诗歌中的意境和情思之美。他能够放大或缩小事物的特征，营造出一种空灵变幻的幽深境界，从而极大地增强了诗歌的表现力和感染力，具有很高的艺术魅力和思想深度。

吴茂盛的诗歌不仅意蕴贯通，质感厚重，擅长挖掘传统文化的新鲜度，书写当下历史的新颖感，同时还情感浓郁深沉，抒发角度新颖。因此，他这组诗歌的一个突出的特点就是纵情抒怀。组诗《江河大地》的纵情抒怀，如同大江大河般一路奔流，浩浩荡荡，恣肆跌宕，气势澎湃，形成了大地、河流、星辰、天空、自然、宇宙的雄浑交响。"北方啊　透彻的水中/我清洗自己坚硬的骨头/把干净的诗句/从灵魂深处抽出来""黄河啊/正是你这滴浑浊的壮丽的泪水/浸黄了我们的皮肤我们的手"，如此直抒胸臆，是纵情抒怀的一种最直接的方式。诗人直接对北方、水、骨头、诗句、灵魂、黄河、泪水、皮肤、手等人物、事物、景物表达自己的思想感情，不加掩饰地抒发内心的激情、快意或愁绪。这种直截了当的表述，使读者更能直接感受到诗人的情感冲击。"大地啊！我们朴素得仿佛稻谷玉米大豆高粱/把根须伸入你胸膛的深处""人民啊　劳动的双手/握紧饥饿/握紧镰刀和锄头的高贵的品质""九月　多么坚韧的美/雨水轻抚夜的迷乱的脸庞/波光在树叶的眼里/金黄地跳动"，这般间接抒情，是更为含蓄和婉转的纵情抒怀方式，或借景抒情，或寓情于景，抑或情景交融。诗人通过对自然景物或生活场景的描绘，寓情于景，达到情景交融的境界。读者在品味景物的同时，能深刻感受到诗人丰富的情感世界。"高翔

的鹰 奔腾的河流／从霜重的史册徐徐飘过／我紧握的拳头 高高举起／在深夜／散发太阳的光芒""我是年轻的风／我轻盈的脚步踩在你的心坎上""大风暴啊／我的永不停息的波涛的歌唱／已经遍布道路、房屋和森林"，托物言志是纵情抒怀的另一种方式。诗人通过借助具有象征意义的事物来寄托自己的情感、志向和抱负，诗歌便具有更深层次的内涵和意义。这种方式不仅展现了诗人的智慧和才情，还能让读者在品味诗歌的同时，领略到人生的哲理。诗人在纵情抒怀的过程中，运用比喻、拟人、夸张、对比等修辞手法，以及音韵、节奏、韵律等音乐性元素，使诗歌更加生动、形象、感人。纵情抒怀，不仅是诗人内心情感的释放和表达，也是诗歌艺术魅力的展现和升华。

纵观全诗，火一样的激情令人心跳加速，令人情感沸腾。这是对当下许多诗人所谓"零度表达""小我小词创作""照搬西方"的强烈对抗，是诗人吴茂盛在继承传统抒情与先锋写作上的大胆创新和冒险，也是一次新的大词创作直抒胸臆的成功尝试，具有一定的警醒和启发意义。

作为20世纪80年代校园诗歌运动的代表人物，吴茂盛也是归来者诗群的一位重要诗人。他以深邃和丰富的视角审视世界，他的诗歌中充满了对现实的追问、对时代的讴歌、对人性的礼赞和对人生的思考，这些元素构成了吴茂盛诗歌的重要精神内核。

最后，我想说的是，读吴茂盛的《江河大地》，最佳的姿势应该是站立，这样更能品读出其大气磅礴、酣畅淋漓；最佳的方式应该是朗诵，这样更能传递其恣肆、浑然、浪漫、铿锵，定会有喷薄的激情、开阔的心境、沉浸的享受与意想不到的收获。

（发表于2024年9月4日《湖南工人报》）

潇水潺潺流淌

——潇水流域诗群诗人生态调查报告

"潇水流域是个地理学上的概念，也是一个文化学上的概念。从地理学角度来看，指的是潇水发源而下直至汇入湘江而止的广大区域。"[①]湘江，其主源为潇水，发源于湖南蓝山县紫良瑶族乡，流经永州市蓝山县、宁远县、江华瑶族自治县、江永县、道县、双牌县、零陵区、冷水滩区，在祁阳市黄泥塘镇九洲村流出永州市进入衡阳市常宁县，最后在湖南省湘阴县城西镇浩河口村注入洞庭湖，河流全长948公里。湘江其西源，又名海洋河，发源于广西兴安县白石乡白竹村，流至广西全州县汇入灌阳河和万乡河，于广西全州县庙头乡流入湖南东安县。湘江在永州市境内先后流经东安县、零陵区和冷水滩区，在零陵区萍岛与潇水汇合。[②]

潇水，古名深水，又名营水，东晋以后改名潇水。潇水属永州市境内河流，是湘江上游的一级支流，干流长354公里。潇湘二水贯穿永州全境，由二水之名组合而成的"潇湘"一词，就成了永州的代称。湘江由永州而北，经衡阳、株洲、湘潭、长沙、岳阳，由洞庭湖入长江。在漫长的历

---

① 杨金砖.潇水流域作家作品研究[M].北京：线装书局,2019.

② 永州市国土资源志编纂委员会.永州市国土资源志(1987-2015)[M].北京:方志出版社,2021:28-29.

史长河中，湖南的政治、经济、文化主要植根于湘江流域，故此湖南简称
"湘"。后来，"潇湘"泛指整个湖南。

"文学上的潇水流域，大凡是自然地理上的潇水流域为主体而涉及整
个永州地域。潇水流域是潇湘文学的发祥地和主创区。"[①]潇水和湘江在永
州境内自南向北流经广大地域，故而永州市诗歌学会将这一流域的诗人群
体命名为"潇水流域诗群"。潇水流域诗群的诗人行吟于潇水流域，受永
州山水与文化的深刻影响，创作的诗歌具有潇水与丘陵的品质，或清亮、
飘逸、优雅、温婉，或厚重、质朴、雄峻、恢宏，已然呈现出清逸、俊
朗、浑厚之风骨。永州市诗歌学会开展潇水流域诗群诗人生态调查，其意
义重大，影响深远。潇水流域诗群的确立，不仅能展示永州诗人作品的整
体风貌，更能促进永州诗歌创作的进一步繁荣。

一、潇水流域诗群诗人生态调查的目的、范围、方式及内容

2020年7月，永州市诗歌学会启动潇水流域诗群诗人生态调查工作，
其目的主要是对潇水流域诗人的生存与创作环境进行宽泛的考察。具体来
讲，就是通过调查，分析、研究潇水流域的自然生态、文化生态对潇水流
域诗群诗人生活、创作有何影响；对潇水流域诗群诗人形成诗歌特色、诗
歌风格有何影响；对潇水流域诗群当下及未来走向有何影响。向社会呈现
潇水流域诗群诗人生存的生态环境与创作环境，为文艺发展的决策者提供
第一手客观真实的资料，帮助决策者和管理者完善服务体系，为潇水流域
诗群的诗人提供更好的生活和创作条件；让潇水流域诗群的诗人更加热爱
其栖息的土地，讴歌生活、讴歌时代，创作出更多更好更具潇水流域特征
的诗歌作品；强化永州市诗歌学会与潇水流域诗群诗人更紧密的联系，更
多地了解诗人创作思想与创作现状，发现和扶持新人，以便建立潇水流域

---

①杨金砖.潇湘文学散论[M].南宋:广西人民出版社,2018:13.

诗群诗人档案。

调查的范围为从事现代诗歌创作的诗人，主要包括三个方面的诗人：一是潇水流域内成长起来的本籍本土诗人；二是外籍诗人居于永州而进行诗歌创作的诗人；三是居于外地而从事诗歌创作的永州籍诗人。本次潇水流域诗群诗人生态调查，涉及诗人75人。

调查的方式主要有三种，一是问卷调查。对上述三种对象全部以网络平台发送电子问卷，要求在规定的时间内回复。对回复不及时的，调查组要多次提醒催促；对有疑问的，调查组与调查对象进行沟通、解决疑问。二是以县区为单位召开座谈会。主要针对诗人较多、较集中的宁远、江华、双牌、零陵等县区分别召开座谈会，调查组人员与诗人采取面对面座谈、交流、听取意见等方式开展。通过座谈，既较为全面地了解整个县区诗人的大体情况，又详细过问诗人个人的具体情况。三是个别走访、采访。如调查组人员走访了工作、生活在湖南、广西交界的诗人高庆周，还对诗人田人、青蓖等进行了采访。对他们的访谈文章刊载于《诗歌世界》。

调查的内容，主要是诗人的个人经历、生活、创作的情况。具体内容包括：姓名、性别、民族、学历、出生年月日、出生地、何时开始诗歌创作、受何影响创作、基本诗观、作品发表出版情况、作品倾向和主要特征、阅读情况（重要的阅读须写出书名和作者名、书的类别、作者国别）、其他爱好兴趣、生活对诗歌创作的影响、生存与创作面临的困境、其他等方面。在75名调查对象中，有中国作协会员8人、省作协会员26人，其余均为省市诗歌学会会员；有40人在全国重要的文学期刊发表过诗歌或诗歌评论；有35人在国家或省级出版社出版了诗集或诗歌理论专著。

二、潇水流域诗群诗人的自然生态、文化生态环境以及对其诗歌的影响

永州市位于湖南省南部，南岭山脉北麓；属中亚热带大陆性季风湿润

气候，夏季高温多雨，冬季温暖湿润，四季分明，年降水量丰富；植被属中亚热带常绿阔叶林带，现有植被主要为乔木、灌木、草丛、蕨类、苔藓、水生植物及田园栽培植物等；域内名胜古迹众多，风光绮丽，是湖南四大历史名城和十大旅游景区之一。

永州市是国家历史文化名城、国家卫生城市、国家森林城市。潇水流域诗群诗人在永州这块神奇的土地上工作、生活，它自然生态优美、文化生态丰厚，诗人普遍反映其环境美好，对它的舒适度、满意度比较高。永州四季分明，无地震台风之忧，亦无酷暑严寒之虑；植被资源丰富，水质清澈、优良；以农业、畜牧业、服务业为主的经济结构方式，鲜有工业化的喧嚣与污染；中心城市和县城的规模均小，常住人口不多，流动人口少，城市交通便捷，日常生活方便，工作和生活的节奏趋缓；市域人口密度相对稀疏，村民生活闲适、自在、清欢。这种近乎原生状态的自然生态环境，对永州诗人的工作、生活与诗歌创作影响颇深。

潇水流域不仅有风光绮丽的自然生态，更有历史悠久的人文遗存和当下丰厚的文化生态，这些无疑为潇水流域诗群诗人提供了丰富的、不可或缺的精神滋养和坚实的文化底蕴。

永州市建置历史悠久。历代建制分合频繁，"零陵""永州"两建置名录一直沿用。永州是中国南方开发较早的地区之一，在道县玉蟾岩考古学家发掘出距今一万多年前栽培的稻谷遗存，是世界上迄今为止发现最早的人类栽培稻标本；新石器时期，在永州境内人类活动遗迹已发现100余处，发掘出土的石器、骨器等生产工具和生活用具，其磨制精细并有图饰，表明在原始时代永州的农业已有相当的发展水平。秦始皇兼并六国后，开凿湘、漓二水修灵渠，沟通长江与珠江两大水系，永州成为南北经济交流、商贸发展的通衢。秦始皇为了更好地统治岭南地区，征几十万中原居民南迁岭南定居，他们带来了中原地区先进的经济与文化资源，进一步促进了岭南地区的经济文化交流与发展。更重要的是，永州的舜文化、柳文化、理学文化等历史悠久、氛围浓厚，这对潇水流域诗群诗人的影响犹如基因一般，是与生俱来的，是潜移默化的，是源源不断的，是带决定性作用的。

"《礼记·乐记》：昔者，舜作五弦之琴以歌南风。《淮南子·泰族训》：舜为天子，弹五弦之琴，歌《南风》之诗，而天下治。这与《尚书·舜典》里的'诗言志，歌永言，声依水，律和声。八音克谐，无相争夺，神人以和'的记述，互为印证，也说明中国文学兴盛源自舜始。"①虽然，关于《南风》歌是否舜帝所作，尚有不同之说，有的学者认为《南风》属于楚国古歌。据杨金砖教授考证，《南风》为舜帝所作可能性最大。因为"南风之熏兮，可以解吾民之愠兮；南风之时兮，可以阜吾民之财兮"所关注的正是"民之所本"的舜德精神。由此，杨金砖教授还论证了——舜帝的《南风》不仅对潇湘文学有发轫之功，培育了潇湘文学的最初基因，而且对中国文学产生了深远的影响。无疑，帝舜之德与《南风》应该也是潇水流域诗歌的最初基因。舜帝是道德文化的鼻祖，其仁政、爱民、豁达、包容的品德和思想一直在永州传承不衰，永州对舜文化的研究亦是持续不断、硕果累累。舜文化倡导的勤政爱民、孝感天地的精神境界直接影响潇水流域诗群诗人的创作。受舜文化影响的如李长廷、乐家茂、解、慕容、毛歆炜、何朝、荆庚红等诗人，其诗歌多蕴含着豁达、乐观的浪漫元素，并对底层百姓的生活充满着同情与深切的关怀；又如刘忠华、文紫湘等诗人追寻舜帝足迹，痴迷于永州山水，写下了数百首"山水诗经"，对永州的山川、风物、习俗、人文等进行多角度、全方位书写。他们的诗歌不仅展现了锦绣潇湘的自然风光，更重要的是弘扬了舜帝的道德文化，展示了永州绚丽的人文画卷。

柳宗元被朝廷贬为永州司马，谪居永州10年。永州的古朴民风和旖旎山水成就了柳宗元，他在此写下了哲学著作《天说》和诸多政论、史学、寓言等文章，还写下了千古流芳的《永州八记》《江雪》等山水诗文。其怀才不遇的遭际、博大的人文胸怀和清丽、优雅、精致的诗文风格，影响

---

① 杨金砖.潇湘文学研究[M].南宁:广西人民出版社,2007:13.

着一代又一代永州人。显然，潇水流域诗群诗人也不例外。受"柳文化"影响比较大的诗人如田人，其诗歌弥漫着乡土气息、乡愁和故乡情结。他对故乡大湾村一往情深，深深眷恋，为其写下了一部诗集；又如蒋三立，诗歌具有强烈的悲悯情怀，于人于动物乃至于微小的昆虫，都会触及他的恻隐之心；再如青蓖、这样、无常（已故）、林萧等，他们的诗歌往往强化内心观照或呈现乡村之闲逸，反映民生之艰辛。

周敦颐，道州人（今道县），他短暂的一生中曾为官30余年，清正廉明，深得民望。"他上承孔孟，下启程朱。他吸收佛、道思想并形成自己的理学体系，宣传其'无极而太极'的宇宙论和主观、顺理、诚心、无欲的人生观。"①周敦颐作为湖湘文化的源流宗师、中华理学的开山鼻祖，乃自孔孟之后的第三位圣人。其《爱莲说》仅120个字，就把"莲"之高洁、坦荡的气节洋溢于字里行间，精美绝伦。这对潇水流域诗群的诗歌审美取向起到了奠基和导向作用，影响极为深远。如黄爱平、周龙江、无常（已故）、笨水、白木等诗人，他们的诗歌常常富有"无极而太极"的哲理，表现出清高、无欲的人生观、价值观。

诗人受地域的地理文化环境以及地域赋予诗人成长之源的影响，诗歌必然会具有当地风情与故土情结，具有诗性言说和诗意家园的文化与心灵价值。"诗人都有两个家，一个是他的出生之地，一个是他在自己的心里建造的精神家园。诗人的写作就是在这两个家之间来回奔跑，离不开，也回不去。"②就潇水流域诗群诗人而言，自然生态环境、文化生态环境带来的影响还是非常明显、非常深远的。概括来讲，潇水流域诗群诗人受地域所赋予其成长之源的影响基本上有三种情况。一是受山影响比较明显的，主要有蒋三立、黄爱平、田人、青蓖、屈甘霖、文紫湘、刘朝善、张艳君等诗人，其诗歌倾向于"内抒情（抒情内敛）"，抒情与叙事并举，厚重饱满、

---

① 谭伟雄.周敦颐[M].北京:中华书局,2020:3.
② 邰筐.诗话:云雀与竖琴[J].人民文学,2020,(12):140.

沉稳、质地坚实；二是受水影响比较明显的，主要有刘忠华、林萧、李鼎荣、桑显瑛、无常（已故）、王一武、袁志军等诗人，其诗歌倾向于"外抒情（抒情外向）"，多以抒情为主，抒写流畅、空灵、飘逸，有一定的节奏感和韵律感；三是既受山影响又受水影响比较明显的，主要有李长廷、帕男、乐家茂、笨水、王敦权、吴庚辛、解、米祖、李砚青、慕容、张华兵等诗人，其诗歌倾向于"内外抒情"兼有，多以叙述特别是叙事为主，表现方式多为厚重中见飘逸，沉稳中见空灵，语言节制且张弛有度。当然，这只是大致的分类，也只是相对而言。事实上，诸多受山影响比较明显的诗人，也同样会受水的影响，诗歌也有"外抒情"的，写得流畅空灵的；反之，亦然。上面的归类，主要是针对某个诗人诗歌的主流风格或者书写习惯来划分的，不一定准确和全面，但能基本反映出某个诗人诗歌的倾向。

三、潇水流域诗群诗人的生活状态及骨干诗人作品的基本特征

在调查的75个对象中，男性59人，女性16人；年龄在80岁及其以上的1人、在60岁及其以上的2人、在50岁及其以上的32人、在40岁及其以上的15人、在30岁及其以上的18人、在30岁以下的7人；其中公务员22人、企事业单位工作者（包括从事教育工作者）37人、私营业主3人、务农或外出打工的10人、在校学生3人。

由此可见，从性别上看，男性约占79%；从年龄上看，20世纪60年代和70年代出生的诗人约占总人数的62%，尤其是60年代出生的最多，约占总人数的42%；从职业上看，公务员、企事业单位工作者（包括从事教育工作者）约占总人数的78%。这样的职业类别与年龄结构，起码能说明以下四个问题。一是男性居多，绝大多数诗人除了工作和节假日休息时间之外，有较充裕的时间和精力进行创作；女性诗人除工作外，还要管教孩子和做家务活，因此进行诗歌创作的时间相对而言会少一些，承受的生

活上的压力会大一些。二是公务员和事业单位工作者（含教育工作者）占绝大多数，他们的工作和收入比较稳定，如无特殊情况应该没有生存之忧和生活之困，闲暇时间写作不影响收入，不影响生活质量。但是，吴庚辛、王敦权、无常（已故）、屈甘霖、易小兵等在不同时段由于工作等原因，都有停笔数年之痛，然初心犹存，重返诗坛，坚持写作。三是私营业主、自由职业者（包括在家务农、外出务工人员）人数不多，只有10余人，年龄基本上是30至40岁之间，从问卷调查回复的情况来看，这部分诗人的工作和收入基本稳定的占多数，对创作没有多大的负累，反而因为见识的扩大，诗歌写作的路子更宽，表现的题材更丰富，手法更多样。但是，由于他们正处在中年期，工作、家庭、生活的重任在肩，来自各方面的压力很大，写作的激情被消磨，写作的时间被压缩，或多或少会对创作造成一定影响，尤其是工作不稳定处于漂泊状态的时候，诗歌创作被迫放弃。林萧在回复问卷调查时，谈及了这方面的情况，他毕业后曾在永州、广州、东莞等几个城市间闯荡，他的工作缺乏稳定性，从事诗歌创作的数量和质量就会受到影响。而2010年到清远后，他的工作和生活基本趋于稳定，创作情况有所好转。倩理也有同感，他本是自由职业者，从广东回永州后收入减少，认为创作上需要扶持，尤其在出版方面，当下的出版环境使创作及出版面临着较大的压力。慕容在回复"生存与创作面临的困境"时说："人近中年，上老下少，养家糊口，远离没有收入的生活方式，转行剧本创作。"他虽然没有完全放弃诗歌，但被迫转行以剧本创作为主了。高庆周是个有趣的个例，他是湖广小学的教师，虽地处偏远，工资不高，但节假日还能耕种作物，粮菜基本自给，可节省许多开支。他家建有3层楼的房屋，独门独院，环境清幽。他家还种植了20余亩脐橙，正值丰产期，硕果累累，亦有不错的收益。所以，他生活充实而惬意，偶尔写诗吟诗，日子过得有滋有味。四是30岁以下的诗人占比太少，仅7人。这反映出两个方面的情况：其一，从事诗歌创作的年轻人正值青春年少，精力充沛，时间也较充裕，作品起点较高，将会有很大的发展空间；其二，说明现在的年轻人爱好诗歌的不多，而真正把诗歌当作理想追求或业余创作的更少，已然没有了二十世纪八九十年代那样的诗歌创作氛围。随着时间的推移，诗人的递减，如果不加以扶持和引导，前景很是堪忧。

在这次调查的75个对象中，现活跃于诗坛或曾经发表过较多作品并在省内外有一定影响的诗人，从年龄上划分，主要有：出生于20世纪40年代的诗人李长廷；出生于20世纪50年代的于湘生、伍大华等；出生于20世纪60年代的田人、蒋三立、黄爱平、帕男、无常（已故）、解、乐家茂、文紫湘、刘忠华、周龙江、桑显瑛、王敦权、杨金砖、吴庚辛、王一武、李鼎荣、袁志军、戴奇林、邓小鹏、金锦云等；出生于20世纪70年代的青蓖、笨水、这样、米祖、张艳君等；出生于20世纪80年代的林萧、屈甘霖、白木、刘朝善、何朝、慕容、南枝儿等；出生于20世纪90年代的李砚青、毛歆炜、胡小白、陈素凡、何畅等，还有2010年出生的申雨霏、姜可馨。

在永州，诗歌较小说、散文、戏剧等其他文学门类而言，从事创作人数最多，发表作品的数量最多，在省内外产生的影响也是最大的。进入本次调查的潇水流域诗群诗人75人，不包括没收到调查电子文档的、没有回复个人信息的以及因别的原因而没有调查到的，如毛梦溪、吴茂盛、李文勇、张樱子、唐慧云、刘洁、吕定禄、蒋明宏、荷洁、唐常春、邹陶然、周小权、宋秀娟、乐虹等，因此，潇水流域诗群诗人应该逾100人。这么强大的一支队伍，是从事其他文学门类的创作人员无法可比的，应该相当于永州当地的小说、散文、戏剧创作者的总和。同时，潇水流域诗群诗人不仅数量多，而且有较多的诗人在重要的文学期刊上发表了大量的诗歌，在省内外已形成了较大的影响。

下面对潇水流域诗群的骨干诗人的作品特征进行简要阐释：

李长廷：1971至1993年，其先后在《湘江文艺》《湖南日报》《解放军文艺》《诗刊》《江西文艺》《湖南群众文艺》《小溪流》等报刊发表以诗歌为主的大量文学作品。尤其是600行《姐妹鸟》《莲花姑娘》等长篇叙事诗的发表，引起了诗坛的强烈反响。1994年以后，其主要从事散文、小说创作，成就斐然。

田人：其在《诗刊》《人民文学》《十月》等文学期刊发表了大量诗歌，为家乡大湾村创作的抒情诗集《三十年后·大湾村》连续三年被《人民文学》杂志选发。《反复写到了春天》《一株稗子的爱情故事》分别被《2002年度中国最佳诗歌》《2000—2002中国诗选》收录，其中《一株稗子的爱情故事》在电影《南方诗篇》中被吟诵过。他的诗歌，常常混合着抒情、感伤、忧郁和痛切，语言表达方式独特、情感寄托内敛深刻、生命体验纯粹独到，充分拓展精神空间与情感宽度，于平淡中见奇诡，于随意中见深沉，具有较高的思想性与艺术性。

蒋三立：1984年开始发表作品，其相继在《诗刊》《人民文学》《十月》《诗歌月刊》《诗神》《人民日报》等数十家报刊发表诗歌等700余首（篇），出版《永恒的春天》《诱惑》《蒋三立诗选》《在风中朗诵》《岁月的尘埃》等诗集。作品入选《青年诗选》《中国诗萃精评》《2002年度中国最佳诗歌》《2003年度中国最佳诗歌》等60余种选本；有作品被译成英、法等文字推介到国外。曾参加由《诗刊》社举办的第十九届青春诗会和第八届"青春回眸"诗会。其诗歌空灵而富有哲理，流畅而又深刻，注重情感的渲染，有着强烈的生命感悟，具有博大的悲悯情怀。

黄爱平：诗歌作品曾获《湖南文学》杂志社青年文学大赛二等奖、《芒种》杂志社全国诗歌大赛二等奖、第三届毛泽东文学奖和第九届全国少数民族文学创作"骏马奖"。"瑶山作为一个人精神的绝对内核已经刻骨铭心，身为她的子孙，在时间的连绵和空间的距离中，我不时偷偷抬头打量打量她历史的秘密和细节，深感崇山峻岭包围的瑶家有其宿命般的局限性。"[1]黄爱平自始至终在诗歌中贯穿着追寻精神家园的母题。其诗歌坚守心灵净土的理想，有重回故园的向往。瑶山，作为其精神的绝对内核已经刻骨铭心，具有"根"的特殊意义。"黄爱平对精神家园、乡土人情、民

---

[1] 黄爱平.黄爱平诗选[M].北京:作家出版社,2006:190.

俗器物及其所象征的理想归宿的向往和留恋，乃至向往和依恋根源于人类的文化恋母情结和深刻的文化记忆。"①

青蘺：女，其作品入选《中国新诗百年大典》《2016年中国诗歌排行榜》等多种选本。她的诗歌往往是在生活的现场中讲述难以预料的、看不见的某些东西，或让人觉得写的并不是今世。在一个人的生活里，保持灵魂与肉身、精神与物质的平衡是重要的。但是在灵魂与肉身、精神与物质撕扯时，青蘺会从诸多看似不食人间烟火的诗歌中，选择放下肉身和物质，这或许是她被现实包围时对肉身与物质的反叛和抵抗。青蘺的诗歌能在这种反叛与抵抗中，保持一种优雅身姿。她的诗歌隐晦，有一种深入骨髓的细腻和痛感，常以丰厚而灵动的心境观照世界，闪耀着人性与哲思的光辉。

刘忠华：其诗作见于《诗刊》《星星诗刊》《诗歌月刊》《飞天》《诗探索》《草堂》《创作与评论》《湖南文学》《诗潮》等多种文学期刊与多种诗歌选本；发表专业学术论文和文学评论80多篇。曾获永州市第四届、第五届社科成果奖，第三届"永州文艺奖"，第二十八届"东丽杯"鲁藜诗歌奖等奖项。刘忠华在其诗歌的精神家园里阐释着绵绵不尽的乡土情结和故乡情怀，并竭力构建他自己心中的"诗歌世界"。他行走于乡土中并审视着脚下这片热土，以自己独特的人生经历，感悟潇湘大地的自然、社会、生命；以自己独特的话语方式，诗意抒写故乡永州，表达他对潇湘故土的深情守望、现实关怀与人文忧思。

柴画（本名蒋桂华）：在《诗刊》《人民文学》《民族文学》《解放军文艺》《上海文学》《诗歌月刊》《青年文学》《中国作家》《星星诗刊》《时代文学》等期刊发表诗歌，著有诗集《天堂向左，地狱往右》《奔豕》等，曾被《时代文学》评为年度全国十佳诗人之一，作品入选重点大学新闻系和中文系教材等选本。他一手书写家乡乡土的颓废和对亲人的牵挂，一手书写繁华都市的欲望及底层劳动者的无奈与倔强，其诗歌语言精粹，文辞简淡，寓意深刻。

---

① 聂茂.民族作家：生命认同与文化寻根[M].长沙:中南大学出版社,2018.

乐家茂：其作品多次入选中国年度诗歌选本，多次在全国性诗歌大赛中获奖。他的诗歌有较多的乐观、浪漫元素，抒情意味较浓。他常常营造深沉、蕴藉而又清雅的境界，观照自然、寄情自然、融入自然，于自然中收获丰厚的审美体验，享受自然的无尽魅力，感受生命的律动与美好。

文紫湘：其先后在《诗刊》《青海湖》《星星诗刊》《诗歌月报》《湖南文学》《创作与评论》《文学界》等杂志发表作品，出版过诗集《忽远忽近》。他早期的诗歌，思绪跳荡，情感浓烈，给读者一种审美的快感与阅读的乐趣；而后，他进行过很长时间的口语诗写作，有意去隐喻、去修辞、去情感，主要以陈述方式创作诗歌。这个阶段他的诗歌有精短的好诗，亦有质量不高的泛泛之作；最近几年，他较好地将意象诗与口语诗技法结合运用，产生了一种新的话语张力，作品呈现出既流畅又凝练、既陌生又熟稔的别样风味，刷新了传统的审美指向。尤其是有关潇湘大地的系列诗歌，他以故乡的"异乡人"身份行走和思考，始终在寻找灵魂的栖居处，给读者以心灵的共鸣与震撼。

无常（已故）：他的诗歌神思飘逸，想象丰富而又奇特。他情感真挚、观察敏锐、思考独特，对生命的感悟尤为深刻，常常触及灵魂，直抵人心。

吴庚辛：其作品入选《百人百首：中国诗歌学会会员作品选》《中国青年诗人爱情诗选》等选本，获"中国新诗百年100位城市文学影响力诗人奖""首届紫荆花诗歌奖"等奖项。他的作品质地坚实，"绘形显神"，语言节制，富有较强的表现力和感染力，尤其是他对自然真实内涵的那种独特情感体验与理智认同，对家人、亲人、朋友的思念与牵挂，往往最能打动人心。

南蛮（本名李鼎荣）：他一直践行"让诗歌大白于天下"，创作了近1000首诗歌，多在网站和民间传播，偶有在报刊上发表，著有诗集《水》。他的大部分诗歌通俗、流畅、节奏明快，雅俗共赏；也有一些诗歌迂回、繁复，有着沉甸甸的厚重感和刺痛感。

周龙江：1995年出席湖南省第四次青年作家代表大会。20世纪80年代开始文学创作，在《人民文学》《民族文学》《湖南文学》等刊物发表诗歌，著有诗集《静静向你走来》。他同时还写过不少的小说、散文、报告文学。他的诗歌受瑶族道教信仰的影响，写景极尽朴素自然之美，主观感受一草一木的生命价值，有实感，有神韵；同时他不断尝试用诗歌拯救和重构人类日渐缺失的精神家园，企图于古典情怀中舒缓人与世界的紧张关系。

桑显瑛：1981年开始创作，1985年发表作品，先后在《湖南文学》发表诗歌，在《星星诗刊》发表组诗。出版诗集《禁不住的呐喊》《潇水谣》《桑显瑛诗选》等。其诗歌作品清新、自然，有俊朗之风貌，多以抒情为主，富有传统诗歌的节奏美、韵律美和绘画美。

王一武：1982年开始诗歌创作，已在《人民政协报》《民主》《星星》《诗选刊》《绿风》《湘江文艺》《湖南文学》《南方文学》《湖南日报》《新大陆诗刊》等国内外80余家报刊发表近600首（篇）诗歌、散文，有作品被译为德文，入选多种选本。其以乡土诗为创作方向，作品通常反映农事、农村与农民生活，充满怀旧情结和挥不去的乡愁，语言朴实，情感饱满。

米祖：女，2016年开始诗歌创作，在《诗刊》《星星诗刊》《诗选刊》《湖南文学》《辽河》等期刊发表诗歌。其作品空灵飘逸，意象密实。她常以奇特的比喻和新颖的词语组合，让读者对习以为常的日常事务产生新鲜感，达到一种语言的陌生化效果。

在潇水流域诗群诗人中，还兼有评论家身份的主要有以下三人：

杨金砖：在报刊发表大量诗歌、散文、杂文和文学评论。长期以来，他系统地研究潇水流域作家作品，取得了丰硕的成果；尤其是对永州本土诗人、作家作品深入分析，撰写了数十篇评论文章，对潇水流域作家、诗人的推介、引领和帮助起到了重要作用。

倩理：其作品多关注现实方面的底层写作，以及探索内心灵魂方面的写作。曾主编大型诗歌选本《汉诗三百首鉴赏》《当代诗人诗选》。其对收录的每首诗均有精湛、独到的点评。近年来，他兼任潇湘诗社诗赛的评委，对每期诗赛参赛诗歌予以点评，深受作者和读者欢迎。

王敦权：1989年始发表文学作品，诗歌连续入选2019—2021中国年度优秀诗歌选和多种选本。著有诗集《潇湘红杉》（合著）、《岁月之韵》。近几年，他着重于文艺评论，涉及诗歌、小说、散文、书法和美术诸多领域，其中以诗歌评论为主。作品见诸《名作欣赏》《火花》《艺术广角》《中文学刊》《湖南科技学院学报》《南风艺术》《湖南日报》等各类报刊。其对潇水流域诗群诗人的诗评客观、准确、犀利，注重诗歌语言、表现方式、写作技巧和诗歌美学方面的阐述。

除上述提及的诗人外，还有一大批诗人在全国各类报刊发表了较多的作品，如：屈甘霖、白木、慕容、周丽玲、刘朝善、唐崇慧、唐美玲、胡小白、陈素凡、毛歆炜、何朝、李砚青、蒋建辉、金锦云、李荣、邓小鹏、于湘生、张艳君等一批诗人在各级文学期刊发表了不少诗歌作品。尤其是"九零后"诗人李砚青、胡小白、毛歆炜、陈素凡、何畅等来势劲猛，大有"后浪"推"前浪"之势，其作品充满生机和活力，并引起广泛关注。

永州籍在外地的诗人，是潇水流域诗群诗人中的一支重要力量。他们的作品形成了较强的地域特色，成就突出，且影响也越来越大。

帕男：先后有50多部作品获得了全国、省、州的奖励。其中《帕男诗选》获鲁黎诗歌奖，获云南楚雄州政府文学奖二等奖。其诗歌内涵丰富，充溢着人道主义精神，闪烁着辩证的思想。帕男的《男性高原》无论在意象的选用，还是在意境的构造上都超出了当代文学的视野，以雄浑的男性气息、阔远的高原气象和玄思的另类气质开拓了云南诗歌的现有格局。

笨水：其诗歌写作处于持续动态之中，注重思想的现代性、题材的现代性。诗歌核心追求诚实，有意"去文化""去美德""去个人情怀"，让诗歌形式、语言保持变化，粗粝明快，更富生气，用语敢于冒险，企图由言不及义、不及旧义至新意萌芽。他的诗歌以写大西北风光风情为主，苍茫雄浑，格局大气，既有广度，又有深度，非常难得。

解：他的诗歌题材广泛，书写亦不拘一格。常常巧妙地选取特别的角度切入，将庸常生活进行高纯度提炼，形成诗意盎然的场景。《诗刊》编辑部主任杨志学曾这样评价:"解的诗设立了一扇很好的观察世界的窗口,透过它我们可以看到这个世界的一些奇异的风景……他的诗,既贴近生活,也贴近自己的心灵。"

这样:他的诗歌最突出的特点就是真情实感,不忸怩作态,不无中生有,不故弄玄虚。其对生存境地或精神领地的营造,与难以实现的严酷现实相对比,作品具有感化人性、润泽心灵的审美效果;对人生富有哲理意味的思考与追寻,于舒缓恬静的语感和哀婉忧伤的情绪中表达出来,感染力特别强。

袁志军:其诗歌倾向于抒情,主要是观照内心与自我。他在行走中写诗,在写诗中行走,旅游诗所占的比重较大。他常以奔放、酣畅的表达方式诉说心灵寄托与宣泄情感,也常常在字里行间流露出他对故乡的眷恋,以及无比深情的爱。

戴奇林:其诗集《想念家园》获丁玲文学奖。诗歌大多取材于家乡江永乡村的生活、军旅和工业题材,以抒情为主,具有浓厚的生活气息、强烈的情感色彩和深刻的思想内涵。

林萧:诗歌入选《青年诗歌年鉴(2018年卷)》《2019年中国诗歌排行榜》《2019中国年度优秀诗歌选》等各种重要选本。其诗歌作品题材比较广泛,侧重于亲情、童趣、生态,叙事与抒情并重,诗意清雅脱俗,语言清丽而温暖,能让读者感受到他深沉的生活之思、生命之思,他敏感、真挚的诗心能引发读者对人生和生命的审视、思考与叩问。

申雨霏:女,受父亲林萧的影响7岁开始写诗,作品入选《中国网络诗歌20年大系(1999—2019)》《中国诗歌年选2018卷》《2019年中国诗歌排行榜》等选本。著名诗人、中国作家协会诗歌委员会副主任杨克在其诗集《雨霏时间》序言中给予她较高评价:"翻开《雨霏时间》,你能充分感受到申雨霏童言无忌、自由烂漫的述说……她的一系列作品不仅生动展现了一名儿童的成长历程、记录下丰富而细腻的孩提生涯,更反映出当代中国城市孩童普遍的成长境况和精神印记。"

潇水流域诗群一大批实力诗人不断涌现，无疑得益于永州山清水秀、风光无限的自然生态，得益于永州文化源远流长、文脉迭代绵延的文化生态。对上述诗人和作品进行由点及面、窥斑见豹的分析与阐述，以期能更清晰、更深入地了解潇水流域诗群诗人的整体风貌、地域优势、诗歌特色和创作发展的可能性，以便引导潇水流域诗群尽快形成良性互动的诗歌创作群体，更加突出其地域性特征。

四、潇水流域诗群初步形成的影响及给予相关引导与扶持的建议

其实，几年前湖南省诗歌学会永州分会成立之初，分会就旗帜鲜明地提出了"潇水流域诗群"这一概念，并开始了奠基性工作，开展了一系列活动。2019年，永州市诗歌学会成立伊始，即在其所办《蘋》诗歌杂志开辟"潇水流域诗群"栏目，创建"潇水流域诗群"微信公众号和微信群，注重发现和扶持诗歌新力量。近年来，潇水流域诗群阶段性成果也得以体现：《中西诗歌》以15人的阵容推出"潇水流域诗群"小辑；《湘江文艺》以11人的阵容推出"潇水流域诗群"小辑；先后共推出田人、蒋三立等21位中青年诗人；更多诗人在《诗刊》《人民文学》《十月》《星星诗刊》《诗选刊》《诗歌月刊》《绿风》《诗潮》等文学期刊发表了大量诗歌，入选各种诗歌选本，出版数本诗歌集，获得各种奖项，在省内外产生了较大的影响。

但是，我们也要清醒地看到，潇水流域诗群的成长速度还较为缓慢，创作质量还有待提高，尤其是在全国有重要影响的诗人或标志性的作品尚未产生。目前处于崛起、奋进和跨越的关键时期，如何在习近平新时代中国特色社会主义思想指引下，使潇水流域诗群快速向前，创作出不负这个伟大时代的优秀诗篇，形成潇水流域诗歌的新高峰，其任重而道远。据此，提出以下建议。

首先，潇水流域诗群诗人要提升自身素养。诗人必须要有高度的思想

自觉，进一步增强"文化自信"，始终坚持文艺为人民服务的宗旨，深入基层、深入生活、深入民众，创作出与祖国共命运、与时代共脉搏、与人民共呼吸的精品力作。当然，诗人还要不断学习，尤其是文学哲学名著、世界诗歌经典、诗歌理论经典，不断扩大视野和知识面，提高鉴赏能力和创作水平。从本次调查的情况来看，潇水流域诗群诗人的阅读范围还比较窄，阅读量还比较少。大多数诗人对学习和阅读的重要性、必要性的认识还不够，没有把阅读当作日常之所需，没有系统学习和阅读的计划，随意性较大。这个问题一定要引起高度重视，今后重点加以解决。诗人之间还要加强交流与切磋，既相互鼓励打气，又相互批评，形成"文人相亲"、良性互动的良好氛围。

其次，永州市诗歌学会要更加注重对诗人的关心、培养与扶持。诗人除自身的努力外，当然还离不开组织或团队的关心、支持和帮助。永州市诗歌学会重任在肩，今后应该在这两个方面更加注重。第一，多开展活动。"走出去""请进来"并举，采风与辅导并行，进一步增强潇水流域诗人的原动力与凝聚力。第二，多宣传多推介。充分利用会刊《蘋》诗歌杂志和潇水流域诗群公众平台，推介诗人及作品，着力打造群体；积极向省内外诗歌刊物尤其是重点期刊推介潇水流域诗群的诗人及其作品，激励诗歌理论家、评论家多多关注潇水流域诗群，形成一系列有分量的诗评文章。对内强化指导，对外扩大影响。

最后，利用地方党委、政府出台的相关政策、措施，以及投入的经费，促进和引导诗歌的健康、可持续发展。这些年来，永州各级党委、政府对文艺事业一直都非常重视、非常关心，先后出台了一些鼓励措施和奖励办法。但与其他地方比，还有一些差距。建议永州市各级党委、政府进一步加强领导，出台更有力、更有成效的激励措施和奖励制度，每年给市级各个文艺团体安排拨付一定的工作经费，以保证日常工作的高质量运转。

（发表于 2023 年第 2 期增刊《鸭绿江》杂志）

地域人文与乡土风情的意蕴交响

——评田日曰散文集《潇水涟漪》

田日曰散文作品《潇水涟漪》在2020年由成都时代出版社出版。赏读文集收录作品，其散文写作多是对他故乡永州的文化性、地域性、审美性写作。这种写作往往不以宏大的历史构想或当下广阔的社会场景为思想和叙事美学依据，更注重的是历史与现实之中的生命个体，更在意的是情感表达与历史思辨。他常以类似"知识考据""典故考据""风俗考据"等方式，巧妙地选取"文化寻根"的视角，对永州数千年来的历史进行梳理、分析、归纳，然后阐释其需要揭示的命题，主旨鲜明，血肉丰满。这种写作主要以与永州当地有关的历史人物或历史事件为表现对象，既从文学角度折射永州历史的多维镜像，又丰富了永州的历史人文。他凭借自己深邃的哲思、精深的人文学养、独到的历史眼光、广博的阅历以及饶有情趣的表述，使文章融叙述与议论、抒情与说理、抽象与具象为一体，呈现出既富抒情化又显理性化的独特语言魅力，演奏了一曲曲地域人文与乡土风情的意蕴交响。其作品承载着丰富的知识、思辨的色彩、舒缓的节奏和回味悠长的韵律，因此，读他的散文，如同享受丰盛的精神大餐。

一、地理坐标：以潇水流域为轴线

田日曰散文题材的地理坐标始终锁定于永州，且以潇水流域为轴线，或点线面结合或从一个侧面扫描永州某个地域。通过对潇水系列散文的相互参照和补充，把有关永州古往今来的信息一点一点、一次一次地传送出来，形成叠加、交叉、累积的效应，借此，永州的地域特色和文学形象逐渐清晰、丰满，逐渐被人们所认知。《潇水涟漪》所收录的篇章，大都如此。但田日曰非历史学家，亦非考古学家，他是一个机智而幽默的作家，他之记述、描写、议论，显然不是严苛的考古论证与古板的原始记述，行文便有了生动、异趣和意蕴。

他笔下的香零山、袁家渴、百家渡、何仙观、葫芦岩、秦岩、香草源、黄叶渡、沙背甸村、岁圆楼、承平洞、泷河、柳宗元、黄庭坚等地名、村名、人名，只要是永州人都会有些了解，或是道听途说，或是一知半解。田日曰通过对历史的勾勒与回望，或对史实的考究与探秘，或对古建的描述与怀想，于文章中娓娓道来，把这些人和物、事和景的缘由、过往、当下以及将来立体地呈现给读者，让读者有身临其境之感，既饶有情趣，又令人信服。在文字表达上做到这样，也许不是太难，但在文字之外的功夫是极其艰辛的。其中包含着他的"一体两面"，即"巧"与"笨"。"巧"的是机遇，他所处的地域和他曾经的人生阅历，利于他对当地历史文化的发掘与考究；"笨"的是劳累，他常常利用周末、节假日和闲暇时间深入田野、村庄看实景、读族谱、阅志书、访民情，了解过去的一些蛛丝马迹，不怠不倦，长年累月，得到了丰厚的积淀、深入的探究、理性的思辨。"身心行走，解读物语"。①因其阅读的广泛和知识的广博，往往信手拈来，又恰到好处。

---

① 田日曰.潇水涟漪[M].成都:成都时代出版社,2020.

下面以《"承平洞"觅踪》为例，来分析其作品结构特征。此文坐标以"承平洞"地名为轴心，向历史的纵深探视，又向"我"走访村中老人、考察山洞诸多侧面辐射。对"承平洞"这一古地名的考证，涉及"贞实来游"四字碑刻的来由，无疑关涉到周贞实其人其事，文中列举诸多志书予以佐证，如《湖南省志·文物志》《零陵县志》《永州府志》《石刻史料新编》《双牌县志》等方志中记载的相关文字，还涉及《徐霞客游记》、黄庭坚的《题淡山岩》《儒林外史》之句以及碑石研究专家韦家明教授的观点，这一系列信息一点点、一层层地叠加、交叉、累积，使"承平洞"的地域特色和人文因素逐渐清晰、丰满，进而把"承平洞"立体地展示出来。读者在阅读过程中饶有兴致，于愉悦中增长知识、丰富学养、开阔视野、陶冶情操。

　　《老家几个地名，有关于陶》一文，更是铺陈得当、妙趣横生。其行文方式恰恰与《"承平洞"觅踪》相反，坐标的视线从多个方向集中"聚焦"扫向"陶"这个轴心，先散后聚，先分后合。文章开头写道："我老家，道县蚣坝镇糖榨屋村铁夹车自然村，村前村后几处地名，似乎相互有些关联，有关于陶。"紧接着，从几处地名着笔，回忆与念旧，温情而缱绻。"长塘"：儿时玩耍、摘莲叶、采莲子的蓄水山塘；"小氹沽"：旱涝保收，农家争着想要的几丘稻田；"瓦片堆"：一个土层下覆盖的全是碎瓦片的小山丘；"后山窑"：小山上的几孔窑洞；"窑门口"：几孔旧土窑门口的稻田……其文叙述详尽，节奏徐缓，有如长者在村头巷尾踱步，步履虽有点蹒跚，但步步着地，脚步声坚实。然后，作者顺理成章地将这些地名进行串联，"正好串联起一个'取土、揉泥、制坯、装窑、烧制'的完整劳作流程。它们显然都关联着一件共同的往事——制陶。"由此，作者联想到远古的尧舜时代，尧帝、舜帝先后溯潇水南行。尧帝曾在潇水岸边的江村泊舟登岸访贫问苦，当时叫"瓦窑滩"的泊舟之地，后来改名"尧访"。再往后，舜受禅让，追随尧帝足迹来到尧访，后人便改尧访为"访尧"。访尧村现在双牌县境内（旧属古道州），其原名叫"瓦窑滩"，说明古道州区域制陶历史悠久。最后道出："在道县玉蟾岩出土了目前世界上发现年代最早的人工栽培稻标本和陶片，证明距今12000多年前，古道州境内制陶的水平就很先进了。"其文章结构犹如垒土，一层层添加，夯实、整形、塑造成一个基底结实、外形朴素的台子，台上仿佛上演着老百姓制陶的劳动场面、制作过程，也上演着尧舜南行的行踪、仁慈爱民的情怀。更值得一提的是文章结尾，真是出其不意，意蕴尤深："听说我要请专家去老家考古，三弟赶紧打来电话，让我千万别弄那事。他说，还是让老家就这样安安静静得好。哦，想想也是。或许，平静如水的故乡，才是真好。"

《有滋有味酸咸菜》《那时的暑假》《水车犹在"吱嘎"转》《从此家乡是故乡》《许你一畦油菜花田》《那江碧水那座城》等篇章，无论作品中的地理位置、地理空间如何变换，但田日曰的故土情怀和文化关怀始终没有变。那份故土情怀与生俱来、根深蒂固；对家乡的文化关怀已融入血液、融入基因。他对日常生活的接触与体悟，对自然、人文景观的那份故乡情、审美意趣与哲学认知，是深入骨髓、触及灵魂的。他将日常经验进行诗化与提升的过程，亦即将日常体会转化为心灵体验的过程，亦即尝试通过文学作品重建乡村文明的可能与努力。在这些散文中，地理标识、民族风情、生活习俗都变成了可触、可感、可知的非常具体的东西，因而有了情感的观照与省思的感染力。

二、历史镜像：以地域人文为图斑

在当代散文作家中，张锐锋、于坚、祝勇等倡导和践行的"新散文"，它最突出的一个特征就是经常写到回忆。"但回忆在本质上是对以往生活的建构，它摧毁了人们的日常生活经验，打破了人们的思维特性，并将其扭曲了的人性和埋没了的历史片段残迹加以收集和整合，正是在这个层面上，回忆才可以说是对遗忘的唤回、对日常生活的超越，同时具备了某种哲学的深度和诗性智慧"。①田日曰的散文，是否可以归类到"新散文"，尚有待探讨，暂不作定论。但他的散文，有关回忆的篇章确实占到一定比例。这些文章多以历史为表现对象，为潇水流域众多人物树碑立传，同时也从文学的角度折射出永州历史的镜像。

田日曰笔下的历史镜像，始终以地域人文为图斑，其成像看似简单，实则比较复杂，有时是二维的、三维的，有时还是更高维度的。他往往将心灵史、家族史、民族史、地区史、村庄史等融合在一起，使历史的镜像更饱满、更斑斓、更立体、更逼真，同时，也更方便表露其对在现代社会工业文明推进的过程中分崩离析的传统家族制度与乡土中国文明秩序的感伤。

"山栖佳胜，此为第一"写的是徐霞客徒步游双牌。当年徐霞客从永州向南行游，是步行而至的。对这段史实，他引经据典——《徐霞客游记》，言之凿凿，说得明明白白。徐霞客在其游记中有以下记载："余闻永州南二十五里有澹岩之胜，欲一游焉。不意舟行五十里而问之，犹在前也。计当明晨过其下，而舟人莽不肯待。余念陆近而水远，不若听其去，而从陆蹑之，舟人乃首肯。""五更闻雨声泠泠，达旦雷雨大作。不为阻，亟炊饭。五里至岩北，力疾登涯，与舟人期约定会于双牌。双牌者，永州南五十里之铺也。"然后，交代徐霞客主要游了哪些地方，那些地方有何风景和特色。最后，发出一番感叹与推想。文章以"出水崖"的地理位置、周边自然风貌、徐霞客游踪、《徐霞客游记》相关记载及与元结、周贞实相关联的自然、历史人文元素为基本图斑，构成了"出水崖"的历史镜像，读起来让人感到真实、丰富、斑斓。

这本集子对尧、舜、何仙姑、柳宗元、元结、怀素、黄庭坚、王船山、周贞实、周敦颐、徐霞客、何绍基等诸多历史人物均有涉及，大多是

---

① 陈剑晖.诗性想象——百年散文理论体系与文化话语建构[M].广州:广东人民出版社,2014:134.

以整篇文章书写，其中写黄庭坚的就有四篇。田日曰对黄庭坚等这些历史人物和历史事件的高度关注与持续书写，用意鲜明。像这种侧重于生命状态的呈现和展示知识分子性格命运的作品，其初衷显然不仅是满足于对自然风光和历史场景的再现，而是站在理性的高处审视、思考、甄别，对历史人物和历史事件重新厘定，其目的在于为当下复杂的现实生活提供一种精神层面的参照，或给予生命的启迪。

此外，一些作品则来自他对现实社会的洞悉与思考。故乡是对地域印象最直接的心灵体验，他无疑有着自己朴实的理解和坚守。在他眼里，村庄田舍的大好时光，宁静祥和而又有着被忽视、不被珍惜的哀婉，在安宁静谧中，悠然生发年华易逝的焦虑与伤感。他多么希望，有如挽歌般的物和事，不颓废于虚无之中，而能留存久远。

《怀想上梧江》：老街豆腐坊"吱呀吱呀"的石磨声，铁匠刘师傅"叮叮当""叮叮当"的打铁声，"遥望街"密密麻麻的店铺做生意的喧嚣声，是那么繁华，是那么鲜活，是那么令人迷恋。"如我这般，则会常常想着，偶去看看，尽可算是心有皈依。过去多少年后，这一方山水，依然还是心中挥之不去的牵挂与怀想。"其文字简短，其意无穷。

《荣衰一念"岁圆楼"》恰如一曲挽歌，在清风明月时轻吟浅唱。清道光十六年（1836年）始建的"岁圆楼"，从建造到室内装饰，前后历时二十余载。足见其规模之宏大，做工之精细。"与所有古村一样，坦田当年的韶华逝去，荣光不复，残留至今的，同样是一地颓迹。虽可见从遗弃在颓垣断壁之下一只旧石缸底部，顽强地冒出几丛麦冬，照样清清油油，张扬着生命的色彩与芬芳，但终归不能掩饰岁月的斑驳。"由此而感慨："那些经历无数代人，在长久的创业奋斗中总结出来，有经世致用的族规也好、家训也罢，不能仅仅是刻写和尘封在族谱里。唯子孙后代矢志不渝地用行动去践行和传承，那些立下的规矩，才有它真正的价值和意义。"这里的描写念旧、感怀、慨叹、参悟，一应俱全，让人唏嘘不已。

相比那些"为赋新诗强说愁"的作者而言，田日曰无疑是一个有故乡情结、故土气息的作家，其作品始终气泽温润、情感含蓄委婉、表达朴实疏朗，字里行间隐隐流淌着回味与怀想、乡愁与伤感。那些因行走而生发的情感与抒怀，沾满了时间的尘埃，回荡着历史的声响。他"以敏锐的眼光，捕捉稍纵即逝的思绪，用细腻的笔触，建构如歌如泣的行板，让散文在时代的天空滑行和闪光。"①

三、美学风格：以纯净丰沛为底色

田日曰的散文创作，始终追求着以纯净丰沛为底色的美学风格。这恰如他的为人与处事——他为人真诚、纯粹、低调，不虚饰、不假意、不张扬，总是那么淡定从容，憨实沉稳；他待人热情、真挚、贴心，常常以宽厚的胸怀和丰沛的情感表达，让人感到由衷的亲近与内心的温暖；他处事平和、得体、练达，多直截了当，若偶有婉转迂回，也绝非拖泥带水、故弄玄虚。他这般的为人与处事，自然而然会影响他散文创作的思想境界和美学追求，渐渐形成了他纯净、冲淡、丰沛的美学风格。正如诗人、评论家刘忠华为他散文集作序所言："看似信手拈来书写日常事物的文章，言语质朴，却情致温润；平淡的叙述中，充满了人生的况味和智慧。"②永州市文艺评论家协会主席郑山明对其美学风格则有下述精彩的点评："曾经喧嚣繁华的生活，经过时间沉淀和作者思想之网的过滤，诉诸笔端已是平和、优雅、冲淡。细细品读这一篇篇散文，感觉之敏锐、笔触之细腻、描写之生动，都体现出作者用心生活、用心阅世、用心写作的特质，也让阅读这些文章成为一种愉悦、一种分享。"因为有了纯净与丰沛作底色，田日曰的散文作品所呈现出来的画面尤为明朗、典雅，意境尤为悠然、高远。田日曰的散文具有多向度的美学特质，笔者认为最突出的特质有

---

① 傅德盛.田日曰散文里的"书影"[J].文学少年,2021,(04):65.
② 田日曰.潇水清清永水流[M].北京:北京日报出版社,2018:3.

二：其一为纯净，其二为丰沛。下面，结合他的散文文本分别阐述这两种特质。

其美学特质之一——纯净，主要表现在对书写对象的选择和语言文字的简洁、意境营造的淡雅等方面。田日曰有着明显的古代知识分子为人称道的"士人情怀"。"中国士人情怀是一种被历代主流意识形态普遍认同的价值意识。它是镌刻在民族文化历史长廊上的一道价值烙印，是士人阶层高尚的、积极的、向上的、具有使命感和凝聚力的民族情感。"[①]田日曰对历史人物、历史事件的关注和书写，虽然大致范围基本锁定在与永州相关联的人和事上，但也非随意而为，他尤其有针对性地选择具有"士人情怀"的相关历史人物，作为自己重点书写的对象。这些人物本身就纯粹而高雅、恬淡而耿介。前文罗列的柳宗元、元结、怀素、黄庭坚、王船山、周贞实、周敦颐、何绍基等，无一不是如此。他对这些有着强烈的"士人情怀"，对历史人物的书写与追怀，其实是抒发他自己"士人情怀"的一种诉说方式，亦是表明自己对"士人情怀"认同与追求的一种表现方式。

"云台山，这座平步青云的云中高台，我伫立于一隅，凝望山下南来北往奔流不息的潇水，恰一簇白云飘过，我仿佛闻到了从脚下的泥土里和拂面的轻霭中散发而出的哲思气息。"（出自《随云度溪水》）王船山在双牌云台山为避难客居半载，其哲学思想从此成熟、升华，其后相继完成《老子衍》《黄书》等重要著述。他一生著述百余种，体系浩大，内容广博，成就了其在中国乃至世界哲学思想史上的崇高地位。王船山把自己藏匿于深山荒野之中，全身心投入著书立说之中，云台山之居，是他思想上一个重要转折点，也是他走向成功的一个重要起点。"我仿佛闻到了从脚下的泥土里和拂面的轻霭中散发而出的哲思气息。"田日曰一面怀旧，一面"穿越时空"与王船山"交心""攀谈"，可谓神交知己，惺惺相惜。营造的美

---

① 芦苇岸.本源诉求及审美化境——论柳泛的诗歌创作[J].当代作家评论,2019,(02):195.

学境界，如水般纯净，如风般亲切，如云般恬静。"士人情怀"充溢其间，令人感慨万端。"试图将那些难解的疑惑，或与这株跟渡口几乎同龄的老樟树独语，或与经年流淌拍岸的浪花对话：曾记否？可是，它们都没有给我回音。"（出自《沙背甸》）其文字简洁、行文轻松，营造的意境淡雅中透出一点点玄妙与机巧。历史沧桑，古渡口的许多古老的故事已随流水而去，没有了回音；作者的追怀，如流水般绵长，又如流水般无奈。

其美学特质之二——丰沛，主要体现在情感表达的丰沛与奔放上。《别川向秦未忘蜀》叙说何绍基即将离开四川时的心绪与离愁："在他看来，自己秉承皇帝意旨将四川弊政上书朝廷，无愧于心却被撤了学政官职，愤慨和孤寂之感，唯有在内心与杜甫倾诉。秋高云淡之下，秋风吹起离愁，就此作别川中父老，何日还能重来呢？"何绍基离蜀时与幕僚吴寿恬、顾幼帮及儿庆涵等人同游草堂，与杜公作别，内心是何等复杂，情感是何等浓烈，心绪是何等无奈与不舍，短短数言表达的内容却是何等充分。不难看出，田日曰此刻的用情也已经是饱和充溢了，他内心深处的炽热有如岩浆喷发之势——对何绍基遭遇的不公正对待之愤慨与不平，对何绍基坎坷命运之深切关注与同情，对何绍基身处逆境而心忧天下苍生之敬仰与钦佩！《从此家乡是故乡》写孩子在研究生毕业后到广州工作。"如今，孩子在一个新的城市安家，家乡在他眼里，从此已是故乡。他与父母之间的距离，变得不再是里程上的数字，而是有了另一种意义。或许，对孩子来说，这不过是对自己人生栖息地的一次选择，于父母而言，却是一种令人暗自伤感的情形。说实话，当时，我眼里突然一眶浅泪。""我也同样相信，每一个人，终归是不可能走出故乡的，哪怕他走遍万水千山。故乡一条河流，一座石板桥，或一株古树，一定会在他心里长久铭记着，终会浓缩成一个游子精神的原乡。"情感的宣泄与收敛，如此得当，如此和洽，足见其对情感的把控能力已经修炼得张弛有度、收放自如。"原来，就因常有愁肠心结无处相寄，找不到适合的人倾诉或不愿与人倾诉，所以，我们才喜欢面朝江河湖海，迎风听浪，借以让自己融入无边的辽阔，身和心一同被稀释。往往就因为我们掘不开自己内心那道城门，才喜欢在沙滩上垒筑'城堡'，以期一阵阵巨浪漫涌而过。"（出自《自己的"城堡"》）原来我们垒筑"城堡"，是因为外界的喧嚣与内心的孤独，是渴望倾诉、放任、自由，是期待"一阵阵巨浪漫涌而过"，作者情感的饱满、内心的奔突显而易见，丰沛、饱和与奔涌的情绪和切入灵魂的笔触，更加彰显了他丰沛、奔放的美学特质。

　　"旅行可以让一个写作者保持对事物新鲜和敏感的状态。脚走不到的地方要用心去走一遍。"[①]田日曰的"行走"没有间断，他的行踪遍及大江南北，他的"脚"和"心"同频共振。不断地阅读、思考与行走，使得其散文内容宽博，展现出一个经验丰富的作家对纷繁现实的介入勇气与谋略，表达了作者由物及己的内心世界。"他花很多的精力来了解家乡的历史，那些已经或正在消失的美好，那些家乡独有的精神和物质上的宝贵财富。所以，他笔下的桑梓故土，便有了历史的厚重和生命的鲜活，作者浓重的家乡情结才得以自然而然地沛然释放。"显然，田日曰持之以恒的阅读、思考、行走与写作，是卓有成效的。其散文叙事策略和营造意境的手段也已初步呈现出儒家风范，富有传统美学的审美格调——从容雅致、进退适度、饱满含蓄、节制内敛。同时，纯净与丰沛的特质尤其明显，纯净与丰沛的不期而遇，催生出独特的审美意味。

（发表于2023年第7期《火花》杂志）

---

① 邰筐.诗话：云雀与竖琴[J].人民文学,2020,(12):146.

行走在古城与故乡的边缘

——读唐友冰散文集《夜雨过潇湘——行走在古城与故乡的边缘》

在报纸杂志上，我读过唐友冰的一些文章，总的印象是语言朴实、文字节制、含义深刻、真情感人。近日，我集中时间读其散文集《夜雨过潇湘——行走在古城与故乡的边缘》中收录的二十余篇散文，感觉是十足过瘾，随他娓娓道来而神驰，又随他感叹唏嘘而怅然，同时还引发了我诸多的感慨和思考。

唐友冰在这本书的《后记》中写道："在厚重、沧桑的小城面前，自己的一切所思、所写、所想终究只是肤浅——自己终究只是行走在古城的边缘。""我所回忆的故乡，我所怅然回望的故乡，既不是我原来的故乡，也不是我现在的故乡，那只是我记忆中的故乡，回不去的旧故乡——我终究只能行走在故乡的边缘。"古城和故乡，一个是他的文化之根、文化地标；一个是他的生命之根、地理地标。他的概括，平实、中肯，且意味深长。是啊，零陵古城，是他工作生活了二十多年的地方，于他是何等谙熟与感怀！渐行渐远的故乡，如云如烟的往事，于他又是何等牵挂与眷恋！

那些曾经缓缓流逝的旧时光

无疑，唐友冰是幸运的。他随时都徜徉于零陵古城的大街小巷，甚而可以说他日夜浸润在永州悠久灿烂的历史文化长河中，他目之所及、心之所想的无不与古城相关联。对古城的执迷与钟爱，对古城的用心与探究，是唐友冰的散文一个十分鲜明的特色。

古城的旧街道、旧衙门、旧寺庙、旧巷、旧人以及那些曾经与这些"旧"在一起缓缓流逝的旧时光，都在唐友冰的心中摇荡，在他的笔端流淌。散文集第一部分"小城的底蕴"所涉及诸多来过零陵古城或笔咏过零陵风貌的政要或文人墨客，如李商隐、喻良能、孟郊、释慧性、柳宗元、钱起、欧阳修、陆游、文天祥、宋迪、曹植、屈原、刘禹锡、张浚、元结、张栻、王闿运、杜甫等；还有本土名流如周敦颐、怀素、王德榜、席宝田、李达、陶铸、蒋先云、李启汉、陈为人、江华等，对他们的言或行，他们的诗文、书法、摩崖石刻，唐友冰以"历史学家"（其是历史科班出身）独到的眼光，如数家珍，或点评或简述，对古城与"旧人"之间的文化渊源和文化基因条分缕晰，无不精准、别致。开篇《潇湘之雨》中的"生命之雨""文化之雨""爱情之雨"，又展现出了作者对潇湘抚今追昔、直抒胸臆、激荡人心的一面。《走过风雨沧桑的小巷》之"车门巷的马蹄"的描述既概括又细致，如"没有南来北往商客的大声喧哗，没有意气风发学子的马蹄声声。只有风，只有荒凉，只有一阵短一阵长、紧一声慢一声的蝉鸣。如今的东门洞，如同一个历尽沧桑、阅尽世事的老人那样平和而又安详。"柳子街、高山寺、潇湘古镇又何尝不是如此？曾经的繁华与喧嚣，已然寂寥与苍凉。时间是权威的评论家，亦是无情的手术刀，该留下什么、剔除什么，总会给人意想不到的惊喜或猝不及防的遗憾。

人生中最美的风景

　　散文集的第二部分写故乡，篇幅相对较长，用情最真，感人至深。故乡，是每个人心中最柔软的部分，也是每个人一生中最美的风景。古往今来，无论是达官显贵，还是平头百姓，对故乡无不痴爱和依恋。唐友冰对故乡的书写，不仅是用语言文字，更是用情感、用血与泪甚至用生命来书写。那个"牛角湾"的大村子，有唐家门楼、水砖老屋、笔架山、大井、惠风亭、老樟树、洄溪……作者描述的场景，既让自己心旷神怡，可同时又让自己忧心忡忡。"明天我的女儿长大，会不会像我经常想起故乡、想起老屋一样，梦里总会飘进我故乡的小城，还有现在住的房子的影子呢？"他忧心日后故乡的消失；"城市里有许多古玩街，摆的其实都是从农村的古庙古亭古村古墓贩来的古玩、古董……我总担心故乡凉亭的那些石碑石栏石柱会在那儿出现，就像遇见一个在不宜场合出现的老亲戚。"他忧心故乡古物的消失。《过年五忆》之杀年猪、贴春联、拜年、唱戏、舞龙舞狮诸般事体书写尤以细节见长，可谓细致入微，精彩传神。虽然那时日子过得艰难，物质匮乏，生活不易，可过年的讲究与习俗，热闹喜庆的场面，意兴盎然，令人无比留恋。《水里的鱼儿》不失为异趣之作。比如，写泥鳅："泥鳅天生就长得有些滑头滑脑，让人感觉狡黠、可喜，有点像讲相声的冯巩。"把泥鳅和冯巩置于一处，让人忍俊不禁；"那时的泥鳅真多，就像我们的邻居，不过是住在水里。""泥鳅是穷人的猪肉、农村孩子的学费，我们对它充满感激。"怀旧却又令人心酸。接下来写黄鳝亦是妙趣横生，别有风味。

　　当然，这个部分的重头戏还是写父亲、母亲、父亲的民办教师朋友以及村里几个老单身汉。对人物的外貌、言行、心理和个性特点的描写，最见作者功力。唐友冰笔下当过民办教师、当过泥瓦匠的父亲，从落魄、无奈、消沉，到抗争、坚强、担当，父亲的性格逐渐改变、形象逐渐丰满。

尤其是对母亲的书写，更是饱含深情，令人泪目。如"经常是母亲烧着烧着水就睡着了，醒来，原来烧热的水已经凉了，只好重烧，洗澡，再睡觉，这时鸡已打鸣。由于长年累月的劳累，母亲不到50岁她的头发就全白了。""一个大字不识的农村老太太到城里生活是多么的艰难，我们无法体会母亲的心情。""母亲是一株从农村移到城里的老树，无法找到生活的泥土。""母亲就像一只流落在城里的蜗牛，轻轻一碰，触角就会缩回去，把自己躲进一个薄薄的壳里。""想着白发苍苍的母亲百年之后也将装入这大地，埋进这片生养我们的土地，我的心里便有了些微微的凉意。"看着读着，泪水早已模糊了我的双眼。

唐友冰写的几位民办教师：始终有着"文学梦"的同年爷，有深厚功底与才华的进慧表叔，蒙冤入狱的炳堂叔，极富诗情尔后又沉沦的家武表哥，等等。唐友冰写的几位老单身汉：蹭火烤、说鬼故事的王财盛，会唱山歌的牛崽叔，结结巴巴却任劳任怨的铁满公，打"眯子"最厉害的王仁亮……虽然写的是个人，但集结起来反映的是整个民办教师群体、农村单身汉群体的境况与命运，揭示了导致他们命运沉浮的时代风云，体现了那个时代的风土人情和社会风貌。

另外，值得一提的是《货郎》，其文字精练，韵味悠长。文中身残心善的大牛，接替父亲、没干多久便外出去广东打工的小牛……"一个已经进入网购的时代，显然已经没有闲地方可以再摆货郎的货担了。"货郎与货担业已消失，杀年猪、唱大戏已成往事，民办教师已成历史的底片……如果说唐友冰抒写的是一曲乡村牧歌，那么，这曲牧歌则有着浓郁的沧桑与哀婉的味道。

自在与心安的简单生活

散文集的第三部分只有四篇文章。若把第一部分中的《陪读时光》置于该部分，也许更切合。第三部分从文章和文字数量来看，似乎显得有些单薄，其实内容和表达的思想、情感还是比较丰厚的。《居家度日》写自己的业余生活，随意躺着，最好是边吃毛豆边读书，读书累了练字，见到好文章就抄书。这般自在、惬意、无拘无束的居家度日，让人向往，更何况这日子还氤氲着书香墨意，真是羡煞旁人。《石磨坊》写两夫妻经营的早餐店，顾客盈门，生意兴隆。"双休日，老'黑山羊'那在外地读书的女儿便回来帮忙，端米粉，拿油条，端小笼包，舀豆浆，一张小脸都是汗。那读小学的儿子就在一个饭桌中间，找一位子，自顾自地写作业，似乎周围熙熙攘攘的客人都不存在，不时拿橡皮擦擦下再写。那'黑山羊'便只是笑眯眯地在门口坐着，只管收钱，不时用手指沾点唾沫，把零钱数一下，用胶圈扎起来，一扎一扎，很充实。"老百姓的日子如此平和安详，民之福也。《公园晨景》中"我"常常遇见端碗米粉的女人、跳交谊舞的老年人、醉僧楼前锻炼的两百来人，各取所需，各得其所，生活悠闲而有趣，岂不快哉！《陪读时光》中各色人物为陪子女上学这个共同目标，走到了一起。这里发生的事情，让唐友冰莫名感动。无名亭、池塘、荷花、石榴花、蜜蜂、小鸟、雨点、刀豆、麻将馆、胡子牌、拉二胡、吹笛子、唱歌，俨然一个小世界大杂烩，充满着人间烟火味，彰显了老百姓居家过日子的幸福感。

《夜雨过潇湘——行走在古城与故乡的边缘》是一部耐读、耐品、耐人寻味的优秀作品。

（发表于2024年第7期《文艺生活》杂志）

悠悠岁月的回响

——读洋中鱼《历史深处的记忆：永州馆藏文物随笔》

接过洋中鱼的新书《历史深处的记忆：永州馆藏文物随笔》时，我觉得沉甸甸的。说实话，这本25万字的著作，不算厚，也不算重，可不知怎的，这书让我感觉异常厚重。书中博大精深的历史人文内容、专业的文物考古知识及文采斐然、极富趣味的表现手法，令我油然而生敬佩之情。我想，该书一定会载入永州的文学史册，因为这是永州作家首次写永州馆藏文物的系列随笔，这是永州文学史上首次出版关于永州文物的文学著作。

碰撞历史沉寂的回声

洋中鱼的《历史深处的记忆：永州馆藏文物随笔》，取材于永州博物馆，渠道看似单一，内容却十分繁复。类别涉及石器、玉器、木器、铜器、铁器、金器、银器、瓷器、漆器、玻璃器等40件永州馆藏文物，每一件文物独立成篇。40篇文章相互关联、相映成趣，对文物的渊源、出土发掘、样貌、规格、用途等，不仅有着精准的书写与精彩的表达，还往往将其置于当时的历史大背景下来阐释、佐证、论述其文物价值和地位，让读者仿佛穿越时空、身临其境，亲聆悠远、沉寂的历史所发出的微弱回声。

历史掩埋了太多的文物。史书、方志、族谱记载十分有限，民间传说囿于地域、语言和时间，亦不会传之久远。那么，深埋在时间和历史深处的文物，沉睡千年无声无息，按理说应该是何等枯燥和寂寥。可在洋中鱼的笔下，非但不是如此，反而显得异常亲近、温馨、有趣。文物会适时地开口说话，会道出事物的真相，会道出其背后的故事。仅以"东汉双耳陶杯"为例，看看洋中鱼是如何书写文物并带给我们意外惊喜的——

1956年2月，在原零陵县四中扩建运动场的施工过程中发现一座古墓，出土随葬品126件，其中有2件东汉双耳陶杯。那么，这种陶杯究竟是用来干什么的呢？陶杯又有着怎样不为人知的秘密呢？

在洋中鱼眼里，这两只陶杯不仅有呼吸、有体温、有心跳，还让他产生怜惜之情。他初步判断，这两只陶杯像如今的小碗，有"两只耳朵"是为了方便人们把它端起来。考古专家认定，它的用途除了饮酒，还可以作为盛放蘸料的盛器使用。"长沙马王堆汉墓出土的漆耳杯底部，分别绘有'君幸酒''君幸食'的铭文，意为请君饮酒、请君进食。而在一次展览中，徐州黑头山汉墓出土的铜染炉颇为引人注目，上面就是一个用来蘸酱料的耳杯，这恰恰说明耳杯是汉代流行的一种食用器皿。"由此，洋中鱼因耳杯的饮酒用途，还追溯了中国的制酒历史，商周时代的人们创造了酒曲复式发酵法，开始酿制黄酒，至春秋战国时期，人们又从蒸馏技术中发明了白酒。他还利用延展资料，叙述汉代的君子之饮，饮酒不醉酒，并且载歌载舞、谈古论今，高雅至极。进而，他又借用永和九年（353年）王羲之与友人曲水流觞之雅事，引出"天下第一行书"《兰亭集序》和书圣王羲之，从而得出结论："你看，一只小小的耳杯，可以承载多少文化、多少欢乐、多少逸闻趣事啊！"至此，文章还没有结束，他笔锋一转，写出"耳环的造型是脱胎于人头碗的造型""用人头碗作饮器，源于匈奴习俗，属于阿尔泰游牧文化"。紧接着，他用史实加以论证："1957年，考古工作者在河北邯郸涧沟遗址祭祀坑一侧的窖穴遗址中，一次性挖出6只这种头盖杯，显然是被精心摆放过的，且是战俘的。"人头碗的出现，让人毛骨悚然、不寒而栗，可这就是残酷的历史与血腥的事实。最后，作者对"出土于零陵的东汉双耳陶杯"发出由衷的感叹和深深的怜惜之情："这对东汉双耳陶杯，像两朵并蒂莲，开放在永州之野，散发出一种特有的气息……令人感到心疼的是，它们的里里外外都显得十分斑驳，肤色如同耄耋老人，似乎在透露出仅有的生命气息。"文章到此才收笔，其陈述、解说、想象、分析、求证、感慨等诸多方法、技巧的交错使用，使文章读起来一波三折、跌宕起伏，并把本来单调、枯燥、乏味的文物书写变得丰富、饱满起来，让读者读来兴致勃勃、意味深长。

揭开文物神秘的面纱

所谓文物，是人类在社会活动中遗留下来的具有历史、艺术、科学价值的遗物和遗迹，是人类宝贵的历史文化遗产。对于常人而言，文物往往因其年代的久远、出土时的损伤、历史记载的缺失，让人难以弄个清楚明白，因为它总是蒙着神秘的面纱，令人难以捉摸。甚至连考古专家也得大费周章，需要花很多的时间进行分析、研究、讨论，才能得出个子丑寅卯来。洋中鱼是记者、编辑、作家，有许多的工作要做。他只是个文物爱好者，只能利用节假日和业余时间去博物馆，凭借简短的一两百字的文物简介来阅读和写作。要写一部文物专题的文学作品，其中的艰难、辛酸与努力可想而知。他通过参观省内外多处博物馆，求教于考古专家、文物工作者，加上海量的阅读和摘抄志稿、文献、文物资料，再进行梳理、归纳、分析、思考、推论，然后付诸文字，最终经过反复修改、打磨写成了这本精品之作。

洋中鱼对历史、人文、文物诸多领域进行了坚持不懈地研究，且成果丰硕，主要得益于其博学与深思。《历史深处的记忆：永州馆藏文物随笔》开篇写"战国十二竹叶四山纹铜镜"的解谜，便足可说明。铜镜上为何刻山字纹？他百思不得其解。为揭开这文物的神秘面纱，他先后阅读了《西游记》《封神榜》《神仙传》《搜神记》《山海经》《淮南子》《太极图说》等著作，辩证分析、鉴别别人的观点，最终得出自己的结论："所以说，我更倾向于'战国时期出现的这类山字纹，表达的是老百姓一种很简单的图腾崇拜'这个观点。这应该是战国晚期人们铭'山'于铜镜的主要原因之一。"他的观点否定了别人的几种推测——"刻四山形以像四岳，此代形以字"；刻山以示不动，喻安静之意；刻山形于镜，如同福、寿、喜等字一样，寓意吉祥。

诚然，对文物的研究与揭秘仅依赖于博学和深思尚远远不够，还需要加强美学修养，提升审美趣味。就文物新莽陶屋而言，因其貌不扬，出土时损毁比较严重，一般人可能看不上眼。洋中鱼对此却厚爱有加，他认为汉唐以前基本没有两层民居，零陵出土这件随葬的两层陶屋意义非凡，且出自仅历时15年的短命王朝——新朝，就更具审美价值。古代零陵属南蛮之地，交通不便、经济落后，怎么会有两层的民居？这两层的陶屋是当地所制还是外来之物？其审美价值何在？他结合张泽槐先生所著的《永州史话》记载的史实和文物自身的特征，进行了深入阐释，揭晓了秘密：受封于今宁远县柏家坪镇的舂陵王刘买的后代刘秀建立起东汉政权。当时的泉陵县经济发达，军事地位十分重要，光武帝建武年间（25年—55年），零陵郡治由零陵县移至泉陵县。泉陵成为零陵郡的政治、经济、文化中心，成为兵家必争之地，盛极一时，何等繁华。"在这种背景下，更何况有零陵郡治和泉陵县（曾为泉陵侯国）并存的基础，零陵焉得不出富贵人家？焉得不留下名门后裔？他们去世后，焉得不筑大墓？因此，说这件新莽陶屋是当时社会政治文化的一个缩影，自然也在情理之中。"由此，他推断在零陵古老的土地上确实存在过这样的建筑。他眼前仿佛出现了这样一番情景——一个零陵郡或泉陵县下班后的官员，踏着落日余晖回到城外的房屋中，小狗撒欢，鸡鸣鹅叫。官员步上二楼，见妻正子在教孩子读书，南风徐来，书页翻动，孩子张开缺牙的小嘴对父亲无邪而笑……好一幅和谐、舒适、温馨、欢乐的居家之景！

触摸器物敏感的神经

洋中鱼所写的文物，无一例外都是出土文物，且都是器物。这些器物在泥土里沉睡百岁千秋，本来与世隔绝，处于黑暗、阴冷、麻木、休眠的状态。但意外被外界惊扰，似乎就会慢慢苏醒，舒张脆弱而敏感的神经，感受阳光微风，回顾沧桑往事，见证当下世界。他没有将文物仅仅当作文物来写，却将文物当作动物、人物来写，写得栩栩如生、有滋有味。如："这尊不足30公分高的捂手陶立俑……感觉他是由无数个美学符号组成的精湛艺术品，让人赏心悦目，赞叹不已。我最关注的是他的双手，甚至情不自禁地去追问：'为什么他要把双手叠加捂在腹部前面？是一种制度下的礼仪？还是为了表示自己的忠诚（因双手在前，不能携带凶器）？'在鹞子岭下的地宫里，他是否拥有尘世的快乐？对于自己胸前的创伤，他是否感到疼痛？他那空洞洞的胸腹里，究竟藏有什么秘密？"（《西汉捂手陶立俑》）又如："当历史的河水流淌到西周的地盘时，簋像雨后春笋，数量一下子多了起来，不过，在长达275年的西周时代，簋更像一个人，经历了懵懵懂懂的儿童期、花枝招展的青春期、朴素全盛的中年期和逐渐衰亡的老年期四个阶段。"（《西汉带盖刻画纹陶簋》）书中如此书写之处随处可见。洋中鱼以敏锐的心触碰器物的神经末梢，器物在他情意绵绵的触摸下恢复了生气，他们之间便开始了推心置腹的交谈、交流，达到物我一体、浑然融会之境界。这样写出来的文物不生涩、不枯燥、不单调，这样写出来的文字鲜活丰满、意味深长、引人入胜。

（发表于2022年11月2日《湖南工人报》）

纯净、斑斓、浓郁的诗意抒写

——读魏佳敏散文集《云上的年轮》

　　魏佳敏的散文集《云上的年轮》，获得湖南省作协2022年重点扶持项目，由北方文艺出版社出版。该书一经面世，反响良好。邱华栋、王跃文、张治龙等诸多名家给予了倾情推介与点评。邱华栋说："《云上的年轮》如一曲万物协奏曲，如梦如幻，洗心涤魂。"王跃文说："读佳敏的散文，能让我们感受到他写作的谦卑和真诚，在极富诗意的文字里畅想事物，给我们展示了一个古老民族独特的人文之美。"张治龙在该书的《跋》中这样写道："相对于庞大的散文创作群来说，魏佳敏的新著，与其说是加入，不如说是逃离。尽管在文本形式上，他展现的是对湘南特别是对瑶山细微或卑微人事的相思，瑶山的大美和人性的大善，构筑了我们无法离弃的景观与存在。魏佳敏的词语为我们带来了柔性与硬度、宽度与深度，人物、物人同构了浑然一体的生命游动，五岭瑶山万千姿态，皆是多维生命之展示。"①

　　魏佳敏在《云上的年轮》的写作中，展现出了他的内心世界诡秘而斑斓的一面。他的文字表述方式睿智、机巧、旁逸、出其不意，有时候采取

---

① 魏佳敏.云上的年轮[M].哈尔滨:北方文艺出版社,2022:235.

冷静、克制、委婉、含蓄、隐喻等各式手段，表现出其作品多元丰富的内涵，使作品纯净而斑斓、充满感性而浓郁的诗意。

如果说《怀素：一个醉僧的狂草人生》[①]是一幅内涵丰富、跌宕昭彰、瑰丽多姿的长卷，那么，《云上的年轮》则是一组充满浓郁诗意、展现乡村乡情乡俗的斑斓多彩的册页，洋溢着人间世俗的气息与温情。

《云上的年轮》共七辑，收录文章六十三篇。每篇文章的标题均为两个字，醒目、精准、极简、极美；文章的篇幅也不长，大多为两三千字，最长为五千字左右。魏佳敏的机巧也许正是跟这种短文有关。在当下，许多人把散文越写越长，动辄上万字，几万字、十多万字的也屡见不鲜，似乎越长就显得越有水平；写长散文的人越来越多，似乎在追赶一种时髦。殊不知，有话则长，无话则短。盲目求长，东拉西扯，云里雾里，令读者反感，不可卒读，结果适得其反。魏佳敏取短文，易读、易记，读者自然喜欢。

简洁、精致、流畅的文学语言，是其朴实表达的支撑点

魏佳敏采用的叙述方式有一种返璞归真的明快和纯净，他用最朴素的表达方式来描述事物，故事单纯，叙述简洁，节奏明快。比如，第一辑的《骨音》《瑶糯》《竹笕》《瑶浴》《叶笛》《碓语》《瑶茶》《滴枯》《酿菜》，第三辑的《斧子》《凿子》《锯子》《刨子》《锛子》，第六辑的《取火》《淬火》《响火》《守火》《捂火》《浴火》等，他对这些过去民间的常见之物、常见之事了然于心，这些事物在他简洁的描述中熠熠生辉、富有温度、富有灵性、富有情感，同时也隐含着艰难、忍让、困苦和灾难等诸多体验。尤其在书写木工工具的第三辑，他不仅复活了斧子、凿子、锯子、刨子、锛子的形貌和功能，再现了做木工活的生动场景，他还把故乡木匠满阿公

---

① 魏佳敏.怀素：一个醉僧的狂草人生[M].北京:光明日报出版社,2015.

的神奇、艰辛、坎坷、悲催的一生经历融入了斧子、凿子等劳动工具的交响之中。"刨子仅是一件满阿公的寻常工具，一件纯由木头与铁块组成的普通家什而已，它就安伏于老屋某个不显眼的地方，旧事记忆装满内心，积尘暗影堆满全身。只是，在许多个沉重的深夜，刨子常会听见那伤病缠身的满阿公，发出阵阵难受的咳嗽声。""每当他为母地的瑶家人制造棺材时，他总会袒胸露背，顶着烈日，像农人挥锄掘地一样，挥动着他手中的那只锋利的锛子，随着嘭、嘭、嘭的沉闷声阵阵响起，片片木屑便会四处飞溅，那巨大的木头上就会慢慢被掏挖出一个深深的坑洞来，而他全身则定会被豆大的汗水与木屑所覆盖。""他长年漂泊在外，挑着一副木匠家什走村串户，靠着他的木匠手艺吃百家饭，睡千家床。""直到快四十岁了，他才好不容易从大瑶山带回一个广西婆，算是成了家。""广西婆眼睁睁地看着可怜的儿子饿死，绝望中，便独自偷偷地跑了。""死了就死了，人们便将满阿公，连同他那只从不离身的斧子，一起草草地埋了。"魏佳敏惯用这样的语言，简洁、精致、流畅，犹如农家的庄稼或山间的花草，自然生长，自带清香，纯天然，无污染。

关注、同情小人物，是作者乡村情怀的闪光点

《云上的年轮》中除了上述列举的满阿公以外，还有许许多多这样的小人物。诸如铁匠年庚伯，瓦匠老桐叔，爆玉米花的"六指把"，守火塘的金枝阿婆，挖虫线（蚯蚓）的"老鸭公"盘根，勤劳善良又残疾的贱爷，出家当尼姑的玉净大师等，还有自己的亲人，如奶奶、外公、外婆、母亲、舅舅、干爸、姐姐等，文章在舒缓、忧伤而略显苍凉的叙述节奏中隐隐地传递出作者对这些小人物的同情与怜悯，同时展现出对母地父老乡亲苦难的承受能力和人类命运的深切关怀。这种书写与表达方式，于魏佳敏而言，是自觉的、感性的，又是刻意的、理性的，他用纯净明亮、深情舒缓、充满特殊情感的抒情风格，抒写了大瑶山的风俗、乡间人物和乡村

故事，漫不经心地将读者引向一个真实而梦幻的世界之中，并为之深深着迷。他通过对时间和空间的描写，展示了人物在特定的大瑶山生活环境中的坎坷、抗争、坚忍与对未来的憧憬。

　　"作家的使命不是发泄，不是控诉或揭露，他应该向人们展示高尚。这里所说的高尚不是那种单纯的美好，而是对一切事物理解之后的超然，对善与恶的一视同仁，用同情的目光看待世界。"①魏佳敏在写这些小人物时，也很超然，往往以同情的目光看待善与恶。《云上的年轮》中有三个人物有点"污"和"恶"。其一，水叶阿婆。水叶阿婆是一个会放蛊的疯婆子，大家生怕中了她的蛊，魂魄被她迷住，甚至枉送性命，对她敬而远之。"寨子里的瑶家女人们又最是忌恨水叶阿婆，常把她说得阴毒无比，生怕自家的男人中了她的情迷蛊，被她勾了魂去。只要寨子里谁家发生了什么意外，便总会怀疑是不是中了水叶阿婆放的毒蛊。""水叶阿婆死后，那古钵也同时神秘地消失了。人们找遍了她那已经倾圮的家，都没找到。或许，这古钵真是投胎到离乡人的梦里去了。"其二，满阿公。因家境变故，儿死妻走女嫁，满阿公把心里的失落和怨恨，以及对富裕人家的不满和嫉妒，发泄到自己制作的一张婚床上。"可就在这户人家儿子的新婚之夜，美丽可人的新娘却突然疯了，在那婚床上恐怖地大喊大叫。"自此，这张精美的婚床被闲置起来，直到满阿公去世，床亦腐朽，户主决定劈作柴烧，在床沿最厚实的木头部件一个隐秘的卯眼中，里面嵌进了满阿公凿子的木柄，其顶部正是那朵绝美的木雕之花！这时，人们才恍然大悟，满阿公曾学过鲁班巫术。魏佳敏在文章里不但没有指责满阿公，反而同情地分析道："独居单身的满阿公之所以要干下如此阴毒的恶行，或许是缘于对美好爱情的嫉妒，或许是出于其他原因也未必。反正死无对证，一切都无法考证了，唯留给人们无尽的猜测与想象而已。"结尾，他这样写道："抑或，这个亦真亦幻的传说，正是满阿公那把虚无凿子的魂魄。"其三，

————————
① 旷新年.写在当代文学边上[M].上海:上海教育出版社,2005:120.

盘根。专门挖虫线养鸭子的盘根，因寨子的汉子多半外出打工，盘根便趁机勾引留守妇女，且有独门妙计，屡试不爽。魏佳敏在文章里也没有指责他、贬斥他，只是在文字的沉稳叙述中，带有一点揶揄的情感色彩。"时光如一条无形的虫线，无论怎么快活，也会有个尽头。那年秋后，盘根这个老光棍终究还是突发脑出血，死了。""传闻盘根死后的模样很难看：腰间那只葫芦跌碎于地，虫线密密麻麻，蠕动在他僵硬的身子上。"显然，魏佳敏对这些有点"污"和"恶"的小人物，采取的是一种民间宽恕的办法，它表现为一种仁慈、和解和宽容的态度。魏佳敏通过对年庚伯、老桐叔、"六指把"、金枝阿婆、贱爷、玉净大师、奶奶、外公、外婆、母亲等众多小人物的勤劳、持家、艰苦、勇敢、和睦、友善、乐观等品质的抒写，赞扬他们纯朴的人生观和价值观，将这些小人物生命的苦难和生命的欢愉奇妙地结合在一起，从而反映了真真实实的、色彩斑斓的瑶家村寨生活场景。

生动、丰富、准确的细节描写，是文章感人至深的关键点

细节往往决定文章的品质，运用细节的能力又往往取决于一个作家的才华。"如果细节不真实，那作品中就没一个地方是可信的了，而且细节的真实比情节的真实更重要，情节和结构可以荒诞，但细节一定要非常真实。我认为能表明一个作家洞察力的，其实就是对细节的处理。"①余华虽然是针对小说而言的，但同样适合于散文。魏佳敏对细节的异常重视和出色处理，主要表现在追求细节的生动有趣上。下面，以第七辑的几篇文章为例，谈谈他生动、有趣、丰富、准确的细节描写。其一，《血河》。"血河是这样一条河：小小的，在地图上你一定寻觅不到；它只隐伏在那深深的峡谷里，受了山的约束，且弯且瘦，仿若一根生命的脐带，裸露于天

---

① 叶立文,余华.访谈:叙述的力量——余华访谈录[J].小说评论,2002,(04).

地，极自然地顺着山向走势，默默地流。""丢一粒小石，会像看慢镜头一样，看它以一个极慢极慢的速度缓缓下沉。偶尔有树叶、有野花飘落，只是静静地浮在水面，似乎并不见水的依托。河里的鱼极多，却大都躲在石罅中，只有少数胆大的，晃着身子，勇敢地吐着水泡，欲与人逗乐。也有静伏在河石之上的，一动不动，如同一块生命的结晶，任你细数它的鳃须与鳞甲。"血河的小、弯、瘦、清、幽、美、趣，尽在这些细节中传递出来。其二，《祭月》。"只见他走到我面前，捧上一碗清水，口中念念有词，对着月亮，一个下跪，磕了几个响头，就转身将水轻轻地洒在我的身上。接着，他又叫我将外衣脱下，用手指在衣上神秘地画着一些奇怪的图案。停了一会儿，就抽出那柄长剑，乱挥乱舞，似在与谁厮杀。忽然，他挥剑朝我的衣服一刺，兀地停下来，可怕的是，剑锋上竟渗出许多血痕！贱爷却一动不动，如僵化了一般，原来他已疲倦到了极点，没有什么力气了。待贱爷好不容易恢复过来，告诉奶奶，说我真是犯了月忌，中了邪呢。说着，他就将剑刃上的血痕拭去，叫奶奶将我的外衣藏到水缸里去，万不能再穿。奶奶一一如实照办，一直折腾到半夜，月亮快下山了，贱爷才说好了。"这么密集的细节，几乎将贱爷祭月的过程栩栩如生地再现了出来——神秘、荒谬、愚昧、肃穆、装腔作势，多多少少还带点滑稽可笑。其三，《乡心》。"他们兄弟两人为防止朝廷追兵循迹而至，便将鞋子前后倒穿着，这样雪中留下的，便都是与其行走方向完全相反的足印。"逃难的狼狈、艰辛、勇敢、机智、小心翼翼，都在这个"鞋子前后倒穿"的细节中展现得淋漓尽致。其四，《灯碗》。"说是灯碗，形状却如一朵宛然盛开的莲花，片片薄薄的'花瓣'从'花托'基部冉冉展开，围成一个碗样的凹形小圆盘，通体都泛着古铜色的光芒，那么古朴，那么精美。""此时，奶奶也一定会从神龛上轻轻地取下灯碗，往那微凹的圆盘里盛上清清的香油，里面再插上一根白白的灯芯草，'噗'的一声，灯芯草刹那间就被点燃了，一粒跳动的火焰立刻将灯碗映成彤红一片，极似一朵娇艳的'红莲花'。奶奶便双手托着这朵美丽的'红莲花'，靠近心口，久久地跪拜于地，嘴里念念有词，神情肃穆而又虔诚。"这两段话，从多个生动的细节显示了灯碗的美轮美奂，描述了奶奶在农历每月初一、十五两个祭日，沐浴更衣，烧香化纸，祭祖拜神的虔诚情景。

《云上的年轮》在细节的运用上可谓苦心孤诣。魏佳敏对细节恰到好处的运用，既起到烘托环境气氛、刻画人物性格和揭示主题思想的作用，又能在最短时间内、最大限度地激发读者的情感，使读者对文本产生强烈的情感共鸣，留下独特、深刻的印象。

总体而言，《云上的年轮》皆是美文。美在语言——简而精，精而当。词汇的娴熟运用，使文字富有魅力、穿透力和吸引力。美在结构——布局貌似漫不经心，实则十分用心。笔之所至，挥洒自如，收放有度，平中见奇，奇中见巧。美在细节——丰盈、精微、生动、密集、逼真、准确的细节描写，凸显景物、器物、事物、人物的个性特征，反映普通人的喜怒哀乐，提升了散文的艺术表现力。美在情感——作者真挚、饱满、热烈的情感流向，始终对准大瑶山的父老乡亲，从人性深处悲悯、怜惜人们生存的艰难、忧伤和无奈，同时，讴歌了小人物人性的纯真、美好和善良。

（发表于2022年第2期《湘江文艺评论》杂志、
2022年12月2日《湖南日报》）

山水人文潇湘意

——以永州籍作家在 2017 年至 2022 年期间出版的散文集作品为例

中国散文学会、湖南省作家协会、中共永州市委、永州市人民政府联合举办的"2022中国（永州）山水散文节"活动，通过媒体宣传、专题办班、采风、征文等多种形式的推动，已然掀起一股"读永州八记，约天下文章"的散文热潮，收到来自海内外的征文稿件3057篇，获得广泛而良好的影响。永州，作为中国山水散文节的举办地和中国散文之乡，具有得天独厚的山水人文优势。唐代柳宗元被贬永州，谪居10年，在此写下的《永州八记》被誉为中国山水散文的开篇之作，影响深远；永州作为一个散文大市，也正在跻身散文强市行列。下面，笔者就21世纪以来的永州籍作家散文创作状况，尤其是2017年至2022年出版的散文集作品，进行一次大致的梳理与归纳，对作品的共性、特色、审美和存在的问题，谈一些个人的浅见，并提出建议，以期促进、推动永州散文创作进一步发展繁荣、进一步扩大影响，形成具有鲜明地域特色和独特审美取向的永州散文新格局。

一、活跃、繁荣的创作局面

21世纪以来，永州籍作家的散文创作，总体来说可以概括为：人才荟萃，题材广泛，风格多元，佳作迭出。据不无完全统计，永州籍作家中从事散文创作者100余人，其中中国作协会员15人、中国散文学会会员25人、省作协会员48人，涉及各个县区、各个行业，老中青均有，比较而言，青年作者偏少；作品题材广泛、丰富，以故土习俗、历史名人、人文景观、山水田园、自我情愫、亲情乡情等为主要书写内容；表现手法灵活多样，地域特色比较明显，作品风格多元；作品数量呈递增趋势，亦不乏佳作，时有获奖。作品整体而言，注重对日常生活的书写，并将此作为一种省察和反思的对象，期许建构起有序而温馨、传统而现代的新的乡村伦理和城市秩序。创作者通过视域的审察和转换，将中国现代化进程中城市的扩张、乡村的凋敝，以及由此形成的繁荣与衰败的对峙和渗透，一一诉诸笔端，表达了深深的忧虑、惋惜、乡愁。同时，对人性良善、心灵自由、生活富裕、社会发展，表达出内心的欣喜和由衷的赞美。他们的散文创作深受舜文化、柳文化、理学文化的浸润和影响，深受湘南地域风土人情的滋养和熏陶，富有永州鲜明特色的散文范式正在逐步形成，并日趋成熟与完善。凌鹰、文紫湘、文霖、唐盛明等人参加的全国性赛事屡屡斩获奖项，如刘翼平的《周敦颐思想地图》获第八届湖南省社科普及读物，凌鹰的《我的十八洞村》获湖南省第十四届精神文明建设"五个一工程"奖，文紫湘的《一个人的山水盛宴》、魏佳敏的《云上的年轮》获湖南省作协重点扶持项目，在"2022中国（永州）山水散文节"征文大赛中获奖的40篇作品中，永州籍作家的作品占10篇。但20余年来，永州籍作家的作品产生重大社会影响的有限，如获得鲁迅文学奖、全国"五个一工程"奖等重要奖项的还是欠缺，仍然存在只见"高原"、不见"高峰"的现象。

据不完全统计，2017年至2022年永州籍（含在外地）作家正式出版的散文集有26部。

2017年出版的有：刘翼平的《周敦颐思想地图》（湖南人民出版社）、郑山明的《乡愁的滋味》（东方出版社）、帕男的《俚语湘南》（云南民族出版社）、宋飞云的《宋飞云文集》（光明日报出版社）；2018年出版的有：

田日曰的《潇水清清永水流》（北京日报出版社）、李贵日的《湘江源头在蓝山》（团结出版社）；2019年出版的有：陈显军的《岁月履痕》（成都地图出版社）、杨金砖的《迷失的归途》（经济日报出版社）、袁忠民的《飘落的心雨》（团结出版社）；2020年出版的有：唐友冰的《夜雨过潇湘——行走在古城与故乡的边缘》（湖南大学出版社）、贾跃平的《冯河帆影》（团结出版社）、凌鹰的《最初那一滴水》（安徽文艺出版社）、田日曰的《潇水涟漪》（成都时代出版社）；2021年出版的有：蒋建辉的《双牌文化》（团结出版社）、唐晓君的《行走瑶风》（团结出版社）、张华兵的《遇见永州》（团结出版社）、蒋铸友的《晨说馨语》（团结出版社）、洋中鱼的《历史深处的记忆：永州馆藏文物随笔》（经济日报出版社）、文俊学的《自然之光》（长江文艺出版社）、傅德盛的《似水情怀》（团结出版社）、周凌志的《访尧古村》（团结出版社）、钟君的《千年打卡记》（湖南人民出版社）；2022年出版的有：郑山明的《溯时光而上》（湖南地图出版社）、文紫湘的《一个人的山水盛宴》（湖南地图出版社）、乐虹的《独角戏》（百花文艺出版社）、魏佳敏的《云上的年轮》（北方文艺出版社）。

更早出版的散文集有70余部：李长廷的《山居随笔》、张泽槐的《古今永州》、邹金鹭的《西行散记》、易先根的《狗爬石》、凌鹰的《放牧流水》《巨轮的远影》《蔚蓝天空上十八朵云彩》《我的十八洞村》、刘翼平的《石棚夜话》、洋中鱼的《李商隐与永州》、徐芸的《紫云英》、奉荣梅的《浪漫的鱼》、唐樱的《樱花拾零》《永远的风采》《寂静私语》、欧阳杏蓬的《以孤独的名义》《缤纷湘南》《一个寄居者的广州读本》《一生两半》《现实之境》、蓝予的《得闲来叹茶》《转身回眸》《心灵的故乡》《柳黄霜白时的背影》《人与动物的距离》、陈林静的《泊在河里的村庄》、蒋铸友的《蝉之声》《丁香花开》、帕男的《多情的火把花》《一抹秋红》《魂牵五台》《天地之孕》（长卷散文）《魂牵五台》（长卷散文，合著）《一个皇帝出家的地方》（长卷散文）《滇，我那个云南·云南生态文明游记》（长卷散文）《火之韵》（合著）、周明礼的《乡情乡音》《醉在湘江源》、张国权和王金梁的

《风雨千家峒》《女书·女人·处女地》、张国权的《神秘的鬼崽岭》《怀素传》（联合编著）、蒋平的《小文章，大道理》、蔡自新的《潇湘之语》、王敦权的《岁月之河》、陈永祥的《山里那些嫂子》、方赛霞的《云霞成锦》、蔡文波的《我的大瑶山 我的母亲河》、唐思源的《南蛮野人笔记》、彭世民的《漕滩露宿》、贾章雄的《山韵海魂》、魏佳敏的《怀素：一个醉僧的狂草人生》、唐小峰的《憧憬那片绿》、彭楚明（已故）的《踏歌潇湘》等。

此外，还有周卓敏主编的《希望之舟》、刘忠华所著的《潇水清清》、郑小蓉主编的《仰望西山》、刘波编写的《永州发现》丛书、桑显瑛主编的《双牌县文学作品集》、吴开嫦主编的《舜水河——蓝山文艺作品选》、东安诗词协会和东安县作家协会编写的《东安当代散文选》、东安县建设中国德文化之乡领导小组办公室和东安县作家协会组织编写的《德在东安》、李牛华和蒋铸友总编的《道州之道》系列丛书等各种作品20余部。除单纯的散文选本外，这些作品集大部分选录的是散文，将该县（区）、该校、该单位数十年的优秀散文收入其中，既有代表性，又有典型性，既具资料性，又具普及性，对永州散文创作与繁荣起到了一定的促进作用。

除上述出版过散文集的作者外，还有许多没有出版散文集却在报刊上发表过不少作品的作者，有：刘生忠、文先赵、李振华、陈明淳、文高平、卿仁东、廖艳萍、万汝青、唐常春、兰旭霞、魏龙元、卢兆盛、艾跃、贺华健、蒋林奇、唐盛明、唐继华、蒋玉珊、张灵芝、黎成钢、蔡娟、蒋卫红、周龙江、唐世日、文霖、吕国康、吴同和、蒋晓颖、徐德芳、唐辽林、何俊霖等，以及已故的周卓敏、唐曾孝、文三毛；永州籍在外地有一定影响的散文作者还有：吴茂盛、王青伟、王浃海、李珊支、赵妙晴、张卓琳、秦羽墨、魏剑美、郭威、夏昕、钟二毛、彭雅青、林萧、杨邹雨薇、刘笑宇、刘佳音、蒋集政、王丽君、李零等。他们在全国各级各类报刊上发表了大量的散文作品，有的还产生了较大的影响。

这么庞大的创作队伍，这么多作品的发表和出版，为永州成为"散文大市"奠定了坚实的基础，为永州获得"中国散文之乡"称号和打造中国山水散文研学创作基地奠定了坚实的力量，也为永州井喷式的散文创作储备了巨大能量。

二、多重表述与审美取向

纵观永州作家在2017年至2022年出版的散文集，除以下4部集子的主题单纯或内容专项以外，其他集子的主题和内容均有交集，存有共性。以回望、再现、反思、期许的多重表述方式，形成比较明显的以表现崇尚美好、疾恶如仇、豁达乐观、知足感恩、倔强忍让为核心的审美取向。钟君主编的《千年打卡记》是一部书写圣贤先哲到永州"打卡"的人文历史散文专著，刘翼平所著的《周敦颐思想地图》是思想文化长篇散文，张华兵所著的《遇见永州》是一部优美的散文诗随笔，文紫湘所著的《一个人的山水盛宴》是一部书写永州山水，阐释人与自然相处之道的"大散文"。对于此4部集子，本文将专门论述。另外，洋中鱼所著的《历史深处的记忆：永州馆藏文物随笔》是一部描写永州博物馆馆藏文物的随笔作品，笔者以前对其已有单篇评论，同时，对田日曰所著的《潇水涟漪》、唐友冰所著的《夜雨过潇湘——行走在古城与故乡的边缘》、魏佳敏所著的《云上的年轮》均有单篇评论，此文论述从简。笔者认为，其他22部散文集的共性、特色和审美取向主要体现在以下四个方面：

一是当时情景的再现，也是时代深情的挽歌。《乡愁的滋味：那年·那事·那人》《溯时光而上》《俚语湘南》《潇水清清永水流》《岁月履痕》《行走瑶风》《似水情怀》《访尧古村》等作品集，用了较多的篇幅书写儿时故乡、生活场景、乡情乡俗、亲人朋友以及难忘的往事，这些作品的文字朴实、语言简洁、情感饱满、笔意缱绻。"童年与故乡的生命记忆是我们认知世界的精神原点与思想底色，而乡村记忆与这个几千年文化历史的国度有着悠久而深厚的内在精神关联。从历时性来看，乡村记忆及生命体验是千百年乡土中国审美文化在我们每一个人心灵上的精神印痕；从共时性来看，乡村记忆是21世纪初期国人'最后的记忆'。因为一个现代性、城市化席卷一切的大时代到来了。"①缅怀、恋旧、不舍、寄托、期许等万般心绪涌向作者的笔端，它们栩栩如生地再现了当时的场景，复活了过去的人和事。郑山明对《乡愁的滋味：那年·那事·那人》《溯时光而上》中的场景、人物、事件叙述从容、冷静，满怀深情，技法娴熟、洗练。在他寥寥数笔的勾勒下，逝去的世界仿佛瞬间呈现在读者眼前，读者跟着他的笔触的指引，"溯时光而上"寻找生命的原乡、生存的过程和终极归向，便深刻感受到"乡愁的滋味"。尤其是他对农事农活的记述与体验，科学、细致、缜密，犹如教科书一般，令人信服，也令人感叹。帕男的《携云还湘》和《俚语湘南》中第一辑的10余篇文章，基本上属回忆性叙事，对过去岁月的追忆、再现、述说、感怀、议论，既是对过去岁月和经历的告别，也是对心灵创伤的自我抚慰。作为长期在外地工作和生活的帕男，没有什么地方比故乡更让他魂牵梦绕，没有什么情感比思乡更刻骨铭心。文俊学的《自然之光》，收入60多篇短小精悍的文章。"作品有一半以上写节气、节日，从立春到大寒，从元宵到除夕，从每个节气的特征、节日的特点，古人的习俗，儿时过节的童趣，到今天生活中的景象，像一个个特写镜头，展现在读者眼前。既古老悠远，又新鲜活泼。作者偏爱对传统文化的诠释，对现实生活的感悟。"这些文章，表面上看是对过去时代情景的还原、回忆、再现，实际上是对那个时代的告别、回望和留恋。魏佳敏的《云上的年轮》，写大瑶山的山和水、人和事，看似不起眼的尘屑细物，但恰好铺开了一条抵达现实之外的神奇路径，让作者与瑶山里的物与人产生某种精神交流，打开一个独属于自己的心灵世界。周凌志的《访尧古村》，是一部书写作者故乡的专集，他以一腔赤子的炙热情怀，企图用文字来挽留一个村庄的过往，激活一个乡村的血液流通和体温开关。他把一些自然景观、现实景观

① 张丽军.乡土记忆的精神源头与血脉相融的生命"洄游"——论台湾"70后"作家房慧真的散文集《河流》[J].文艺论坛,2018,(02):67-70.

和历史景观置于心怀和思想里演绎、碰撞，形成他内心的精神风景。上述作者的这些描写与表述，与其说是对那时岁月情景的再现，不如说是对逝去的那个时代的挽留，吹奏的是一曲曲忧伤、缠绵而深情的时代挽歌。

二是人文历史的回望，也是作者深刻的反思。人文历史，无疑是作家们常写不衰的课题。上述罗列的在2017年至2022年出版的散文集，许多文章都自觉或不自觉地对当时当地的人文景观和历史事件进行叙述与回望，表达了作者对其形式和内涵的深刻反思，给人以启示、警醒。杨金砖的《迷失的归途》中诸多篇什，涉及人文历史和民间习俗。在《零陵风俗》一文中，他这样写道："零陵风俗可以说因山而起，有山的厚德载物之性。""零陵风情又与潇湘二水密不可分，具有水的周流不止，润泽万物的功能。"他将"心地善良""敬神事鬼""婚嫁迎娶""哀丧厚葬"等零陵的品性和习俗给予了展示与回望，融入了他的分析、思考，既有肯定，也有批评，态度明朗。凌鹰对乡村和城市生活的反思颇有新意。"我们从乡下来到城里，可能会成为一个个具有各自不同身份的虚拟的城里人……因为一直没派上用场，而一直被堆放在城市的一些角落里，等待派上用场，等待被一点一点地肢解、嫁接、组装和重塑，等待被制作成城里的一些令人注目的装饰品和道具。"（出自《最初那一滴水》）傅德盛的《似水情怀》的第四辑"文化采撷"，对双牌的文化现象、缘由、优劣和几个古村落兴盛与衰败的述说，掺入了自己的反思与见解。尤其在《喊三妹》一文中，作者对吃苦耐劳、重情重义、不幸早逝的三妹，表达痛彻心扉的愧疚及深深的追悔。陈显军的《岁月履痕》的第一辑"南下纪事"，主要写自己停薪留职、赴南方打工的一段特殊经历。他对城市繁华外表下的奢靡、迷茫、浮躁等形形色色的现象进行了冷静观察和反思，重新认识自己的身份和处境，"你正视自己就知道，只不过是平凡普通人而已。"田日曰的《潇水涟漪》，主要是对故乡永州的文化性、地域性、审美性写作，多以历史人物或历史事件为描写对象，既丰富了永州的历史人文，又从文学角度折射出永州历史的多维镜像。其散文题材的地理坐标锁定于永州，并以潇水流域为轴线；以地域人文为图斑，构成永州的历史镜像；以纯净丰沛为底色，形成其散文的美学风格。

三是思想意识的流露，也是内心深处的冲突。作家思想意识的流露，往往表现在批判的理性上，反映在内心深处的冲突中。"其批判的能量来源于现代性的反思性理性精神。"①凌鹰的反思性理性精神与批判现实主义，不仅是一种创作方法、写作立场、美学指向，更是一种观察、分析、介入世界的方式。"正如女书女人死后将女书带进另一个幽冥的世界，正是这些女书祭品的灰飞烟灭，女书的历史根源才最终成为我们望洋兴叹的文化哑谜。"（出自《女书》）"现在，那些曾经殷勤地行走在乡村的草台班子，甚至包括一个个专业剧团，几乎都纷纷踏上它们的流亡之旅。它们就像乡村里那些被抛荒的稻田一样荒草萋萋，守着昔日的满田稻香和今日的孤寂。"（出自《祁剧》）女书和祁剧的颓败，凌鹰在思想意识中流露出留恋、不舍、惋惜之情，但对它们之所以逐步消隐，以及留存的现实意义何在，他在内心深处又产生了质疑、冲突与矛盾。杨金砖写永州八景的历史与现状、写寻觅八愚故址的诸多文章，收入《迷失的归途》。他给自己的集子取名《迷失的归途》，不得不说这是一个很有意思的话题。是矛盾的对立还是统一？是内心的激荡、碰撞、冲突，还是冲突过后的余波微颤？这似乎包含美的辩证法。

四是朴实人性的礼赞，也是精神深度的掘进。"沈念的散文是含蓄委婉的，甚至在有些时候，这种克制的冷静带着某种坚硬与疏离的质地。这些文章，仿佛深海之蚌，撬开粗粝的外壳才可见内中珠玉。而隐喻，或许可以当成一种可凭可信的介质。"②其实，不单是沈念，永州散文作家中也不乏其人，行文含蓄、克制、冷静，充满隐喻。乐虹就是比较突出的一个。"读乐虹同学的文字给我的另一个启示就是：即便飘然云端的人，也有她低到尘埃的情感；看上去豁达乐天的人，也有她深入骨髓的忧伤；日常琐碎的流年，也自

① 罗如春,张倩.论现代性语境下韩少功文化立场的嬗变[J].湘潭大学学报(哲学社会科学版),2018,42(05):97-102.
② 罗小培.彼此照鉴:玉壶冰心与瑕翳人生——读沈念《世间以深为海》[J].南方文坛.2022,(03):155-158.

有它的哲理与诗情。"①乐虹的《独角戏》收录的基本是短文，长则一两千字，短则两三百字。可文短意深，回味悠长。她给野西瓜编号，对野菊、蛛网、蜗牛、受伤的小鸟给予关注和爱，对父母、孩子给予陪伴、沟通、理解，这一切足以表达她对尘世卑微事物的尊重、同情、关切，也彰显了她精神的富有和人性的光辉。唐晓君的《行走瑶风》，都是写与瑶乡、瑶寨、瑶族人民相关的内容。王明生在该书的序中说："既有瑶族漫长历史的传说故事，如千家峒、长鼓、评皇券牒、过山榜、女书等，又有丰富的地理历史知识，如沱江、水口、码市、白芒营等，还有对瑶族文化传承人郑德宏、盘财佑、赵庚妹等人的如实写照，而展现更多的，是对瑶族的深深依恋、对瑶山的一往情深、对瑶族同胞的深情厚谊。"实际上，这就是唐晓君作为瑶族后代，对英勇顽强先辈的致敬，对同胞朴实、倔强人性的礼赞。同时，也是唐晓君自我精神深度的掘进，他有了一生为之奋斗和努力的目标，那就是去寻找一个个瑶族的文化符号和文化现场，把惊喜和感动告诉大家，希望引起大家的共鸣与震撼。贾跃平的《冯河帆影》对瑶寨、瑶族同胞、瑶族风情、瑶族习俗这些极为普通、朴实的人和事，给予了深情的礼赞，充分表达了他对身边人和物的珍爱之情与感恩之心。唐友冰的《夜雨过潇湘——行走在古城与故乡的边缘》第三部分"简单的生活"中的4篇文章，他以安静的心、简洁的文字记录日常生活中的所见、所感、所思，对自己居家读书练字、石磨坊早餐店的小夫妻和其女儿、怀素公园的晨练者、办公室里的一株茶花树，都倾注了巨大的热情，日常生活的安逸、平和、美好跃然纸上，作者的心性亦随之改变。

钟君主编的《千年打卡记》，是2021年《永州日报》重点推出"千年打卡胜地·千年打卡记"选题的阶段性成果结集，该书中共收录28篇文章，涉及31位历史人物。作者主要有张京华、洋中鱼、敖炼、周欣、丁国婧、蔡迪琴、林云鹤、向薛峰、周平尚等，他们选取虞舜、司马迁、元结、柳

---

① 乐虹，独角戏 [M]．天津：百花文艺出版社，2022．

宗元、怀素、欧阳修、黄庭坚、杨万里、范成大、文天祥、王船山等在永州历史文化中具有代表性和影响力的数十个人物先后"打卡"永州的历史事件进行书写，考证与叙写并用，人物与史实结合，突出"打卡"的时间、地点、留存的诗文或古迹以及对后世的影响等要素，回望千年前的伟大背影，钩沉被遗忘的文化遗珠。其文视野开阔，史料翔实，文字优美，可读性强。该书是永州地方历史文化研究的集大成之作，为当代研究永州的历史文化发展提供了重要资料和支撑。刘翼平的《周敦颐思想地图》，是关于思想文化的长篇随笔，是一部同时具有较高文学和学术双重价值的独特散文集。刘翼平用时多年、苦心孤诣才写就该书，功莫大焉！这是他与中华理学的开山鼻祖、古代思想巨人周敦颐进行的一场场旷世访谈，他将濂溪先生一生的心路历程、一生的神秘光环昭示人间，告诉世人。可以说，这既是对一代宗师非凡人生的追述与凭吊，又是对理学文化的大力阐释与弘扬；既有散文文体自由、优美、感性的语言，又有论文的严谨与锤炼、理性思维的精妙。其美学取向——具象之美、抽象之美兼备。张华兵的《遇见永州》，是地域文化的诗意表达。他对永州108个旅游景点、特色美食、非遗传承项目的精简描述，一文一图，图文并茂，相得益彰，极具个性。"作品语言简洁优雅，字里行间没有冗余的成分与信息；结构相对简单，没有起承转合太多讲究，给人的美感有如写意画，既简单又传神。"①洋中鱼的《历史深处的记忆：永州馆藏文物随笔》，是永州作家首次写永州馆藏文物的系列随笔，是永州文学史上首次出版关于永州文物的文学著作，具有较高的史料价值和文学价值。文紫湘的《一个人的山水盛宴》，内容宏阔，写法新颖，全书10篇文章，近14万字，气韵贯通，文采飞扬，具有极强的吸引力和感染力。每篇作品，主要写一条河（溪）或一座山（村庄）与一个人，他将永州山水的灵性、灵魂与历代文人、学者的境遇与情怀、成就及贡献

---

① 周甲辰.关于乡土文化景观的生命感悟与诗性呈现——张华兵散文诗集《遇见永州》赏读[N].永州日报,2021-12-14.

紧密结合，一并叙写，水乳交融，集山水之秀、情怀之真、渊源之远、诗文之富、成就之盛于一体，给读者带来美不胜收的"山水盛宴"和人文盛典。

三、问题、症结及解决路径

诚然，永州要跻身于全省乃至全国散文强市的行列，还有较大的差距，还有很长的路要走。仅就永州籍作家在2017年至2022年出版的26部散文集作品来说，明显存在三个方面的主要问题。一是对事关党、国家和人民群众重大事件的现实题材写得不多，介入不够，挖掘不深。如涉及脱贫攻坚、乡村振兴、环境保护与治理、抗击疫情等重大题材方面的文章极少，有的集子甚至一篇也没有涉及。当然，前面所述的故土习俗、历史名人、人文景观、山水田园、自我情愫、亲情乡情等题材，不是不好，也不是不可以写。但较之这些影响社会全局、关涉广大人民群众生产生活现实的大事、要事，孰重孰轻，不言自明。存在这一问题的症结，无外乎有三点。其一，认识不到位，不敢大胆放手去写。认为大事件、大题材有大作家去写，或者认为自己的能力和水平还不足以创作重大题材的作品。其二，作者的责任意识、担当意识不够，敏感性不强。大多局限于小地方小圈子，满足于个人情感的表达。其三，体验生活不深入，思考不够。对于这些国计民生的大事件，作者极少或没有深入现场，没有切身体会，没有深入思考，因此，无话可写。即便强行写了，也是表面功夫，不得要领。因此，目前永州尚缺少掷地有声、气象正大的力作，尚缺少令人醍醐灌顶、振聋发聩的杰作。这就要求作家们必须沉下去，沉到底，与群众同吃同住同劳动，与他们朝夕相处，患难与共，心灵相通。作家们可以通过交谈、观察、参与、揣摩、分析等多种途径，获得最原始、最真实、最直接的第一手材料，为自己的创作储备素材。同时，胸怀"国之大者"，可以从人民群众创造美好生活的生动实践中汲取创作灵感，创作反映工人、农民生产生活和乡村振兴实践的优秀作品，充分展示新时代农村的伟大变革与新时代农民和工人的精神面貌，以文学力量"书写生生不息的人民史诗"，用跟得上时代变化的文学精品力作"开拓文艺新境界"。二是对历史文化和人文底蕴的挖掘不深，表述不准，缺乏新意和深意。26部散文集，均涉及历史文化方面的题材，有当地的，也有外地的，多为旅游随记。有部分作者由于研究不够，感悟不深，浅尝辄止，或跑马观花，急于求成，来不及进行深入思考和消化，便提笔急就，其结果不痛不痒，缺乏新意，更无深意。这就要求作家们尽力做到"三勤"，即腿勤、眼勤、脑勤。腿勤就是多走多跑，一个地方去一次和去数次得到的感受显然不同，多去一定会带给你不一样的角度、认知和感悟。眼勤就是多观察、多比较，包括场景和书本，还包括古迹和现状。脑勤就是多思考、多分析，不妄下结论，不人云亦云，直接或委婉地提出自己的看法和想法。三是散文集收入的文章体裁不统一，质量也参差不齐，缺乏文体意识。其中有几本集子，除了散文外，还收入了诗词、讲话材料、工作总结、宣传报道、理论评介等非散文文体的文章。在当下，出版一本集子确确实实不容易，作者想把自己所写的文章全部收入进去，其心情可以理解，但其做法让人费解。散文集应该有其基本的文体要求，不应该是大杂烩。对此，作者要有一个清醒的认识，无论是何种文体类别的集子，文章体例应该基本一致。同时，要学会做"减法"，类别不同的，坚决不收入，可收可不收的，尽量不收入，以保证整个文集的质量。

目前，永州的散文创作正处于崛起和跨越的关键时期。如何跨越？值得我们研究和深思。广大散文作者要不忘初心，牢记使命，到人民群众中间去，到火热的生活现场中去，作品应当礼赞新时代，反映新变化，歌颂新生活。在习近平新时代中国特色社会主义思想指引下，创作出不负这个伟大时代的优秀作品，开拓永州散文创作的新局面，形成永州散文创作的新高峰。

（发表于2023年第11期《文艺生活》杂志）

新历史小说的有益探索

——李长廷《南行志异》解读

    李长廷先生曾长期从事诗歌、散文、小说、戏剧、曲艺多种文学样式的创作，均卓有建树，在全国几十家省级、国家级文学期刊发表作品近400万字，已出版短篇小说集《苍山·野水·故事》、中短篇小说集《田野的回声》、散文集《山居随笔》和《湖南文艺湘军百家文库·李长廷卷》等。他在年近80之际，推出30余万字的长篇小说《南行志异》，本就可喜可贺，还居然一改过去的文风，大胆尝试和探索新的文学体例，更是令人敬佩。

    小说《南行志异》，初读很像神话故事，但李长廷先生在自序中已否定："尧舜禹这些人物在当代人眼中或许已经人神不分，那么作者这本《南行志异》，是神话吗？当然不是。它或许有些神秘的成分，但并非神话。"[①]在该书的封面封底上标注为上古文化旅游小说，笔者不予苟同，认为更符合新历史小说的诸多特征，但又不是已被普遍认可的那类新历史小说，而是有创新、存异的新历史小说。下面简要阐析之。

    王德威曾经如此定义历史小说："历史小说一词通常指的是由真实或虚构的历史人物与情节相互组成起承转合的叙事。这样的小说之所以产生

---

① 李长廷.南行志异[M].北京:团结出版社,2019.

历史感，不只是靠作者对特定时代的人物、环境、风俗等做出信而有征的描写，而有赖读者对特定事件以及作品所描画的历史动态所产生的推想和反省。"①在谈及历史小说涉及"历史"和"小说"的两个方面时，他还说过一段话："历史与小说是两个特别息息相关的叙述话语，因为两者在探索人类经验上有相当的重叠，而所谓经验可以是想象的或实证的、虚构的或观念的，遑论两者相互跨越、挪用的现象。历史小说特殊的魅力正是因为它跨越了这两种叙述话语。"

新历史小说目前尚无确切的定义。现在学术界通常的说法是形成于1987年前后到现在尚未终止的一种文学思潮，它是反思历史的小说，集中于20世纪80年代末和20世纪90年代。其最突出的特征是不再把自己作为演绎官方历史的工具，而是表现出解构历史的强烈愿望以及通过现代哲学思想认识历史的新观念。这些小说处理的历史并不是重大的历史事件，而是在"正史"的背景下，书写个人或家人的命运。小说所要表现的是具有"野史"意味的历史，是经过作家的思想过滤和心灵折射的历史印象。民间视角便不可避免地成为新历史小说作家首选的叙事视角。这些历史题材的小说，大都弥漫着一种沧桑感。

很显然，《南行志异》是由真实或虚构的历史人物与情节相互组成起承转合的叙事，它跨越了"历史"和"小说"这两种叙述话语，故是历史小说。同时，《南行志异》所表现的正是具有"野史"意味的历史，是经过作家的思想过滤和心灵折射的历史印象。故其符合新历史小说的基本特征，跟苏童的那些新历史小说，如《我的帝王生涯》《武则天》有些类似，"徜徉于时过境迁所遗留的亦真亦幻的历史时空，据此确定自己想象的激发点和腾升处。"②但《南行志异》又不纯粹书写个人或家人的命运，更重要

① 王德威.写实主义小说的虚构:茅盾、老舍、沈从文[M].上海:复旦大学出版社,2011:32-33.
② 辛捷璐."想象的诗学":苏童小说对母语文学美质的诗性把握[J].文艺论坛,2018,(02):45.

的是它还书写了民族和国家的命运；它并非拘泥于小题材、小人物、小事件，更重要的是它同时关注了大题材、大人物、大事件。它既亦真亦幻地解构历史事件，又真真切切地描述现实中的地域风光、生活习俗、生活场景和小说中人物的真情实感。所以，笔者认为，《南行志异》对当前的新历史小说体例进行了有益的探索，并形成了一定的创作特色。

以跌宕起伏的情节架构离奇的故事，提升了新历史小说的阅读趣味

《南行志异》的故事情节都是围绕作者在自序里所罗列的一系列疑问而展开的："作者一直认为，舜是一个光芒四射的人……作者一路追踪他的足迹，却免不了一路发问，他是怎么由一个捕鱼种田的农夫，一跃而坐上了天下共主的位置？他的家庭是怎么回事？何以不近人情到那个程度？是否因为历史和时代的需要，为着一个'德'，再为着一个'孝'，着意附会在他的身上？尤其成为一个谜团的，就是舜何以要在人生晚年，要从遥远的蒲坂，贸然进入南方的蛮荒之地……舜要贯穿南北，得需要多大的勇气？一路上，他遭遇了一些什么样的困难挫折？经历过什么样的艰难险阻？三苗一向对中土怀有抵触情绪，他们能顺利让舜从自己腹地通达？那么，他们对舜的南行可曾有过纠缠……昔日之洞庭山，今日之君山……这里到底发生了什么？娥皇女英真的只是'望苍梧而泣'，然后在这里沉了湘水……"其中，舜帝其人、其家庭、其与娥皇女英的生死爱恋是具体的，舜的耕历山、渔雷泽、陶河滨，也是具体的，舜的南行是不容置疑的，这些情节既不离奇也无悬念，读者看后，可信可感，似乎历历在目。但舜的南行之旅所经历的过程，所遭遇的人和事，作者在情节的构思上，可谓煞费苦心，别出心裁。其多数情节是离奇古怪的，超乎常人的想象，同时，又巧设玄机，使故事情节跌宕起伏，巧妙地引领读者兴致勃勃地随着作者的描述，进入洪荒的上古时代，进入蛮荒的三苗腹地，进入无法预料的未

知世界。

　　作者在整个作品的宏观构思上追求标新立异，又在具体描述过程中悬念迭起、扣人心弦，让读者兴趣盎然、惊喜不断，达到了出奇制胜、无往不胜的效果。下面就是《南行志异》的故事情节推进的路径：

　　开头由舜接二连三做梦，梦见一只五彩的鸟在南方飞呀飞，梦见高可摩天山峰（由梦境开始）→南方苍梧来的客人献美酒，提及象的消息（象乃舜之同父异母的弟弟，至南方数载无音信，此勾起了舜的思念，亦是促使舜南行的原因之一）→舜决定南行，20余人陪同（陪同人员皆是舜亲自选派的各种能人）→至房地会丹朱（丹朱，尧的长子）→娥皇、女英追踪而来→嚚、弧功设计禁锢舜一行人（嚚和弧功对舜因为三苗问题存有成见）→娥皇、女英一行数人见到舜（舜等人被睡草地醉卧数日，刚醒过来）→来到村门前标杆上附着鸠鸟的村庄→来到高母为女族长的族团（舜的女儿烛光和宵明被怪物掳走，被猩猩救回，猩猩在山崩时为救大家而身亡）→烛光和宵明与舜、娥皇女英分离→烛光和宵明被掳走，乘船去了洞庭山（烛光和宵明在云梦大泽中消失，变为一缕青烟，成为后来的千古谜案）→舜帝、娥皇、女英去洞庭山寻找女儿（遇登比氏和连体男女）→舜与娥皇、女英分开，去拜访善卷先生→舜来到云梦大泽（舜教当地人凿井取水，遇壤父，知善卷谢世多年）→青果杀死狐功，担心连累大家，后跳崖身亡→舜来到犬封氏村庄（盘瓠与蛮女的人狗之恋，绝世奇闻）→南岳祭天（舜夜小寐，与娥皇、女英梦中叙怀；玛瑙瓮不翼而飞，神秘老人不见踪影）→舜遇老友伯阳（闻象病入膏肓，即作有庳之行；停留于云梦泽洲子上的娥皇、女英千里追夫）→商均误入"女儿国"，舜无意间进入苍梧腹地→娥皇、女英借宿村舍，小犬灵灵为椒女解危→水患肆虐，舜与何侯相携进入深山，一去无返（娥皇、女英闻听噩耗，一路恸哭，花容失色，篁竹洒泪，泪竹自此而名）。

　　作者巧妙构思的情节离奇、诡异，却又环环相扣，有的甚至是多环相扣、连环相扣、错综相扣，情节跌宕起伏、悬念丛生、高潮迭起，大大提升了读者的阅读兴趣。

以时空交叉的叙述方式叙述荒诞的事件，拓展了新历史小说的叙事空间

《南行志异》对故事的编造，尤其是对事件的编造，可谓大胆、夸张，甚而荒诞不经。如：舜被困于三苗之地，演奏一曲《南风歌》，引来百鸟翔集；猩猩是兽还是人？是人却长着兽的模样，说是兽却有人的心智；女丑的巫术可以通天；舜的两个女儿烛光和宵明消失后化作水面一缕轻烟；一对同族男女相爱偷情，被族人惩罚，将一种树的汁液涂于身上，并将他们捆绑在一起，结果变成无法分开的连体男女；上帝差遣鸟与竹篁给舜堆垒坟地；老妇消失变成婆婆峰，又名婆婆石或舜母石。诚然，"荒诞"可以作为一种艺术手段。其作为艺术手段最突出的特点是整体荒诞而细节真实。正因为《南行志异》小说整体情节是荒诞的，细节真实才至关重要。作者通过艺术手段上的夸张变形，通过"陌生化"的手段处理，使得细节抵达更本质的真实。

在《南行志异》中，作者凭借丰富的知识和阅历，凭借天马行空的想象力，凭借对历史、神话和传说故事游刃有余的把控力，编造了大量的荒诞无稽的人物、动物和事物，但由于细节真实，细节都来源于现实、来源于生活，使得读者虽然觉得上古时代这些事情有些荒诞，但并不荒谬，反而认为是顺理成章的，是完全可能的，是可以理解和接受的。同时，《南行志异》的荒诞，亦不同于老舍的《猫城记》、王蒙的《活动变人形》、狂狷的《五行山下》、高行健的《灵山》、王朔的《千万别把我当人》、王小波的《绿毛水怪》等小说之中的荒诞。它是独具一格的，因为它是书写上古时期的荒诞，离我们现在的生活十分久远而又十分陌生的荒诞，而上述这些作品所书写的都是离我们现在的生活比较近的，我们似乎还能感受得到或想象得到的荒诞。

从《南行志异》小说的叙事结构角度而言，历史在作者眼里，显然不再如教科书里那么简单而清晰，作者善于在历史中找寻自己的话语场，然后运用个人话语使历史解码，然后再对解码后的历史重新编码。这样，作者通过发掘已"不在"的历史事件，对历史作出叙述，这实际上是对历史的一种"超越"。《南行志异》的叙事突破了常规的时间概念，以不同时空中人物的行动打开小说故事的地理空间和社会空间，在空间功能上表现为地理空间、社会空间和心理空间共同推动小说叙事空间演绎。小说《南行志异》中的地点和空间都是虚构的空间，是真实地点的表征。作者构建的小说空间是为小说中的人物、事物服务的，是符合人物活动和故事发展需要的。同时，《南行志异》虚构空间的真实感依赖于读者想象力的填补。作者提供了一个由无数细节构成的虚构的上古时期的南方天地，读者根据作者提供的信息，通过阅读，让这个南方天地更加真实地呈现，于是虚构的空间就有了真实世界的感觉。《南行志异》作者的高明之处就在于将"时间性"和"空间性"有机结合起来，运用时空交叉和时空并置的叙述方法，拓展了小说的叙事空间。

以虚实结合的表现手法营造审美的意境，增强了新历史小说的梦幻色彩

清代唐彪在《读书作文谱》中对虚与实的关系说得很精辟："文章非实不足以阐发义理，非虚不足以摇曳神情，故虚实常宜相济也。"[1]就小说《南行志异》而言，虚与实无非体现在两个方面：一是事件的虚与实，这在本文的第二部分已经阐述，不再重复；二是表现手法的虚与实，这正是笔者要阐释的内容，表现手法中的实写，指直接描述事实，正面表现人物，可以给作品增强现实感和逼真感，虚写，则是通过感受、想象、对

---

[1] 唐彪.读书作文谱[M].长沙:岳麓书社,1989.

比、映衬等手法间接渲染、侧面暗示，它的作用是给读者留下充分的想象空间，使作品更富含蓄之美。

虚与实的内涵不同，单独从理论上来说比较抽象，只有联系作品来理解，才能明白透彻。《南行志异》中对舜、尧、禹、鲧、皋陶、后稷、伯夷、契、夔、篯铿、许由、巢父、娥皇、女英等史书上有名有姓的人物，对地震、严寒、干旱、水患等自然灾害，对部落之间的争战等人祸，对舜帝耕历山、渔雷泽、会音乐、施盐祛病、制陶、制扇、教人打井等实事，均偏重实写，整体描写自然、真实，营造的是实境。而偏重虚写的内容主要有五个方面：一是对舜南行之旅所经历的地点，除洞庭山、南岳两处实写外，其他都是虚写，作者有意回避具体地点，在小说中用"门前标杆上附着鸠鸟的村庄""高母为族长的族团""小小村庄""云梦大泽""犬封氏村庄""三苗腹地"等这些指向似是而非的地点；二是对作者虚构的一些人物，尤其是史书上无名无姓的人物如蚕神娘娘、苍梧老妇等；三是对推进故事发展起点缀、衬托、对比作用的事件、物件、场景；四是小说故事中的所有梦境及一部分心境、情境、环境、未来之境；五是神仙、鬼怪、巫术世界等。这些偏重虚写的内容，有意给读者以模糊、混沌、缥缈、虚幻之感，营造的是虚境。事实上，虚与实是相对的，有者为实，无者为虚；有据为实，假托为虚；客观为实，主观为虚；具体为实，隐者为虚；有行为实，徒言为虚；当前为实，未来为虚；已知为实，未知为虚。当然，虚与实是紧密相关的，离开虚的实，只是客观的存在，没有情趣，更无意境可言；离开实的虚，是不存在的，是无意义的。只有虚实结合，才能收到良好的表达效果。《南行志异》的作者运用虚实结合的写作手法可谓得心应手，恰到好处地将实写与虚写组合使用，使两者相互补充，把抽象的述说与具体的描写结合起来，把对眼前现实生活的描写与回忆、想象结合起来，为读者营造出虚实相生的意境。如："舜时常梦见的这座山，似乎在自己一生的行走中，并没有在什么地方见过……而山壑中还不乏庐舍田亩，以及丁男红女，更有那阡陌溪村恰如其分隐映其中，隐隐有鸡鸣天上，犬吠云中的感觉……"由梦境导引，小说一开头便有了神秘感和虚幻感。又如："哪里料到那匹马阴魂不散，这一天女儿出去办事，忽一阵兜头劲风刮过来，将那张晾在竹竿上的马皮掀在空中，然后严严实实裹紧在女儿身上，再然后挟持了女儿，腾空而起，像一朵云，飘飘忽忽，不知去了哪里……几天之后，终于在一棵大桑树上，看到一个活物，这个活物身上裹着马皮，不住地在枝叶间蠕动，细看那头脸，委实就是女儿的表情，而一张小嘴，居然在不停地咀嚼桑叶，开始个头还很显眼，后来逐渐缩小，不一刻工夫，身子骨便缩小成了一只虫子。"实也，虚也？实虚结合得如此天衣无缝！

所谓意境，就是读者根据作品里的内容融入自己的思想感情而进行的想象活动。笔者认为，《南行志异》所营造的诸多意境，既新颖、别致，让人意犹未尽；又亦真亦幻、亦远亦近、似梦非梦。跟本文上述列举的那些新历史小说相比，《南行志异》中其作者对虚实结合的运用是非常有特色的，特别是描述的虚境之频繁、空灵、玄乎，是最为突出的，也是最能引发读者遐想和冥思的地方。这种以虚实结合的表现手法所营造的审美意境，无疑增强了新历史小说的梦幻色彩。

（发表于2021年第1期《湘江文艺评论》杂志）

《苏醒》叙事艺术浅析

　　蓝予的长篇小说《苏醒》①，是一部主要以在深圳经济特区的生活为背景的都市言情小说，也是一幅充满湘、粤南方地域特色的风情画卷。改革开放春潮涌动，深圳经济特区吸引着林晓拉、林晓嫣、林晓冰三姐妹以及郭俊、亮子、白勇、姜学军等诸多年轻人怀揣梦想纷至沓来，在经济特区的广阔背景下演绎着色彩缤纷的人生，故事随之展开，人性亦随之呈现。梦想与现实，传统与新潮，爱情与事业，亲情与商情的不断冲突、不断融合，沉淀为小说探索人生价值、拷问生命意义的深刻内涵。小说架构迂回、语言清新、人物鲜活、情节曲折、细节丰满、抒写自然。下面笔者就小说的情节设计与细节呈现、人物的出场与在场、叙述方式与设伏方法以及语言特色进行分析和归纳，旨在寻求、探索其叙事的艺术特征。

一、故事情节的开合交叉与密集细节的从容呈现

　　《苏醒》的故事情节主要围绕林晓拉、林晓嫣、林晓冰三姐妹的生活经历和场景这三条线展开。三条线有平行也有交叉，但主线是围绕主人公林晓拉的。第一条线是围绕林晓拉的：林晓拉顶职进入红星造纸厂工作、打

---

① 蓝予.苏醒[M].广州:羊城晚报出版社,2018.

球、恋爱、失恋、辞职；在广州房地产公司打工、参加美容培训；到桂林与人合办美容院、巧遇白勇；去深圳金属贸易公司信息部应聘、在集团公司总部任办公室主任多年、竞聘落选辞职、与白勇相恋、与白勇合办公司、白勇遇害、患乳腺癌；与刘明亮离开深圳回乡定居。第二条线是围绕林晓嫣的：林晓嫣在红星造纸厂幼儿园当老师、爱唱歌跳舞写信、与马海涛热恋、马海涛车祸丧生、被H趁机接近并造谣中伤、郭俊解围公开追求；去深圳机关幼儿园应聘成功、与夏沙沙为友、与姜学军恋爱结婚离婚、与陆小可交友拒绝其求爱、郭俊再度追求再遭拒绝、与关俞清陷入爱河同居而后分手、接纳郭俊。第三条线是围绕林晓冰的：林晓冰年少时在红星造纸厂生活、读书；到深圳金属贸易公司分公司营业部当会计、引发挪用公款风波、辞职、无业、交酒吧歌手男朋友、酗酒打架被判刑。小说的故事情节除了按这三条线开展以外，还有诸多支线细线开合交叉，形成网状结构，其情节本身就赋予了故事的丰富性和立体感。众所周知，小说以塑造人物形象为中心，通过故事情节的叙述和环境的描写来反映社会生活。小说必须具备生动的人物形象、完整的故事情节和人物活动的具体环境这三个基本要素。可见，情节的巧妙设计和得当的表现方式何其重要。

从上述罗列的情节线索来看，《苏醒》故事的情节平常且平凡，充满了生活化和现实感，既不诡异，亦不离奇，可为何能牢牢抓住读者的心，深深打动读者的情？关键是得益于一个接一个密集细节的从容呈现。作家蓝予，本来就是一个精致而敏锐的知性女性，对生活、环境的观察以及对情感的体验极为细致和敏感，更何况又是写她自己（笔者认为小说中有作者生活、工作、情感经历的影子）或自己十分熟悉的人和事、场和景、心和情，经历的过往、沉淀的记忆、刻骨铭心的体验、独特的灵感等相互交融，迸发为摇曳多姿、绚丽多彩的细节涌向笔端，小说故事因此而曲折生动、异彩纷呈，吸引着读者的关注。

（一）叙人的细节。以描写林晓拉为例："她的皮肤被晒得黑红黑红的，很健康。她的嘴唇有种刚毅果敢的味道，鼻子高而挺，侧面看特别有个性，轮廓分明。一双大眼睛锐利敏感，似乎能瞬间洞察一切，她的目光变幻不定，有时热烈，有时俏皮，有时冥思苦想。她有一头浓密直顺的头发和一对丰满的胸脯，显得分外美丽和有活力。她喜欢扎马尾，走起路来雄赳赳气昂昂的，头发总是骄傲地一甩一甩的。每个从她身边经过的人都能感受到她的朝气和阳光。"这是21岁魅力四射的林晓拉。"站在一旁的刘明亮看到林晓拉那绝望的眼神就像枯井，空洞、黑暗和干涸，那是人们面对绝境的无从选择。"这是恋人白勇遇害后失魂落魄的林晓拉。"林晓拉原本的红光满面被死灰所取代，皮肤黯淡，仿佛蒙上了一层灰，消瘦的脸颊上，两个颧骨像两座小山似的突在那里。皮肤干燥得像要开裂，如同干旱的土地诉说着荒凉。岁月的风霜在脸上刻下的沟壑却掩饰不住她曾经的美丽。"这是乳腺癌术后化疗结束的林晓拉。当然，还有写林晓嫣、林晓冰和其他人的许许多多的细节，这些细节入微、传神。

（二）叙事的细节。"她坐在饭桌前兴致勃勃地将今天收到的信拿了出来，如同面对一个个礼物，她用剪刀轻轻剪开信封，小心翼翼地抽出信，铺开展平，她喝口水，这才慢慢读起信来。"简短几句，使林晓嫣细致、耐心、优雅的形象得以充分体现。"表哥给每个人盛了一小碗。她用余光瞟一眼表嫂，她也学着用小勺子在碗里轻轻搅动几下，林晓拉发现里面有一些像家乡的细粉丝的东西，她喝了几口，感觉这粉丝更鲜美更细腻更柔软一些。"林晓拉在表嫂家第一次吃到鱼翅，把她好奇、无知、拘谨而又机灵的形态展现得淋漓尽致。

（三）叙景的细节。这里所言之景指风景、场景。"次日一大早，天放晴了，万里长空一碧如洗。广场前绿茵茵的草地上，泥土还是湿润润的。小草的叶子上，一滴滴圆圆的晶莹的小水珠在太阳的照射下闪着亮光。一些老人靠在长椅上闭目养神。"这是描写林晓拉化了新娘妆，相约白勇去民政局登记结婚，路过小区广场时眼里十分美妙的场景。"……山风可以随意进自己的家门，皎洁的月色夜夜透窗洒入一地的温柔……到了夏天，关不住满山鸟语，推不去满屋山岚。晚上，随时抬头仰望，都是繁星点点，山里的空气都是甜丝丝的。林晓拉睡得好沉好香，一夜无梦。"这是描写林晓拉与刘明亮离开深圳，回乡村过山居日子，家里家外恬静安适的自然风景。

（四）叙境的细节。此境指心境、环境。"房间静得仿佛掉一根针到地上也能听见。此刻，无论多华丽的语言都会显得捉襟见肘、枯燥乏味。一切语言都是多余的，姐妹仨隔着小被单紧紧地拥抱着……"这是描写马海涛因车祸丧生，林晓嫣痛不欲生，姐妹对她关心和安慰时的寂静环境。"……只有林晓拉是醒的，她的身体好像一张大饼，床成了一面鏊子，翻转着烙来烙去……她甚至还能听到小区后面花园里，当微风轻轻吹过时，那些树叶上纷纷坠落的露珠在地上碎成几瓣。"这是描写林晓拉在竞聘的关键时刻遭到匿名信的诬陷，公司员工背着她议论纷纷，她严重失眠、精神受挫、辗转难眠的心境。

《苏醒》中诸如此类的细节比比皆是。众多的细节呈现，对人物的性格、肖像、语言、行动，对事件的发生、发展，对周围环境和自然风景的具体描写，都增强了故事的生动性和真实感；因为逼真细致的细节呈现，对突出人物性格、推动情节发展、深化作品主题起到了至关重要的作用。

二、众多人物的登场与出场顺序的刻意安排

小说《苏醒》中涉猎的人物据统计近50个。按出场先后顺序，大抵是——林晓拉、林晓嫣、林晓冰、林妈妈、林爸爸、李建、刘明亮、"返璞归真"（郭俊）、办公室刘主任、刘美丽、陶副厂长、陶副厂长侄媳妇、马海涛、姑妈、姑父、表哥、表嫂、人事处处长、董事长太太、白勇、H、夏沙沙、小保安、园长、姜学军、姜雪儿、沙总、贾大师、业务科长、财务总监、吴总、李娟、小芹、雪儿班主任、陆小可、关俞清、关俞清前妻、小沫沫、小桃、"露水红颜"、晓冰男朋友、L、P、主治医生、孩子王"癞毛"、刘明亮姨妈等。这众多的人物在小说故事中登场，其出场先后顺序、

出现的节点和频率以及其相互之间的关联与影响，读来让人觉得自然却又恰到好处。殊不知，这正是作家蓝予的费心之处和高明之处，小说从架构起笔到付梓出版，耗时十载，经精心构思、巧妙安排、反复打磨，早已浑然天成。正是由于有诸多人物在场，小说叙述的笔触才不会单一呆板，才富有弹性和张力；小说的主题才不会肤浅孱弱，才得以深刻和丰富。

　　纵观小说中的人物，没有叱咤风云的伟人，也没有身价显赫的权贵，都是些生活在我们身边的普通人、平常人，随时随地可见的"小人物"。作家何顿在小说《幸福街》中着力写"小人物，小历史"，"从不回避对历史的责任，更不回避对时代的关涉，相反，他既还原中国经验在社会潜流暗礁中的曲折晦涩的文化脉络，又解放了主流历史叙事对渺小个体在时代大潮下的刻意遮蔽。"①"小人物"是许多作家一直重点关注的对象。《苏醒》亦如此，通过这些"小人物"在改革开放大潮中的起落沉浮，其中的良善与邪恶，坚守与背叛，进取与沉沦，高尚与自私等行为表现和心理揭示，构成了包罗万象的"大社会"。对于人物的塑造和描写，作家韩少功有一段自述："我一直不相信鲁迅批评的那种自以为丰富的胡编乱造。主张虚构最好能以原型为依托，有种立言的诚实，一种细节质感的逼真入微——特别是小说的架构处于大变形、超现实的时候，尤其得这样。"②《苏醒》中的人物，特别是主要人物基本上是有其原型的，因而，"立言的诚实""细节质感的逼真入微"也就顺理成章了。不仅如此，《苏醒》中这些人物出场的顺序是随着故事情节的推进、事件发展的需要，作者刻意（绝非随意）安排的。下面以主人公林晓拉遭遇挫折、受到打击的系列事件为线索，分析人物出场顺序及规律。

　　毛遂自荐更换工作受阻（被谁阻？为何受阻？陶副厂长要安排侄媳

① 聂茂,徐瑞明.成长苦难与时代裂变的经验书写——读何顿长篇小说《幸福街》[J].文艺论坛,2019,(03).
② 韩少功,相宜.一个文学寻索者的样本——韩少功文学创作四十年访谈[J].大家,2018,(06).

妇）、李建背叛爱情（为何背叛？迎合办公室刘主任换一个工作环境，与刘主任之女刘美丽谈恋爱后得到凤凰牌自行车）、表嫂的不屑（辞职后去广州找工作，姑妈姑父带她去表哥表嫂家，表嫂态度冷漠，还对她冷嘲热讽）、遭栽赃（人事处处长见证她"拼命三郎""泥人"故事，董事长太太嫉妒其美貌便故意栽赃）、调离办公室（为何？沙总请气功大师贾大师来公司发功，她未能接到功力，疑是"奸臣"，调离办公室，贬去分公司；业务科科长、财务总监表示接受了气功，均有强烈反应）、因匿名信诬陷竞聘落选（她不陪吴总打麻将，李娟献殷勤出卖色相，李娟竞聘成功，她竞聘失败）、小芹的不领情和伤害（她送礼物给白勇之女小芹，大娃娃公仔被扔）、白勇遇害（客户L为赖掉3300万元欠款，雇凶手P杀害白勇）、患乳腺癌（主治医生安慰她并为她做手术，刘明亮照顾和陪伴她）。很明显，小说《苏醒》中次要人物的出场，总是伴着其有关的事件出现而出场，其时间不长、频率不高、节点不多，有的甚至一闪而过、不留痕迹，如陶副厂长佟媳妇、人事处处长、业务科科长、财务总监、客户L、凶手P、主治医生等。这些人物似散点式，构不成线亦构不成面，只是顺应事件，起牵引、点缀作用。这正好又反衬了主要人物如林晓拉三姐妹、李建、白勇、刘明亮、郭俊、马海涛、夏沙沙、李娟、姜学军、关俞清等长时间、高频率、多节点的出场与在场。这些主要人物的活动是线性的、网状交错的，便构成了小说故事的立面和多维空间。

三、叙述方式的手法多变与预设伏笔的大胆创新

《苏醒》的叙述方式几乎囊括了我们常用的五种叙述方式，即顺叙、倒叙、插叙、补叙和平叙。第一章开头就使用了倒叙的手法，展开故事，吸人眼球，引人入胜。故事展开后几种叙述方式的交替使用、灵活变化，叙述方式的多元化使得叙述者（作者）饶有兴致，读者亦兴趣盎然，有效地避免了诸多长篇小说冗长、枯燥、呆板的通病。尤其令人称道的是《苏醒》

采用的叙述视角——"作者全知"，这种叙述视角非常契合这个故事发生、开展、高潮、结果的需要。"作者全知"视角，既写客观存在的东西，诸如人物、景物、实物、环境、对话、行为等，又写主观世界的东西，诸如心境、梦境、意念、想象、幻觉等，还能同时写不同时空中发生的事情，将实与虚结合，回忆与现实交织，突破时空障碍，最大限度地方便叙述。

　　《苏醒》不仅在叙述方式上多样化，还特别注重在预设伏笔上的大胆创新。一是预设的相关伏笔，当故事进行到合适程度时便呼应出来。如："林爸爸因老伴的去世一下子憔悴了许多，一夜间，他的头发全白，仿佛老了十岁。"在林爸爸患病需要照顾、进养老院等节点上随之呼应出来。二是预设的伏笔，能让故事产生更多变化。比如："每台戏终归有主角，在众多的八卦新闻中林家三姐妹最令人瞩目，她们算是厂里的焦点人物，人称'三朵金花'。"这一伏笔看似简单，其实至关重要，所有的故事都围绕"三朵金花"展开。又如："谁也没料到，没过多久，林晓拉的幸福感被晴天霹雳所粉碎，哭得昏天黑地。"这就有了后来的李建为了轻松体面点的工作和一辆自行车而背叛林晓拉，与并不喜欢的刘美丽结婚。三是连续预设伏笔，形成组合式，使故事推进的时间不断向前延伸。以对刘明亮的设伏为例，如："刘明亮和林晓拉同住飞机楼，是从小一起长大的伙伴。""每次面对刘明亮的帮助，林晓拉心里总是过意不去，不知如何回报他。刘明亮眼尖心明，会不好意思地低声说一句：'辣椒姐，我最爱吃你做的泡菜，特别有味。'""刘明亮每次看到辣椒姐笑得前仰后合，他感到特别满足和自豪。他就是想让林晓拉这么开心，这是他的心愿。""辣椒姐，对于他来说，只是彩虹，只能远远地欣赏，不能走近，走近了，或许就不存在了。梦会碎，彩虹会消失，留在心里的美好，不会褪色。""刘明亮听了，直掉眼泪，他握住林晓拉的手劝慰：'辣椒姐，别怕，有我在，别怕，有我在！'""林晓拉经历了如鬼门关的六个疗程的化疗和33天的放疗后，刘明亮和林晓拉领了结婚证，决定远离大都市。"至此，故事即将迎来大结局之际，有关刘明亮的故事贯穿小说全过程的所有设伏才完整打开，真是意蕴未尽、余味无穷、令人感慨唏嘘。四是预设的伏笔，更加能起到突出故事主题的作用。"命运充满玄机和顽皮，喜欢与人玩捉迷藏，你永远不知道下一刻会发生什么故事，又会遇到什么人。林晓嫣丝毫不知今年的国庆节对她来说会有多么特别和重要，后来的多少年，她都会深记这个美丽的一瞬。"这个伏笔为林晓嫣遇见马海涛而设，他们日后从相识相恋到相爱，再到马海涛车祸身亡，这件事影响着林晓嫣的一生。"林晓嫣以为这是成功逃脱，她完全没有想到命运已为她安排另一个人在不远处等着她，更没想到，自己不久会进入新的恋爱，而且来得轰轰烈烈。"林晓嫣拒绝小自己12岁的陆小可的狂热追求，与关俞清激情同居，爱得忘乎所以，结果不堪忍受关俞清的滥情而痛苦分手。如此设伏，无疑为后面的故事发展、突出故事的主题和人物性格的进一步揭示，起到了重要的作用。

四、叙述语言的地域特色与散文语言的巧妙融合

《苏醒》前六章的故事背景是湘南（其实就是永州），主要场景是红星造纸厂（即冷水滩造纸厂）。作家蓝予生于斯长于斯，也曾经工作于斯，对这里有无法忘怀的记忆，有刻骨铭心的眷恋。她选择性地采用一些能引起读者意会和共鸣的方言土语，恰到好处地穿插在故事中，她笔下的语言文字自然而然就有了湘南地域特色。一是乡味浓郁的湘南语言，包括方言、俗语、谚语等。诸如"女儿特别怀念爸爸妈妈斗嘴的光景。""亮子，你可说得轻巧，像根灯草。""林晓拉那张像炒豆子似的嘴噼里啪啦一下讲完了""哎呀，你们还没吃饱吧？又打起嘴巴仗了。""你越想越难过，心里有种揪着的生痛。""轧马路，是当年谈恋爱的代名词。"如此等等。这里的"斗嘴""说得轻巧，像根灯草""炒豆子""打起嘴巴仗""生痛""轧马路"都是比较典型的湘南（永州）语言。二是对特有景致和风俗的描绘。如："她们一边熟练地织着毛衣，一边抬头看球赛，心里还揣着一个心愿——当红娘。帮单身汉配对，若配对成功，她们可以得到男方家赠送

的一个大猪头。运气好时，她们每年能得到两三个大猪头。"湘南（永州）素有谢媒人送猪头的风俗。"去港子口的那条小路没有路灯，有些漆黑，正好有伴，没有怯意。"这里"港子口的那条小路"为冷水滩所特有的场景。"只见算命女人不慌不忙喝了一口水，定定地看着林晓拉的眼睛说：'我说小女崽啊，你这就……'"湘南（永州）对年轻女孩称呼为"小女崽"，对年轻男孩称呼为"小奶崽"。三是人物的对话、独白，富有地域特色。小说《苏醒》中的故事空间背景依次是湘南、广州、桂林、深圳。在不同的地方、不同地方的人物之间对话也好，独白也好，作者非常注意一个问题，即因地域、人物之差异，对话语言会有所区别。作者尤其在以人物对话推进情节时，人物说什么话、怎么说话（包括语气、措辞、节奏）均能较好地体现该人物的身份、地位、见识、修养以及性格特征。

作家李洱说："罗兰·巴特提出，当代作家需要更多的知识，更多的趣味。我也忠实这样的说法。当代作家的使命，就是不断地创造出新的个人趣味和个人语言，换句话说，也就是创造出自己的修辞，当然它必须置身于一种与传统的对话关系之内。"[1]蓝予在小说语言中有意识地使用这些充满湘南（永州）韵味的"地方话"，也是在有意识地创造更多的趣味，让读者在阅读小说的同时，能领略其独具特色的湘南语言，使小说语言的地域性特征得以彰显。

蓝予在创作《苏醒》之前，主要创作散文作品，已出版散文集五本，并多次获得奖项，其作品深受读者喜爱，可见其在散文创作方面的成绩斐然。擅长散文写作的蓝予在创作长篇小说《苏醒》的过程中，巧妙地将散文语言融入其中，不仅拓宽了小说的语言范畴，还收到了意外的效果。笔者这里所言的散文语言指的是狭义的散文语言，特点就是朴素、自然、流畅、简洁。下面略举几例加以说明，如："他喜欢吹口琴，吹《深深的海洋》《月亮河》，吹得一寝室皆是黄昏的浓蓝忧郁。""……林晓拉对故乡

---

① 格非,李洱,吕约.现代写作与中国传统[J].文艺争鸣,2017,(12).

的思念再一次涌满眼眶。""窗外雨潺潺，春意阑珊。室内人默默，欲说还休。""房前屋后被刘明亮打理得井然有序……秋日有花生从地里凸起的泥土芬芳，冬日有荷塘的莲藕，还有那掰开瑞雪找到的一茆茆翠绿。"这样的语句、段落随处可见。蓝予对此可谓轻车熟路、信手拈来、妙趣横生。尤其是写林晓嫣与"返璞归真"、马海涛和关俞清之间往来的书信，诸多语句、段落都是以优美的散文语言（有的还是诗的语言）书写的。再看小说的结尾："第二天，林晓拉睁开眼睛，一缕阳光透过翠绿的树叶温柔地从窗棂斜射到卧室，袅袅的，暖暖的，香香的。这时，她清晰地听到一首《奇异恩典》的美妙歌声，如天籁之音从远方飘了过来，始终在乡村回荡。"蓝予的文字语言优美、畅达、富有节奏，同时凝练、干净、富有哲理。

（发表于2020年第7期《名作欣赏》杂志）

爱，如涓涓细流

——长篇小说《爸爸的四季》简评

　　郑正辉先生一直笔耕不辍，创作硕果累累，不仅时常有中、短篇小说见诸报刊，还出版了长篇小说《对决》《博士生》《歌声回荡》及长篇纪实作品《我的1978》《"坏"爸爸造就好孩子》等多部作品。他的近作《爸爸的四季》[1]荣获湖南省"梦圆2020"脱贫攻坚主题文学创作奖长篇小说二等奖。阅读此小说，笔者深深地被作品中洋溢的"爱"所打动。爱，是小说鲜明的主题，是感动读者无形的力量。爱，如涓涓细流，流淌在字里行间。在这部作品中，郑正辉以一个少年学生四季的视角，讲述农民致富后因病返贫，再因为乡亲们"爱"的帮扶与自身努力而脱贫的故事，歌颂基层党员扶贫帮困的义举，展现了当代农村生活的生动画卷。小说重点塑造了乡村少年四季与命运抗争，他心中有爱，亦时刻被爱着，始终对美好生活充满向往与追求。"亲情、乡情、友情、师生情，犹如春风化雨，滋润着四季的心田，鼓舞他一路向前。"[2]四季在爱的滋润中健康成长，成为一个勇于担当、有所作为的男子汉。整部作品洋溢着浓浓的爱意、乡村淳朴

---

① 郑正辉.爸爸的四季[M].长沙:湖南少年儿童出版社,2021.
② 郑正辉.爸爸的四季[M].长沙:湖南少年儿童出版社,2021:2.

的美感、悲悯的情怀和催人奋进的力量。

一、爱，伴随着四季的健康成长

《爸爸的四季》在文体上进行了大胆而成功的尝试。它既是儿童文学作品，又是有着严肃的、重大政治意义脱贫题材的长篇小说，同时它还融合了童话的诸多特征。正由于这种文体的杂糅，让这部小说特别好读，特别吸引人，也特别感动人。作者以深情而细腻的笔触书写四季、爸爸、妈妈、八爷爷、八奶奶、黄爷爷、三大伯、高老师、杨老师、孙小雪、唐娜等诸多人物，其言行举止、心理因素与内心情感，通过密集而丰富的细节呈现出来，使得这些人物形象鲜活、丰满。

四季，曾经是一个非常幸运、非常幸福的孩子。爷爷奶奶宠爱他，爸爸妈妈疼爱她。他在镇里上学，爸爸开车接送，他住在村子里第一栋修建的洋楼别墅里，过着无忧无虑的美好生活。"爸爸修建别墅是花了很大工夫的，二层跃式别墅建在山坡上，屋后是青山，门前有水塘。外墙贴满了象牙白瓷砖，屋顶盖橘黄色琉璃瓦……他的卧室在主卧室隔壁，是妈妈按照从网上找到的一组图例装修的，卡通风格，精灵古怪，让人夜夜做美梦。奶奶说，步入式衣帽间是爸爸送给妈妈的礼物，四季房里的装修是妈妈送给四季的礼物。"作者如此详细描述别墅的位置、结构、装饰和室内陈设，足显四季家当时在当地的显赫和富有，同时，也反映出四季一家和美幸福的生活状况。

可是，"一切梦都破碎了！"爸爸送奶奶去医院途中不幸发生车祸，导致爸爸高位截瘫，奶奶、爷爷相继去世，妈妈被迫离家出走，四季一家陷入厄运，陷入困境。四季以前所拥有的一切，也随之改变。11岁的四季，以稚嫩的身体，承担着照顾父亲起居、种田种地、日常生活的重任，还要每天往返9公里去镇子上学。这样的处境与遭遇，对四季来说真是大祸临头，残酷、悲惨、艰难压得他喘不过气来。对此，四季有过抱怨，有过泪水，有过无奈，有过失望。他埋怨过爸爸"因为爱"（四季自己无法理解）故意气走了妈妈（据爸爸说，妈妈去厦门打工），他对自己上学迟到被老师批评罚站深感委屈，他对种田的各种重体力劳动感到身单力薄、力不从心，他对躲藏在耳朵里的妈妈感到无助而失望。

"他长叹一声弯腰做秧田，双手使劲快速扒拉田泥。不一会儿，腰背又酸痛了。他反过一只手捶腰，一碰到腰，心中豁然开朗，你蠢呀，不知道坐着扒拉，反正只穿了一条裤衩。他坐进田里扒拉，腰背是舒服了，却不便于移动。他干脆趴在田里扒拉，这个姿势太有创意了，唯一的担心是田泥中隐藏了什么尖锐东西，滑动后退时，肚皮会被划破。"这般少年创意，难得四季想得出来。他在困难面前，善于动脑筋、想对策。这看似滑稽可笑的动作，实则也是被逼无奈。他体力不支，又不能停下休息，想出这么个办法来，既令人同情，又令人心酸。更有甚者，四季去镇子里买农药，因为缺少5元钱（与好朋友孙小雪吃米粉用去5元），急得与孙小雪翻脸，最后无计可施，只好沿街捡破烂，卖废品，才买回两瓶农药。

北京大学教授、著名学者张颐武在谈及扶贫时说："扶贫绝对不只是物质层面的扶贫，还要有精神层面的扶贫，不仅要传递具体的扶贫经验，更重要的是传递公益精神，传递自强自立的精神。"①物质上的富有固然重要，但精神上的富有更为重要，因为精神的力量是无穷的。"乡土的意义绝不仅仅在于为儿童带来了生命体验的审美扩张，它还以美好纯良的道德观、人性观实现着对儿童生命之初的成长启蒙。"②四季的成长，有过徘徊、艰难、无奈甚至痛苦，但绝不是孤独的，更不是畸形的，始终浸润着乡村美好、纯良的道德观、人性观，他的精神世界是丰富的、健康的。

命运于四季而言，实在是太不公平。他要做饭、洗衣、洗锅，他要照

---

① 伍益中.广播剧《锦绣十八洞》："非遗"扶贫的精准讲述[J].文艺论坛,2020,(01):125.

② 何家欢.立足成长,守望乡土——小河丁丁儿童文学创作中的乡土叙事[J].当代作家评论,2019,(06):176.

顾爸爸起居，他要种田种地，他还要每天往返镇上读书……他的时间不够用，他的手脚不够用，他的睡眠严重不足。

然而，不管家里如何变故，处境如何艰难，始终都有爱伴随着四季的成长。爸爸对他的关爱和教育，八爷爷与乡亲们的体贴、无私的援助，飞进他耳朵里的妈妈时刻给予他精神鼓励与适时指点，好朋友孙小雪和同学的友情相伴，班主任及学校老师的关心培养等，驱散了他心中的阴影，激发了他奋进的力量，造就了他健康的品德和健全的人格。

妈妈这个角色，作者巧妙地将她安排在四季的耳朵里，明显具有童话的特征，又符合少年儿童的心理。虽然妈妈在小说中一直没有出场，但她时刻都在四季身边、在四季心里。"那是因为现在我把你当作跟我平等的大人看待。四季，请你原谅我过早地把家庭重担推给你，请你保守我在你耳朵里这一秘密，让我们母子安静地在一起，让我看着你长大，让我天天能看见你爸爸……我希望你能自信地把握自己的命运，希望你用心去感受我，我就会从你耳朵里升级为在你心里。"每到关键时刻，在四季耳朵里的妈妈都会以特别的方式爱他，会给予他鼓励和帮助。同时，妈妈也成了四季的依靠，成了他撒娇和倾诉的对象。四季没有消沉、绝望，他以顽强的意志和坚忍的毅力，发扬自强自立的精神，正视困难，克服困难，最终取得了成功。尤其是从耕田、浸种、育秧、插禾、施肥、灌溉、杀虫、收割、晒谷到入仓，这一系列的农活，四季全都亲身经历过。这既是体力活，又是技术活。四季与命运抗争，创造了奇迹。四季不仅从八爷爷、三大伯、黄爷爷他们那里学到了农活技术，更重要的是幼小的心灵得到了爱的滋润，受到了爱的熏陶。

四季的成长，除了爸爸、妈妈、四爷爷、四奶奶、三大伯等亲人和族人的关心以外，当然也离不开学校老师的关爱与同学们的帮助。原班主任高老师一直信任他，时刻关注着他的言行；班主任杨老师知道他的家境后对他的态度发生转变，鼓励他、欣赏他，给他吃鱼皮花生和苹果；学校因为他考试成绩第一名，奖励他500元；班里的同学从瞧不起他，到同情他，再到佩服他，最后都拥护他当班长。

爱，是可以感染的，是可以传递的。看看四季吧，后来他对爸爸的照顾无微不至，对爸爸的教诲言听计从；对八爷爷、八奶奶、黄爷爷、三大伯产生由衷的尊敬与感恩，这是四季发自肺腑的，也是让他铭记于心的；对孙小雪的误解与争吵，过后便有了强烈的懊悔、愧疚之情。四季真的长大了！他坚强、勇敢、勤劳、感恩、包容，贫困和挫折反而让他成长得更快。

二、爱，帮助四季的家庭脱贫

《爸爸的四季》明显有别于脱贫题材的其他小说。纵观近几年脱贫题材的小说，其写作模式基本上是脱贫工作队进驻贫困村，通过实地调查、论证，制定适合当地产业发展的脱贫方案，外引资金，改造当地的水、电、路等基础设施，联系龙头企业帮扶或发展旅游服务业，脱贫工作队与村党支部带领大家脱贫致富。这种模式的脱贫路径无疑是正确的、卓有成效的、可持续发展的，也是这些年我国实施脱贫攻坚战取得的成功经验。在《爸爸的四季》中，作者郑正辉匠心独具、另辟蹊径，讲述的是农村基层老党员、父老乡亲通过对四季一家无私援助、帮扶，使其在短期内脱贫的典型事例，弘扬人间的真情大爱，彰显人性友善的光辉。笔者认为，这是此作品的另一个重要收获。从小切口切到大主题，从一个小细节小故事进来，见人见事见思想，以小切口反映大主题，以小人物反映大时代，以小故事反映大道理，接地气，粘泥土，带露珠，艺术地展示脱贫攻坚的中国智慧、中国方案。在这部小说中，郑正辉正是以这种轻车熟路的方法来安排情节，书写故事，"以小见大"，彰显主题。

四季一家从富裕人家沦为贫困之家，虽属意外，但致富后返贫，在农村贫困户中仍有其代表性。天灾人祸无情，但人间自有真爱。四季家之所以能脱贫，最根本的原因还是在于爱，在于乡亲们那种发自内心的、无私的同情之爱、友善之爱。

"八奶奶笑盈盈地应答,将手上的篮子递到他的手上。'你八爷爷托三大伯捎口信给我,叫我送饭来给他吃。你跟你爸爸吃过饭了吧?'"八爷爷给四季家义务做秧田,不吃四季家的饭,中午还坚持不歇息,八奶奶做好饭菜欢欢喜喜地送到田边来,还关心着四季父子吃了饭没有。这种纯朴的感情与高尚的品质,犹如小溪流水那般自然,也犹如沐浴阳光那般温暖。

"爷孙俩边聊边劳作,一丘田走了一遍,太阳当顶了,八爷爷叫四季休息一下,他重新踩行距。四季不肯休息,跟在八爷爷身后,在八爷爷踩出的大脚印之间,踩出小小的脚印。他望着八爷爷的背影,心里酸楚。八爷爷老了,颈脖上布满皱纹,头发已经全白,裸露的手臂和双腿又黑又亮,闪闪发光,像涂了一层棕色的油。两条小腿满是静脉曲张的疙瘩,随着他不停地走动,鼓起的血管跟鳝鱼一样扭动,牵动那些疙瘩一跳一跳。'八爷爷!'他忘情地叫了一声。"老党员、退休村干部八爷爷,心地善良,勤劳朴实,他是对四季家帮助最多的人,也是最用心、最贴心的人。他帮四季家做事,嘱咐四季不要告诉爸爸,担心他爸爸有心理负担——欠别人的情义债。这样的老党员老干部,想他人之所想,急他人之所急,这不仅是八爷爷个人的奉献情怀,也是人与人之间的相互信任,更是一个村子亲如一家的情感体现。在他的影响下,八奶奶、三大伯、三伯娘、黄爷爷等,都自愿加入义务帮扶四季家脱贫的行动中,演绎了一曲齐心合力共克难关的脱贫交响曲。

"他请三大伯去驾驶室跟黄爷爷坐,自己则爬上车厢。67袋稻谷平平整整地码在车厢里,占满了整个车厢。他坐在鼓囊囊的纤维袋上,听到身下的稻谷沙沙作响,他的眼睛又湿润了。农用车开动了,一摇一晃,车厢里一片细微的沙沙声响。他强忍泪水,放眼望着连绵不绝的丘陵,望着眼前的田垌。"爱心和援助、心血和汗水,才换来了丰收和喜悦。小说通过一件件平常的实事,将人性的动人之美发挥到极致,充分展示出湘南大地上最纯真的人性之美。

然而，乡亲们对四季家的帮扶终究是短期的、有限的，从长远考虑，四季家要真正脱贫致富，还得靠村集体经济的发展和自身的努力。四季的爸爸虽然双腿残疾，但头脑非常清醒。他一直与在上海工作的堂兄孙鹏飞联系开发村里的特种养殖和旅游项目，一直在认真思考和撰写项目建议书。而且，兄弟俩已基本达成共识，由孙鹏飞负责联系项目投资，并回乡创业。这个重大项目的实施，一定会让四季一家脱贫致富，从根本上改变村子的面貌，实现大家共同富裕的目标。

三、爱，滋润着乡村的美好生活

在《爸爸的四季》中，郑正辉以分镜头形式展现了当代农村的生活画卷。作者着力于描绘地方风俗与乡土生活的场景，对传承日渐消失的传统农耕技术倾注心力，在更新少年儿童认知、推行新的教育理念和弘扬互帮互助的传统美德等诸多方面，有着自己独到的思考与精彩的呈现。其笔下的乡村生活有着原生态风光与现代文明辉映的特色，人际关系和谐，人与自然友好相处，既有田园牧歌式的优美，又有淳朴浓郁的风情民俗。在这个虚拟的小说世界中，村民的物质生活虽然还不是很富有，但日子过得充实而心安；地方虽然有点偏远甚至落后，但充满着真诚与友爱。爱，如汩汩清泉，浇灌着乡亲们善良朴实的心田，滋润着乡村的美好生活。

本来四季和爸爸住在别墅里，别墅位于山坡上，有无数级台阶，且离村子里其他住户较远。爸爸残疾后，出行及生活十分不便。八爷爷带着大伙儿将四季和爸爸搬到老房子里住，让他们回到大家身边。这不仅是单纯的搬家，而是乡亲们对四季一家爱的表达，对四季一家的关心与照顾。四季父子从孤独搬至热闹，从冷清搬至温暖。八爷爷还利用自己曾是桶匠的特长，为四季爸爸精心设计并打造了"无障碍通道"，方便他的起居出行。"随着八爷爷欢快的呼叫声，轮椅驶过地脚枋，顺着下坡跳板，驶进了禾场。爸爸高举双手，向人们挥舞。'谢谢，谢谢！'爸爸摇动轮椅在禾场上飞快转圈。'好棒！'人们高声欢呼。八爷爷手托下巴，脸上笑开了花。四季走到八爷爷身边，由衷道谢：'八爷爷，谢谢您！您的办法真好！'"后来，孙小雪的爸爸孙鹏飞带着投资公司康经理回家乡考察项目，特意购买一台电动轮椅送给四季爸爸，实现了四季的夙愿（因为需要几千元钱，四季很无奈）。爸爸有了电动轮椅后生活基本能够自理，而且对开发当地的项目更加充满了热情和执着，对村子未来的发展变化也更加充满了信心。

对于八爷爷和乡亲们的关心，四季的爸爸感恩于心，总是想办法找机会予以回报。"当然可以，不仅丫头可以来，村里其他愿意来的孩子都可以来，跟四季和丫头不同年级的孩子也可以来，我反正没事干，分头辅导。八爷爷，请你告知大家一声，说我义务服务，不收钱。"他利用辅导四季功课的时间，义务给丫头孙小雪和村里其他孩子辅导。他一腔激情，爱心满满，不仅把爱传递给孩子，在车祸之前还为修建通村公路捐款8万元，热心公益事业。更重要的是他身残志坚，一直在竭尽全力为村子发展精心规划项目，为村子更加美好的明天奉献自己的聪明才智，贡献自己的力量。

当然，乡村美好的生活，离不开和谐的人际关系，离不开爱的滋润，也离不开乡村的自然风光。"山水之美养育了当地质朴的人民，当地人性之美也抒发着山水的灵气。山水与人，在美与美的相互影响下，实现了美美共存。"[①]郑正辉先生不愧为书写乡村风光和儿童题材的高手，仅以其描写的村里两口池塘为例，就足见其功力，其文字精练、传神，为读者展现极具地域特色和田园风光的绚丽画面。"这是丘陵上少见的大塘，面积超百亩，塘水碧绿，四季不干，堤岸上柳丝如烟。四面错落五座山岭，将塘面划出了神奇的多边状。山岭中有三座石头山，其中两座石头山各有一岩

① 朱岚武,李慧华,覃利园.诗意现实主义语境下的精神价值——评电影《十八洞村》[J].文艺论坛,2020,(06):58.

口，泉水终年不息地流进塘里，冬暖夏凉，尺多长的鲇鱼、鲤鱼自由自在地在塘水和泉水之中来往。"这是郑正辉笔下的尚睦塘。再看他描写的胭脂塘："云朵去追逐自己的同伴，阳光照射在水面上，跳跃炫目的波光。这口塘的面积比尚睦塘小，风景比尚睦塘周边还漂亮……临水一方，一处悬崖，紫藤爬满崖壁。紫藤正值花期，花团锦簇，倒映在水中，满塘绯红。奶奶曾说，所以它叫胭脂塘。"小说还涉及多种多样的植物，如夏枯草、冬茅草、田边菊、蓼草、紫藤等，对其形状、习性、功效均有较为详细的描述。这些儿童视觉下的风景，自然烂漫，情趣盎然，无疑是构成郑正辉小说《爸爸的四季》创作的重要环境背景和心境底色，使其充满情感的温度与生活的质感。这些自然风光的美映衬出乡村的美，乡村的美熏陶出乡亲们心灵的美，乡亲们心灵的美和心中满满的爱就是乡村美好生活的源泉。

（发表于2023年第1期《湖南科技学院学报》）

灵魂的放逐与救赎

——简评中篇小说《卡哥》

金锦云的诗歌，我读过不少。读他的小说，还是第一次。也不奇怪，据说《卡哥》是他的小说处女作。说实话，他的诗歌以情感真挚、乡土气息浓厚、节奏从容、语言朴实等诸多特点，给我留下了深刻的印象。没想到他的小说也如此出手不凡。《卡哥》是一部引人入胜的中篇小说，作品以晓白、流畅又不失地域个性的语言，独具特色的叙事手法，细致入微的日常描写和情感表达，生动鲜活的人物形象塑造，真实展现了林场放排工和小县城丰富的世俗生活场景，从而深层次地呈现出人性的复杂与多维、人生的无常与宿命、生活的巧合与平常。小说不仅充满了浓郁的感情色彩，反映了作者深邃的社会洞察力，还通过塑造和强化卡哥、王大嫂等底层人物的角色与生命激情的双重释放，以及主人公卡哥在经历种种挫折和困境后，仍然坚持追求梦想和正义，实现自我救赎的人生历程，彰显了人心向善的力量，深刻揭示了人性之本、人性之美、生命之思所涵盖的丰富内涵。

人性之本：潜伏的野性与理性

《卡哥》中涉及的人物不多，故事也较简单。主人公卡哥出生于木匠之家，其父姓卞，入赘赫家，卡哥随母姓为赫，取名赫卞好，诨名卡哥，从小就是一个被讥讽嘲笑的对象，到十六七岁时还只有一米五高，形象有点猥琐。他先是去公社林场当个放排工，后被安排在县政府机关食堂打杂，最后被抽调到库区移民工作队工作。前后三段工作经历，完成了卡哥从自我放纵、私欲膨胀到自我反省、节制、正直、乐于助人的人生转变。其一，卡哥放排经年在水上漂，辛苦不说，还有被激流卷走、淹没的危险。卡哥自从见过卡嫂后，日思夜想，绞尽脑汁，企图娶到她。真是鬼使神差，卡哥早起，随木排漂到源河滩，想去村寨讨碗酒喝；卡嫂亦早起，随手拿把镰刀外出遇到了卡哥。一个月后，卡哥托人做媒，意外地把卡嫂娶回了家。其二，卡哥在食堂工作时，备受三位同事的冷落和歧视。一次趁大王和瘦马（食堂另一工人）酒醉之际，他趁着酒性，在食堂仓库欲强暴大王嫂，挨了大王嫂的耳光后，他醒悟了、后悔了、内疚了。其三，卡哥在移民工作队又遇到大王嫂，在政策允许的前提下，竭力帮助她家解决青苗补偿、门面安置问题。这时纯粹出于同情与友谊，卡哥对大王嫂不再有非分之想。

《卡哥》在人物塑造上非常出色，始终以普通人的喜怒哀乐为情感基调，表现其身体中有原始、野性的一面，也有节制、理性的一面，这种恰当的把控使小说更具吸引力和可读性。作者通过对卡哥内心的深入挖掘和细腻描写，使得这个人物形象立体丰满，具有强烈的真实感。此外，作品中的其他人物形象也各具特色，他们与卡哥之间错综复杂的关系，构成了整个故事的骨架，使得整个作品生动有趣。作者巧妙地将故事情节划分为若干个阶段，每个阶段都有明确的主题和目的，使得整个故事紧凑有序。特别是作者在故事中巧妙地设计悬念，让读者在阅读过程中始终保持紧张感和好奇心，这些悬念不仅增强了故事的吸引力，也使读者更加深入地了解人物的内心世界和故事情节的深层含义。同时，作者对乡土、亲情、爱情等方面的深情描绘，还为人物塑造和情感渲染提供了灵感和依据。

人性之美：闪现的光辉与温暖

　　人性，是一个复杂而多维的概念，它涵盖了人类所有的思想、情感和行为。在这个广阔的范畴内，人性之恶与人性之美并存，构成了人类内心的双重面貌。人性之恶与人性之美并不是截然分开的，它们常常在同一个人的内心交错存在。有时候，人在面对复杂的情境时，会同时体验到善与恶的冲突和挣扎。这种内心的矛盾和挑战，正是复杂人性的具体表现。

　　《卡哥》的独特之处，或许就在于它真实而准确地展现了人性之美。卡哥在欲望的驱使下，从迷失自我到救赎自我的过程，既体现了人性的弱点（贪欲、冲动、蛮横、自私），揭示了社会的复杂与生活的艰难，又折射了人性的光辉，对美好生活的追求、对弱者的同情、对他人的良善等，深刻诠释了人性的复杂和美好。小说中的卡哥从婚前对卡嫂的愧疚，到婚后对她顺从、珍惜；卡嫂从对卡哥的愤怒、屈从、麻木，到释怀、主动、迎合；卡哥对大王嫂的觊觎、贪念、报复，到理解、同情、帮助；大王哥、杀猪佬从对大王嫂的占有、发泄，到主动拿钱支持、帮扶；大王嫂从对丈夫小王（病残瘫痪）的无奈、委屈，到打工赚钱来给他治病、赡养他的母亲；大王嫂从对大王哥、杀猪佬的迁就、羞怯、回报，到改嫁给大王哥……这些情节与细节，不仅成功塑造了一个个真实的人物形象，也深刻塑造出一个个"人性模型"。通过卡哥的种种人生遭遇，让我们清晰地感受到人性如何被原始欲望束缚，如何在内心挣扎中努力摆脱原恶，如何艰难地迈向人性之善的艰难历程，充分显示了人与人之间情感的光辉与温暖。或许这就是人之所以为人的伟大之处，能自我反省、自我纠正，能自觉从原始的本我向人性美好的超我之境抵近。

　　在作者的笔下，对人性的理解，既包括对人性原始野性的认可，企图打破文明和理性对个体真实欲望的禁锢，还包括对内在的生命活力的深度赞赏，也就是人都渴望自由、同情弱小、向往美好生活等人性深层次的内涵，揭示了日常生活与人都应该是丰富、复杂、多面的本质，既充满形而下的欲望，也具有形而上的价值。作者或许意在通过卡哥的遭遇，唤起读者对人性之美的共鸣与反思，提醒人们在现实生活中应珍惜与呵护这份美好。小说《卡哥》探讨了人性复杂性和多样性这个深刻的主题，不仅增强了其文学价值，更能让读者在阅读过程中获得启示和思考。

生命之思：坚守的正义与信念

我们每个人都是一个独一无二的生命个体，在短暂又漫长的人生之旅，始终伴随着对生命意义的终极思考——生命的意义是什么？这是一个没有标准答案的问题，因为每个人对生命的意义都有自己的理解。但笔者认为，生命的意义在于体验、在于成长、在于爱。我们通过体验生命的美好与痛苦，学会成长、学会坚强；我们通过爱与被爱，感受到生命的温暖与力量。正是在这样的终极思考中，让我们感悟到生命的真谛，在体验中领略生命的魅力，在行动中实现生命的价值。以一颗感恩的心去珍惜生命，以一份坚定的信念去追求梦想，以一份无私的爱去关爱他人和社会。这样的人生才会更加充实，才会更加有意义。

《卡哥》这部小说，以其独特的故事情节和生动的人物刻画，不仅展现了个体生命的丰富性与复杂性，还巧妙地与生命之思这一宏大主题相契合，引发读者对生命本质和意义的深思。首先，《卡哥》通过主人公卡哥与卡嫂、大王嫂、大王哥、小王等人物相关的一系列故事，构建了一个离奇与现实交织的世界。在这个世界里，卡哥的形象跃然纸上，他的喜怒哀乐、悲欢离合，无一不牵动着读者的心弦。这些故事不仅是虚构的叙述，更是对现实生活中人类生存状态的隐喻和反思。卡哥所经历的每一次挑战与抉择，都仿佛是对生命本质的深刻挖掘，让读者在虚构的情节中感受到生命的真实与厚重。其次，小说中对生命之思的探讨尤为引人注目。生命的终极之思，这个古老的重要哲学命题，在《卡哥》中得到了新的诠释。

小说通过卡哥的成长历程，展现了生命从懵懂无知到逐渐觉醒的过程，强调了生命意识的觉醒对于个体成长的重要性。当然，好的小说是依仗人物与故事来生发意义的。因此，《卡哥》在体现生命终极之思这个深层次的命题时，并没有陷入空洞的说教，而是通过具体的故事情节和生动的人物形象，将抽象的生命哲学转化为读者可以感同身受的生活体验，从而使小说在思想性和艺术性上达到了高度的统一，让读者在享受阅读乐趣的同时，也能获得深刻的思想启迪。最后，从更广阔的文化背景来看，《卡哥》与生命之思的探讨，也体现了人类对于生命本质和意义的永恒追求。无论是古代哲人的智慧结晶，还是现代作家的文学创作，都在不断地探索和解答这个问题。而《卡哥》以其独特的艺术魅力和深刻的思想内涵，为这一追求增添了新的光彩。

人生或许就是一场灵魂的放逐与救赎之旅。正如小说结尾写道："以后，卡哥的伤情渐渐恢复。又半年，卡哥办了退休手续，带着卡嫂回到源河村，跟大王嫂、小王他们住在一个村里。没事他就去河边钓钓鱼，炖个猪蹄，两口子喝两杯米酒。隔三岔五，他一个人去河滩那片的山坡坡坐坐，望着已被淹没的码头，想象卡嫂在码头上洗衣、在草地上躺着的样子。那时他们多么年轻，爱情多么美好啊！他常常在这样的陶醉里，晒着太阳沉沉入睡。"卡哥在完成签订整个村寨移民协议的任务后，因高兴而醉酒，因醉酒而摔伤，手术后，保住了命，却成为残疾人。对于非议还是荣誉，他都能泰然处之，最后选择归隐家乡，与村里人一样过着平静的生活。他经常在山坡上静坐，回忆往事，感慨过去，满足当下。这种生活方式和生活场景，更进一步揭示了生命的意义。无论我们遭遇多大的困难，都不应放弃对生活的思考和感悟。生命的价值不仅在于身体的健全，更在于内心的丰富和对过往的珍视；即使面临挑战，也要保持对生活的热爱和对往事的温情回忆，这样的心态能够帮助我们更好地面对困难、珍惜生活；内心的坚忍和对生活的感恩是战胜困境的重要力量。

但是，笔者也不认为小说《卡哥》就是一部完美无缺的作品，也有一些值得商榷的地方或不足之处。譬如，在情节设计上，卡哥在移民工作队帮助大王嫂解决一些问题时的描写，则有匆忙之嫌，因为卡哥的性格特征转换有点快，不合常情。卡哥一向是幽默调侃的个性，这里突然像变了个人，性情严肃呆板。同时，村支书的油滑痞气显得有点过分。再则，卡哥通过媒婆做媒娶到卡嫂，这里情节突兀，过程简单，更是不合情理。卡嫂从被迫、愤慨、忍受到接受，如此重要的婚姻大事，不可能媒婆一说就成，应该有一个较复杂的思想斗争过程。当然，瑕不掩瑜，作为一部小说处女作，能写到如此水准，已颇见功力，让人欣喜了。

（发表于2024年第3期《潇湘》杂志）

说说永州农民作家"三剑客"

　　今年4月，永州市作家协会农民作家分会成立，来自北京、浙江、广东、广西及湖南省内多地的农民作家齐聚永州，成立仪式开展了一系列活动，如会议庆典、座谈交流、采风创作，助力乡村文化振兴和建设和美乡村。这是全国首家成立的地市级农民作家协会，各大媒体、网站对此纷纷进行了宣传报道，一时成为焦点新闻。在此活动中，永州农民作家"三剑客"备受瞩目，成为热门话题。"三剑客"何许人也？为何称其"三剑客"？"三剑客"有何可谈？围绕这三问，下面笔者来详细说说。

　　"三剑客"何许人也？当然是王一武、胡海林、魏冬林三人。他们的身份都是农民，都出生于20世纪60年代，都在80年代开始创作。他们克服重重困难，一直坚守，一直努力，无论是在家务农，还是外出打工，几十年不离不弃，犹如荷剑之侠士，驰骋于自己挚爱的文学领域。他们笑傲江湖、侠肝义胆、忠贞不渝、特立独行，不为名利所动，不为喧嚣所囿，实乃"剑客"之形象气度也。

　　为何称其"三剑客"？王一武、胡海林、魏冬林三人，虽然他们各有门派、各有所长，但都有一个共同的追求，此生为文学不达目的誓不罢休。王一武擅长诗歌，胡海林以小说见长，魏冬林工于散文兼顾小说，他们刚好构成了一个文学创作门类的三大块，形成了永州农民作家的一种文学现象。"面对强大的对手，明知不敌，也要毅然亮剑，即使倒下，也要成为一座山，一道岭！这是何等的凛然，何等的决绝，何等的快意，何等的气魄！""剑锋所指，所向披靡。"用电视剧《亮剑》中这几句话来形容"三剑客"最合适不过了。他们所信奉的就是这样的一种"亮剑精神"。

"三剑客"有何可谈？这个问题才是要害问题、关键问题。说实话，如果要谈，那内容可就多了，譬如其人其事其作品，又譬如他们之间的联系与区别等；如果不谈，也确实没啥好谈的，他们都普普通通，没有显赫的地位，没有远播的名声，也没有响当当的作品。正因为如此，笔者觉得更应该要谈，他们的情怀与坚守、生计与爱好、经历与挫折、欢喜与忧虑、收获与付出，他们多少个不容易，非得说说才畅快，相信会给读者励志、启发和感动。

王一武，1963年出生。1979年高中毕业，1982年开始文学创作。现为湖南省作家协会会员，永州市作家协会农民作家分会副会长兼秘书长。1986年发表处女作《相思》。现已在《诗刊》《中华辞赋》《星星诗刊》《诗选刊》《绿风诗刊》《湘江文艺》《湖南文学》《文艺生活》《西部》《星火》《鸭绿江》《南方文学》《文学天地》《新大陆诗刊》等国内外90余家报刊发表800余首（篇）文学作品，并入选多种选本。出版诗集《永州诗歌地图》。

王一武，务过农种过地，到沿海城市打过工，在集市经过商，曾与同仁创办过白云诗社，为《白云诗刊》主编。曾是永州"小饭盒"文学沙龙骨干成员。他在"三剑客"中年龄最大，资历最老，从事的行当最多。王一武是个有故事的人，1984年至1989年任楚江圩镇渣里口村团支部书记，1987年至1990年在九嶷山学院学习。1997年至2000年，他在改革开放最前沿的海南打工，历任海南省公共信息网络公司项目经理、市场部经理、主编等；2006年在广州、深圳从事首席策划工作。在海南和广东数年，他见证了都市的繁华与喧嚣，体验了人生狂欢与心灵孤独，他惊诧过、怀疑过、沉浸过，同时也逃离过。回到家乡后，他作为地名文化专家，曾参与过永州市多部志书的编纂。有一次，他去一行政机关参加编志会议，被大门前保安拦住不让进。他解释说，自己是来开会的。保安看看他，摇摇头，不信。保安叫他拿出身份证，一看，是某镇某村的农民，更不让他进。他急了，扯开嗓门与其理论，农民怎么啦？农民就没资格开会吗？不管他怎么讲，保安就是不相信他是来开会的，坚持不让他进去。无奈，他只好打电话给修志单位的联系人，联系人到大门口将他接进去。保安还一个劲地摇头，自言自语："奇了怪了，请一个农民来修志，搞错没有？"据此，可见王一武的农民形象何其地道！他自称"诗歌老油条"，他的创作以诗歌为主。他的作品题材也多是书写农村乡土，那些乡村人物、景物、农事、农具、习俗、节气等，在他的诗歌中随处可见，鲜活生动。他的诗歌特色可以概括为"四有"。一是有根。他的诗歌之根深而粗，苍迈，通达，又滋长新须。他的诗扎根家乡的土地，水土合，营养足，长势旺。他的诗秉承传统而不拘泥于传统，同时又在传统的基础上创新，难能可贵。二是有情。他的诗歌，时而情真，时而情浓，时而情溢。真实，不做作，不矫情，不虚情假意，这就能感染人、打动人。更何况他的情很浓很纯，常常会溢出字里行间，这种情有时让人铭心、揪心，有时让人陶醉、沉溺，有时让人伤心、泪目。三是有趣。趣，指趣味、情趣，也可以理解为有味道。他的诗歌语言有普泛意义上的韵味，又有特殊的地方乡土味。他的诗歌意象斑斓多彩，又时不时出现白描线条，或一个素点，如此交错、碰撞、融汇，就自生趣味，令人回味。他捕捉细节时非常用心，那些鲜活、灵动、质感、富有诗意的细节就被他"狡猾"地"偷"取了。四是有美。诗歌好不好，很大程度上就看它美不美。当然，美是多方面的。那么诗歌的美，怎么看？笔者认为主要看三点：语言、意象和意境。他这三点都做得很不错，大部分作品三美皆备。当然，王一武的诗歌也有一些不足和值得商榷的地方。比如说，写法还比较单调，内容还比较单薄，田园牧歌式居多；处理日常生活片段存在同质化现象，多元性还有所欠缺。

胡海林，1965年出生，1986年发表处女作短篇小说《笨哥传奇》。尔后相继在《潇湘文学》发表中篇小说《村秘书》《村支书》《村主任》，近些年发表《第一支书》《开漂》《我和我的工友》《玉桂进城》等作品，在《文艺生活》发表小说《梅溪水悠悠》，在《湖南文学》发表《幸福像花儿》，至今共发表10余万字小说。2007年出版中短篇小说集《梅溪水悠悠》。2003年10月至11月参加毛泽东文学院第三期学习培训。曾担任村干部，任村支书多年。

胡海林对小说情有独钟。读初中时，学校图书管理员将图书室的钥匙交给他，这给他阅读提供了极大方便，同时也给他升学埋下了陷阱。他在学校图书室日夜看小说，导致严重偏科，失去了读高中的机会。小小年纪回到农村种田种地，吃苦不说，可心有不甘。文学梦始终伴随着他，他白天下地，晚上写作，忙时劳作，闲时阅读。一篇篇书写，一次次邮寄，一回回退稿，他气馁过、苦闷过，甚至撕过稿子，但他仍然没有放弃。功夫不负有心人，他的一页页手写稿，变成了一行行铅字。随之，当时的村支书见他这么有才，就看中了他，让他担任村团支部书记。尔后，任村秘书、村支书。在村支书任上的数年，胡海林年轻气盛，有思想、有计划、有闯劲、有干劲，他带领大伙儿齐心干事，各项工作都做得很出色，同时他深受领导的支持和群众的拥护。作为中国最基层的干部之一和有着敏锐感悟的作家，胡海林的体会自然不同于一般人。他将这段特殊时期的经历、见闻、感触、启发与期许，通过发酵、提炼，写成了中篇小说三部曲《村秘书》《村支书》《村主任》。由于生活所需和其他原因，胡海林辞去村支书的工作，到城里打工。打工生活，为他开启了另一扇窗。他写下了《我和我的工友》《玉桂进城》等作品，小说中人物的拼搏与消沉、期许与失落、欲望与困惑、融入与逃离，充满着矛盾纠葛，令人深思。胡海林的小说，题材主要是乡村故事和农民工在工厂、城镇打工的悲欢离合；生活气息浓郁，给人强烈的代入感；人物性格多元，正直与邪恶、良善与凶狠、慷慨与贪婪往往交织在一起，展现现实生活的繁复和人性的复杂性、多面性；语言朴实、简洁、形象、生动，有乡村泥土的芳香，同时又带有自然生长的野性，具有一定的特色和辨识度。但是，总体来看，他的小说数量不多，写作断断续续，笔者认为他还没有下狠劲，还没有写出自己和读者都比较满意的作品。

魏冬林，1967年10月出生，以散文创作为主，同时也写小说。2007年开始接触网络文学，以笔名"笔耕潇湘"先后在多家文学网站发表小说、散文近100篇，在中国剧本网发表电影文学剧本《山那边人家》，并先后在好心情文学网、江山文学网担任过小说编辑、散文编辑。2008年在《故事林》发表《六十三年的老账》。此后发表《如临深渊》《最后的留守者》《石亭荒冢的守望》《不咬你才怪》《奇特的碑碣》《又到中秋月圆时》《河汉》《遥远的风车》《回家的路》等作品。散文《冷水滩记》获中国（永州）山水散文节征文大赛入围奖，后发表于《文艺生活》；散文《咯里的茶油咯里的人》获2023年首届"祁阳杯"全国油茶生态文学征文大赛优秀奖。2024年1月，参加毛泽东文学院素人班学习培训。目前正在创作长篇散文《一段河流的秘语》和长篇小说《湘妃城的诱惑》。

魏冬林，长期在家务农，近些年才进城做点生意。他所在的村庄交通方便，风景优美，土地肥沃，水利条件极好。他家的房子独门独院，后有树林环绕，前有池塘映照，屋前果树成荫，菜园四时皆有蔬果，鸟语花香，好似人间仙境。他在这样的环境中生活、耕种、写作，心情何等愉悦；他与世无争，自由自在，怡然自乐，心态何等平和。所以，他写的多是美好阳光、积极向上、富有正能量的作品。魏冬林为人谦逊低调，处世诚恳扎实，虚心谨慎，善于学习积累，广纳别人意见，创作实力越来越强，创作劲头越来越旺。他对地域文化尤其是他家乡黄阳司本土文化的研究颇深，相继推出了《冷水滩记》《咯里的茶油咯里的人》《嘿！黄阳司》等系列佳作。这些作品，无一不是反映他对日常生活的体悟，对自然、人文景观的那份故乡情结、审美意趣与哲学认知。同时，他对日常生活进行诗化与提升的过程，亦即将日常体会转化为心灵体验的过程，其目的就是企图通过文学作品重建乡村文明，他的这种努力显而易见。在这些散文中，地理标识、民族风情、生活习俗都成为可触可感的具体事物，富有情感的观照与省思的感染力。在这些作品中，魏冬林还深情地寄托着乡思和乡愁。岁月潮起潮落，世事沧海桑田，故乡已不再是从前的模样。现代社会，工业文明快速推进，生活节奏加快，乡村的慢生活、乡村的淳朴、乡村的生态已然改变。而我们对家的温馨、梦境里的童年和日渐陌生的故土的那份情感、那份执念却越来越强烈，故乡的平常之物，在他的深掘与描绘下，充满诗意，焕发灵性，发出精神的回响。然而，笔者认为，魏冬林在今后的写作中，不仅要保持和发扬他的优势，比如作品中处处洋溢着温情、对社会正义的张扬和褒赞；还要注意克服他的不足，比如作品对阴暗邪恶的针砭、对丑陋习俗的鞭挞鲜见，对社会、对人生的深层思考还远远不够，缺乏振聋发聩的力量。

最后，笔者还想说说"三剑客"之间的关系。王一武、胡海林、魏冬林三人相互结识30余年，感情甚好。他们常常找机会在一起交流切磋，相互鼓励，相互批评，直言不讳，均有"侠士"风度。现在，他们同在永州市作家协会农民作家分会任职共事，我们有充分的理由相信，以他们的热情、智慧、执着和力量，农民作家的队伍会越来越大，作品会越来越多，影响力会越来越强。

（发表于2024年第7期《文艺生活》杂志）

迷醉于绚烂的诗意里

—— 陈小平水彩画解读

　　陈小平是一位高校教师，擅长水彩画、油画，兼工书法和摄影。他与众不同，十分低调。他是美术科班出身，从教和从画30余年，不加入任何协会，不举办任何画展，不参与任何评比。他就是一个普普通通的教师，其他任何光彩炫目的头衔，他都没有，似乎也与他无关。他没有心思也没有兴趣去关注那些头衔与名誉，他只关心他的学生和他的绘画。他耐得住寂寞，也乐于这般寂寞，始终迷恋、陶醉、守望在他无比绚烂的色彩世界里。正由于此，他积累了十分丰盛的成果。在教书育人方面，他深受学生喜爱和尊敬；在绘画方面，尤其是水彩画，呈现的画面优雅恬静、清新脱俗，氤氲苍茫，既有鲜活的生活气息，又有引人入胜的遐想空间，巧妙而得当地发挥色彩与光影的渗透互动效应，从而大胆而卓有成效地开辟了水彩画以中西结合技法营造画面意境同时又饱含着传统的中国元素、极富现代视觉感受的新路径。

一、独特的审美视觉，来自扎实的写生功底

　　众所周知，艺术的本质就是创造美。美的根源在于社会实践。在实践中的自由创造是人类最珍贵的特征。中国水彩画从引进、内化到发展，已经经过了一段较长的时间，目前正在进入转型期，中西视觉艺术的互动和影响日

益频繁。陈小平在这个转型的关键时刻，始终准确把握着审美的价值取向，他的作品在意境方面比西方水彩画更有深度，又弥补了中国画在色彩和光线表现方面的不足。他的作品重点表现大自然美妙的诗意和生命的律动，以及人与自然的亲和，还有亲和中的疏离。陈小平的画，有其独特的审美视觉，那就是既注重西方绘画的直接感官和刺激，又注重中国传统艺术的审美意蕴和情趣。从他的《泊舟》《豹虎岩戏台》《雨朦胧》《湘南雪景》《阳明山恋人谷》等系列风景画来看，树木、云、水、石、土、雨、雪、舟、戏台这些物象相映成趣、气韵流动、生机盎然，鲜活的画面透着"恬淡""静穆"之美。这对生活在大都市，尤其是在当今快节奏生活中的人们，是非常不易感受得到而又非常渴望能够感受的。再从《女孩与花篮》《沉醉》两幅人物画来看，画中的女孩充满灵性，犹如仙子。画面用色淡雅，由静而趋于动，背景的有意模糊和虚化，仿佛透露着大自然的某种神秘与不可捉摸。他以律动的画面、淡雅的色彩、微妙的形态，让观者仿佛能聆听到山野的呼吸、大地的脉动，能感知到纯情少女梦幻、沉醉于自然的心灵悸动。静物画《岁月之声》，画家巧妙地把表达的物象安放在一个氤氲着诗意与梦幻的情境之中，好一幅岁月静好、生活安详的画卷。陈小平创作的静物世界，能让观者的心在充满诱惑、物欲横流的当下沉静下来，享受安谧。

陈小平在教学、创作时好静，不为外界诱惑所动；课余或节假日，他却坐不安、闲不住，或远涉大海戈壁，领略自然界的苍茫雄浑，或近足乡野山谷，感悟浓郁的故土情怀。他观景写生的时候，面对山光水色，视觉所获得"美"的信息，往往让他时而进入冥思、静思、不可言的境况，时而进入激昂、亢奋、有强烈表现欲的状态，这时眼前的山光水色不再是一般意义上的山光水色，顷刻之间成为可触、可游、可居、可感的大千世界。这些写生的鲜活画面，在创作时经过一段时间的发酵、沉淀和思考，再经过一个再创造的过程，他的艺术作品就会在写生的基础上表现出语汇更为概括和凝练、美的意蕴更为提升和丰盛的效果，彰显出他追求的大自然的神韵、人的静穆精神、天人合一的境界。

二、丰沛的情感表达，源于对故土的一往情深

一个艺术家的感悟与思考是多方面的，也是相辅相成的，但无不融合为一地反映在作品中。在某种程度上，一位画家所处的地域文化自然而然地会给予其独特的熏陶和滋养。画家往往借助于自己的艺术手段，表现其特定的情绪感受，表达他的艺术主张以及人生态度。朱训德在谈到自己的创作时说："我常想远离这喧嚣躁动的都市，只为了能面对时空时有一份冷静、一份朴素而虚静的态度与自然对话。只有在清新的自然中才能灵思涌动。我用心静听大自然的和声，用自己的笔抒写自然与宇宙的永恒。"陈小平生于湘南、长于湘南并工作于湘南，湘南丘陵的山峰、树木、野草、山花、河流、小溪、池塘、田地、屋舍、炊烟、雨、雾、霜、雪、风等特殊的山水和风情已融入他的血液，浸入他的性情。他的水彩画基本上是对故乡风情的描绘，或人物、静物，或风景，他呈现的画面优雅、恬静而不喧嚣，氤氲苍茫而不呆滞，作品清新、流畅、润泽和元气充溢，令人爱怜之、向往之，具有强烈的吸引力和归属感。他的作品中那富有湘南特色的湿润土地，浓郁饱和的树林，潺潺流动的小河以及蒙蒙烟雨，是陈小平满溢着对家乡真挚而深厚的感情描画出来的。同时，陈小平始终坚持艺术来源于生活，坚持多思考、勤写生、积累素材，坚持以当代的文化情怀观照自然，这不仅赋予他作品内涵上的新意，也能让观者从中看到时代文化的精神。"将天、地、人、万物那样睿智自然地绘于一图，飞腾的笔势，蓬勃的气象，突破时空的笔力，仿佛有一股雄浑遒劲的灵气穿云走水，摇山荡谷，带出了满幅的生动、活络和历史与时空融会贯通的局面。"① 陈小平也是这样，他把客观世界的物象，都融于其主观情感的世界中，画面洋溢着他的诗心与智慧。

---

① 华坚.在人文时空里漫步：朱训德绘画艺术解读 [J]. 创作与评论,2013,(06).

三、绚烂的色彩描绘，倾诉大自然的美妙诗意

时下的水彩画很多，但一些近于写生，甚至如摄像般写实，缺乏情感因素，也缺乏精神寄托，而有些则太过粗浅、太过抽象，缺乏基本的物象，缺乏生活的感受和认知。风景画的风格和图式也较单调乏味，究其实质，就是画家没能将风景画最能打动人的那些因素及自然和人的心性相通的情境表现出来。陈小平的水彩画，往往以全景式的营造抒发其充沛的感受、感悟和感知，画面深邃而幽静，充实而含蓄，情景交融，把画家的心潮思绪表达得淋漓尽致。陈小平尤其注重色彩形式上的抽象与意象的结合，在着力描绘具体形象的同时，对画面布局疏密、笔线简繁、色彩比重等之间的节奏与韵律尤为关注。他以诗意的眼光看待山水，体现山水意象的精神品性。如《泊舟》《雨朦胧》，用色明暗协调、笔触生动，集中强化景物的气氛效果，善于用色彩表现流动着的空气，给观者以无限高远、辽阔、清新的意境，绚丽柔和的色彩呈现着浓郁的诗意。再如《豹虎岩的戏台》，画家巧妙地处理主客体的光影变化和色调的对比关系，画面用色鲜明、简洁明快，却又变化细致，有强烈的阳光照射感，使画面充满蓬勃的朝气。又如《阳明山恋人谷》和《湘南雪景》，画面一尘不染，干净、圣洁，观者仿佛不忍轻易落足，茫茫雪域，大美无声。陈小平对明暗关系的准确把控，恰好地体现了画面的光感，使雪后空气的清新可嗅可吸，涤荡内心。尤其是《阳明山恋人谷》把质朴的农舍置于画中，表达了在遮天蔽日的寒冷中有家园的温馨与温暖。

陈小平的水彩画，融汇中西，强化视觉形式的张力，于水色淋漓和色彩斑斓中彰显境界的升华。康定斯基曾说过："色彩和形式的和谐，从严格意义上说，必须以触及人类灵魂的原则为唯一基础。"陈小平不仅在用手画画，还在用心画画，更是在用灵魂画画。他营造的是流溢的色彩美感、意象美感，以反映他的情感方式和审美取向，以体现他不可遏止的精神理想和艺术追求。

（发表于 2021 年第 2 期《南风艺术》杂志）

造微入妙　宁静深远

——蓝予中国画品赏

认识蓝予才短短几年的时间，惊讶她竟出版了5本散文集和长篇小说《苏醒》，又出版了画集《蓝予国画作品选》。她的画作积累有近300幅，其《梅花三弄》参加了昆明、深圳、香港三地书画摄影展，《秋江归棹图》参加2017年深港书画作品交流展，还入选深圳书画艺术学院建校30周年作品展。蓝予的浅绛山水画和线描人物画，着眼于单纯、古朴、淡雅，着力于萧疏、飘逸、简约，作品清淡雅逸，造微入妙，空灵蕴藉，极富古意，宁静深远，在都市喧嚣和世事纷繁之当今，更能给观者以静谧之感、以静心之养、以静思之境。

形神皆备　古意盎然

蓝予对水墨山水，尤其是传统笔墨的淡雅、萧疏、飘逸、冷峻与简约一派情有独钟。面对大都市的喧嚣和尘世的繁扰，她虽身陷其中，但心欲避之，追寻简单、安谧、诗意的心灵栖息之处和精神寄托。欣赏蓝予的山水画和人物画，方知"画如其人"之说，一如她性格中的执着率性，其画作简朴自然又颇存古意，自成一格。蓝予在创作中特别注重对所表现的对象，既肖其形，又传其神。她不贪图"举体皆似"，亦不照抄对象，善于删繁就简，采用最经济的手法来"核计"笔触，力求形减神添，获得不同凡响的艺术效果。

众所周知，画要画出古意，并非易事。所谓"古意"，一是风范、典则。是画家对中国绘画几千年传统的提炼，也是欣赏者潜意识中的一种规则。二是指古雅气息。是一种经过历史洗礼后的悠远感和厚重感，是一种非常深远、醇厚的气息。有了"古意"，绘画才有一定的深度和厚度，才有如饮琼浆后的回味。画出古意，非博观约取、涵养大德不可。画家不仅要懂得古人的笔法和墨法，更重要的是要懂得用心去体悟绘画之道和自然之道。这些都需要经过大量临摹技法的历练，并用心体会、思考、琢磨、消化，方有所得。绘画要画出古意，就是要将古人的优长通过临摹、体会并融会贯通，吸收成为流淌在自己生命深处、灵魂深处的血液精魂。蓝予的画追求古意，不趋时流，执着于五日一石，十日一水，持之以恒，不懈不怠，终有所成。她的画浓墨处古意厚重，淡墨处之"飞白"随出则有笔断意连，加之巧妙留白，禅意充乎其中。

戴培仁在《蓝予国画作品选》的序中说："从元代的倪云林、黄公望、吴仲圭到清代的石涛、八大、浙江再到近代的张大千、黄君壁等都广泛研习，不断揣摩，留恋于笔情墨趣的文人水墨山水之中。可能由于她是作家，蓝予有着独到的审美情结，时而画出意料不到的画面效果。"如《梅花三弄》，画家奇思妙想，竟然以梅干为琴台，梅枝刚劲，梅花淡雅，抚琴的妙龄女子衣袂飘飘，如痴如醉，既陶醉于梅花的清香，又沉醉于《梅花三弄》曲调的优雅。画面效果出乎意料，又合乎情理。再如线描作品《清香》，画中的古樟下一位仕女形神放松、亭亭玉立、仪态万方，手捻细微之花置于鼻尖，赏景闻香两不误，诗情蜜意入怀来。总体来看，蓝予之画，古朴浑茂，厚重沉着，极富质感，古意盎然。

情景交融　诗意丰沛

蓝予把自幼对古典文学尤其是诗词、连环画的喜爱，把民族的"诗"与"美"的创造力，像血液一样注入她的创作之中。蓝予深谙"古意"之道，古意并非在画面本身，而是在古人的那一片生活的诗意之中。所以，她追求的古意是生活的艺术世界。她的浅绛山水画在水墨山水画的基础上使用浅赭色着色，浅赭色与水墨构架的对比十分协调，她尽量不用或少用其他的颜色，尤其不用浓烈或鲜艳的色彩，以求素雅清淡、明快透彻之特色。

又如《溪桥策杖图》，画家把人物放在一种好像临近黄昏时的柔和光影中，使画面产生特有的朦胧美感；《牧者》，把远处起伏的山峰、蜿蜒的道路、河流等景物笼罩在迷蒙的薄雾中，渐渐隐没于天边，把近处的牧者和羊的亲密相处描绘得极为细致、温馨，还富有庄严感，这样处理使情与景交相辉映、融合，呈现了诗的意境；《秋江归棹图》，在画法上与其他山水画不同，画面着青绿色，除了保持一定的物象特点外，还带有浓厚的文学抒情意味和诗的柔曼情调；《读书品茗图》，其设色虽然以纯色平涂为主，略加点缀了树叶的鹅黄，但为了增强作品的节奏感和韵律感，她通过晕染来完成同一色调中浓淡、深浅的变化，画面中一老一少爷孙俩那么随性、惬意，画家不仅在意于形貌的相似，更在意于内心的表露。

蓝予这一系列的山水画，把艺术的"再现"与"表现"、写景与抒情、具象与抽象、写实与写意，统一于"意象"的创造之中，为观众展现了一个"感情寄托"的世界，一个诗意美的世界。

气韵生动　寓意深刻

早在南北朝时期，著名绘画理论家谢赫，便将品赏中国画概括为"六法"：气韵生动、骨法用笔、应物象形、随类赋彩、经营位置、传移摹写。

以至后人视此"六法"为中国画的同义词。"六法"中，气韵生动列第一。蓝予的浅绛山水画对于构图、点线结体、黑白、色调都十分注重且颇费匠心。她灵活运用西画的焦点透视构图法兼采取传统的"以大观小"构图法，以充分呈现壮阔绮丽、险峻雄奇、气势磅礴的南方风光的清秀之气、雄伟之美，寄托画家含蓄隽永、挚爱家乡山川大地的无限深情。

线条结构是构图的基本要素。点、线、块又是绘画意象的基本语汇。蓝予对线的把控除轻重、疾徐、曲折、顿挫以及墨的浓淡、干湿种种复杂变化外，尤其注重"笔墨趣味"，讲究利用刚柔并济的线条美创造意象，讲究点和线的关系，增强构图的张力和整体表现力。她力求其作品"神会心得"，"形似"而"真"，"意满"而"足"，艺术形式所表达的思想感情深沉悠远、意味深长，如余音绕梁。如《观瀑图》《云岩观瀑》，借层叠垂挂的瀑布引人仰望；《过年》，借云层逐次向下的波状弧线引人俯视；《长白初雪》以巧妙的留白，强化美感和宁静深远的诗意。这些特定的线条结构造成的视觉感，神韵夺人，意味无穷，使观者视觉感受的审美余韵久久不绝、深沉难忘。

当然，由于蓝予习画创作的时间还不太长，她的浅绛山水画和线描人物画还有不尽人意之处，诸如：远山与近景的层次关系虽然清楚，但远山往往偏实，与近景反差不够明显，少了缥缈朦胧之感；有时忽视了题款的细节，如题款的位置、字体、字的大小、印章与画面还不十分协调。但可以肯定的是，假以时日，蓝予以作家的睿智和超常的悟性，她的绘画一定会有更大的发展空间，有更高的审美追求，会给观众带来更多的惊喜。

（发表于2020年第8期《南风艺术》杂志）

符号性、抽象性、探索性的实践与表达
——唐建安油画作品赏评

　　"对我而言，从古典写实、现实主义、表现主义……到现在的写意油画与抽象艺术表达，都是内心自然的一次经过。用罗曼·罗兰的话说就是艺术的伟大意义基本上在于它能显示人的真实情感、内心生活的奥秘和热情的世界。如何表达自我的独立思想、自我现实生活的感知、生命价值的思考等，在不断地打破与尝试中，抽象艺术的表现会达到追求更大的精神自由的可能性。"著名实力派画家唐建安在"永州市首届抽象绘画邀请作品展"研讨会上坦陈自己的艺术观点。其实，这也道出了他从事绘画以来的创作历程和心路历程。近些年来，他对写意油画和抽象艺术的追求与探索，可谓痴迷甚而有点偏激，全身心投入，在实践中感悟，在感悟中思考，在思考中精进，他的变化和成功是令人欣喜的。

符号性：绘画元素的率性表达

　　众所周知，绘画元素通常包括形体、明暗、色彩、空间、材质、肌理等诸多方面，这些元素的相互作用和表现是构成画面的关键。唐建安先生深谙此道，他把这些元素当作自己绘画的独特符号，应用与把控烂熟于心，既表现为率性大胆，笔随心走，又不乏理智谨慎，任性中有节制，奔放中有迂回，具有明显的率性表达与理性思辨相结合的个性特征。

看看他的写意风景作品，就会明白其中的奥秘，其绘画语言和作品表达的丰富性非常突出。《宏村印象之一》《宏村印象之二》《徽色夜空》《仲秋》等，从构图上看，画面表现力非常突出，主物体、次物体以及陪衬物等物体的主次关系明确，但有意使其边界模糊，将中国画写意方法巧妙应用于油画创作中，以简约、概括、抽象的绘画语言来描绘物象，画面的纵深感和神秘感得以强化；作品整体色调为偏冷色，秋冬之境的深沉、萧肃、凄清，给人视觉上一片萧条感。黑色和灰色占据画面较多，只有极少的淡黄、橘红的暖色透出画面。其实这样的画法，很多画家是有所顾虑的，因为稍有不慎，就会弄"脏"画面，他们企图用明艳的色彩吸引观众，迎合"乱花渐欲迷人眼，浅草才能没马蹄"的审美观。可是，唐建安往往出奇制胜，他在突出主色调的前提下，追求细微的色彩变化，展现出油画的质感、立体感、层次感。这般"灰色空间"中的暖色，他的许多写意作品中都有较好的呈现。这也确实让人心存温暖，感觉到生命的不屈与坚强。而在《秘林》《丛映》《秋池·一》几幅作品中，同样是表现秋天的景观，色调却以暖色为主，温暖、柔和、成熟、斑斓，甚而有些铺张，秋色绚丽，情感内敛。尤其是《秋池·一》，写意的情趣更为突出，寥寥数笔，荷的"精、气、神"均跃然纸上，秋意扑面而来。正是这些开阔、荒凉、隐秘、尚未被工业化、城市化的地方，牢牢抓住了他的情感，激发了他的灵感，产生了极富表现力的绘画方式。这些写意作品情调肌理的质感表现更见功力，唐建安先生在运笔过程中借助颜料的厚薄对比、调和剂的浓淡变化、落笔的轻重力度、运笔的快慢节奏及点染的气韵感觉，对表现对象的质感、量感、体积感和光影虚实的描绘出神入化。画面上的每个笔触都是有生命的，其法则不断变化，其秩序排列组合，如河水流动，又似云朵飘逸，画面气韵生动。尤其是高级灰的应用，复色并置，多而有序，杂糅相宜。在变化反差较大的色彩环境中，一方面保留色彩的区别，另一方面利用高级灰的构成实现其微妙变化，使画面变化而统一，微妙而丰富。他的写意风景，常以自然的视角对意识形态或弱化或强调，以其主观意识和理性思辨来构图，往往意在笔先，更能直接表达他对现实的感受、态度、情绪、情感与精神境界。

通过《宏村印象之一》《丛映》等上述写意风景系列绘画作品的观察与分析，可见唐建安所追求的理想精神与浪漫情怀具有较强的现实感和超脱性。他成功地从以风景媒介体现绘画的视觉性转向了以风景媒介表达观念和情绪的视觉性。他尤其注意在写意中国山水元素与西方风景油画形式语言结合的实践中大胆探索，既注重自然美，对物象和色块高度概括，又通过形式美来营造一种幽静、深邃的意境美。在创作中，他有意识地摆脱现实主义的观察方法，突出以写意技法作为主要媒介，强化画面的形式感，同时有机地将中国山水画的空间构成和"神秘"的意境运用其中。这些作品，没有在画面中预设一个固定的视角，超越了西方的以焦点透视和空气透视为主的空间模式，采用画面左右方向上的景物持续排列或全画面布局的方法，所构成的景物在画面空间连绵相通、延续不断，使视野得以延展，画面趋于平面化，更富有磅礴大气的视觉冲击效果。这种空间转换模式，是从现实转向意境、从视觉体验转向心境感悟的过程。特别是于当今快节奏、喧嚣、浮躁、焦虑的情况下，人们的生活缺乏平和的心境和理性的沉淀，他希望通过这样的画面达成人与自然的融合，重构一种纯净的、平和的、有意味的、有文化的精神内涵和理想意境，使人们的心态回归到自由、和谐、恬静的状态。

抽象性：感性元素与梦幻色彩

"抽象"这个词源自拉丁文，原意是排除，凡是不能被人们的感官所直接把握的东西，叫作抽象。欣赏抽象，这是人类与生俱来的能力，是人类的天赋，也是人类不可缺少的生命方式。康定斯基认为，艺术不是客观的自然模仿，而是内在精神的表现，艺术表现应是抽象的，而具象的图像有碍于精神的表现。抽象的绘画作品应该以画家的视角直观描绘物象的形状和颜色，将生活中常见的物象从符号性连贯的秩序中抽离出来，从而让观者能够剥离惯常的经验，以一种新的角度审视这些在日常生活中常常被忽视的物象。在此基础上将直观感受的颜色整合到一种浑然的空间中，让观者对自己常见的环境产生一种陌生感。唐建安秉持这一观念，他主张让绘画变成不似绘画的一种陌生形式、秩序和理性的反叛，回归秩序和符号之外的最原始的状态；对画面的未知表达，是对世界和未来的不可预见性。让画面成为生活的真实呈现，感悟曾经的过往，思考所经历的、所未经历的。抽象绘画不仅能在视觉上给观者带来惊喜，更重要的是能在精神世界里产生意义。

《重构·浮境二》《山水境》《山水一号》《Y200707》《西照之一》等作品是唐建安"抽象表现"的代表作，画面有版画之韵味，具有较强的装饰性，内容却是无法言说的不确定性。其实，每一幅画都是一次冒险。他常常用一层层的颜色渲染来释放自己的情绪，也可以理解为这是他与画布的对话。通常他一开始让画面铺满大面积的黑色，用笔或用刀从各个不同的方向去刮，让颜料四散流开，然后迅速应用其需要表现的色彩，参照中国画画法的"破墨法"，把其他颜色"破"入黑色中，通过渗透、融合、穿插、遮掩、覆盖等各种可控或不可控的方式，表现其色彩层次。这些画不再是我们具象意义上的画了什么或表现了什么这般明确。这种经验之外的生命感受，是通过抽象的色彩、线条、色块、构成来表达和呈现，会给我们的视觉带来强烈的冲击，会调动我们的听觉、味觉，甚至会让我们产生幻觉。每位观者会因为自己的经历、心境、情绪的不同，而对画面的解读有不一样甚至大相径庭的结果。这种抽象表现，看似脱离现实中的真实，实际上都是生活与情感的真实表达的另一种方式，都是被切割的、碎片式的真实生活。梦的未知和现实的未知同样会让观者感到迷惑、惊奇和憧憬。

唐建安的一系列抽象绘画，追求独创性，注重形式，不带任何经验的构想，不模仿别人，也不重复自己。他常常以纵横交织、疏密相间、虚实相生的线条构成画面的主体骨架，总体色块比较单一，但细节层次色差十分丰富，装饰性和现代感尤为突出。色彩和线条富有一定的规律性，但又有许多变化和不确定性，这就凸显了抽象绘画最富魅力的特征——不可控制、不可预见和不确定性。抽象艺术是游离的、捉摸不定的世界，这个世界的语言与生命深处灵魂里的语言更为接近。他坚持在视角空间创造出独特的绘画语言，构筑只属于自己灵魂的色彩世界，以鲜明的个性及艺术符号来表达自己的艺术生命体验，以期获得艺术彻底的自由和最终的解放。

探索性：个体经验与情感释放

在谈论印象派与笔触的历史时，评论家来颖燕有这样一段文字："印象派的作品，如果站在近处看，满眼都是纵横杂乱的笔触，虽然还能依靠大致的框架知道所画的对象，却很难明白画家试图表现的是怎样的氛围和效果。必定要站在一定距离之外，或是半闭上眼，眼前才会惊现出画家所要描绘的情景。这情景中不仅包含了情景本身，更重要的是呈现了一种意境。"唐建安的写意风景和抽象艺术，虽然有别于印象派，但他的作品亦如来颖燕所言，以一种纯粹而直接的方式创造出了一种感性的情绪氛围和深邃的意境，也许无法具体描述，但是每一位观者都或多或少地会被这种情感氛围所感染，被呈现出来的无穷意境所吸引。

如果凑近画面，就可以看到色彩和笔触之间那么多、那么紧密的互动，使得平面的色彩有了深度，有梦幻的渐变，有半透明的层层交叠，有清晰的边缘，有模糊的边缘，有画面呼吸的气息和笔触间的呼应。唐建安这般惊人的技艺，来自其二十载画技的磨炼和思想的沉淀。

无论是写意风景，还是抽象绘画，唐建安始终以个体经验和情感释放为核心，这是他创作过程中的重要收获。这些作品充满了挑战性与探索性。笔者认为，可以理解为人的"心电图"或"情感图谱"，具有个体的、独立的、不确定的、随机性的特征。首先，它是唐建安本人个体经验与情感释放的"心电图"。他透过深度与力度多变的笔触，或表达转瞬即逝的私密时刻与难忘回忆；或体现明与暗、时间与情感之间的交替；或将暂存的记忆转化为纯粹且斑斓的色彩体验。其次，它是每一个观者的个体经验与情感释放的"心电图"或"情感图谱"。比如，笔者在欣赏他的抽象绘画时，就会生成笔者个体的、独立的"心电图"，即感官刺激和情感体验。以《重构·亘古之三》为例，画中大面积的蓝色与横向的一抹白色、竖向隐隐约约的橘红色构成丰富层次，以情绪饱满的颤动笔触卸下时间的重荷，让笔者不再因为时间的累积与久远而喘不过气来，没有压抑、沉重、紧张之感，面对亘古，心情平和，遐想无边。又如，笔者在欣赏其写意风景画《记忆院落》时，同样会生成笔者个体的、独立的"心电图"。画中一个身穿灰黄色衣服的男人，独行于树林之中。厚重、斑驳的绿色占满画面，树林间隙中透出天空的灰与白。在笔者眼里，院落的古朴与树林的丰茂、偏远、凋敝、原始的房屋与万木争荣、勃勃生机的大自然形成了巨大反差，在那般夺目的绿色中，笔者瞬间产生了联想，曾经下乡走访过的山区村落之貌掠过脑际，还浮现出笔者梦中故乡之幻境；在笔者心里，对那深山人家久违的殷殷牵挂之情呼之欲出，对故土乡亲们的依依眷恋萦绕于怀。当然，这只是笔者观赏这两幅画的感觉，若换了别人，别人就会有不同的观感，抑或说会生成别人独立的"心电图"或"情感图谱"。因为，唐建安的写意风景作品和抽象绘画看上去均具有抽象艺术的特征，更准确地说，他画作的主体是对于特定的人、场所、事件、情感的强烈记忆。这并不代表，红色就简单地象征焦虑、力量，绿色就一定象征平静；每种颜色和笔触的含义，并非都有一一对应的"标准答案"。正如英国著名画家霍奇金所言："新抽象艺术是一种新的、独立的非写实性艺术，也带有一些复古的和模仿的特质，并意味着时髦、感伤、机会的循环意识，不容易用文字来叙述，需要用心去体会。"

唐建安的写意风景作品和抽象绘画，构思、用笔大胆生动，从节奏的轻重缓急、色调的冷暖变化、主次的虚实处理中无不流露出其超凡的智慧与才情。他善于将现实与非现实的碎片，在反复和随机性中不断交织、切割、重构，打破人们习以为常的观念，试图以哲学思维介入绘画的深层意境，表达对生活、对人生、对自然的认知、理解与态度，通过抽象的再现与多维度空间转换的画面，而非固定的、单一的逻辑叙事，以产生更多可能的思索和隐喻。他以独特的语言恰如其分地表达自己独特的思想，作品已然呈现出一派大家气象。

（发表于2023年《火花》杂志文艺评论专刊）

一切都是那么刚刚好

——月浪《莲花怒放的那天》系列水彩画赏评

在月浪的百余幅《莲花怒放的那天》系列水彩画前，我除了震惊，头脑竟一片空白，不知道用什么言辞来表达我的看法与想法。说实话，月浪的狂草，我是喜欢的，因为其狂野、夸张、恣肆、无所顾忌，但我还多多少少有点存疑，"狂"得是不是太"过"了一点？对其水彩，我更喜欢。由其狂草，我忽然想到一句话：一切都是那么刚刚好。对！这应该是我内心最原始、最直接的看法与想法。

形象：妙在似与不似之间

"作画妙在似与不似之间，太似为媚俗，不似为欺世。"这是一代书画大师齐白石对艺术的独特见解。其实，这也是中国绘画艺术一条重要的美学原则。月浪对此心领神会，并恰到好处地运用于创作中。他是一位充满激情、个性鲜明、经验丰富的画家，他不拘泥于物象外在的形象，而能精准地抓住物象特有的内在本质，追求以高度的提炼、舒张甚至幻形作为其作品意象造型，从"象"上寻求表达和抒发主观情感的"意"，这样，对物象的绘形就有了"似与不似之间"的微妙，就有了"形散神聚"的韵味。

月浪画荷，已持续近二十年。春夏秋冬、雪雨晴雾、白昼黑夜，无论何时何地何种环境，他都能坚持写生与创作，他积累了大量的写生手稿，同时也积淀了丰富的创作经验。他在杭州西湖、岳阳君山、长沙梅溪湖、零陵古城画荷，更多的时候在永州乡下画野荷。他仔细观察春夏秋冬季节更替的荷、每日早中晚不同时段的荷、阴晴雨雾天气变化的荷，以及醉眼蒙眬中的荷。通过细致入微的观察与思考，他便寓美学、哲学观念于荷的绘形之中，将其绘画语言从具象中去概括、提升，转化为抽象的意境，然后以中国水墨画写意的方式绘形，与表现的物象有相似又有不相似之处，恰好介于似与不似之间，达到审美的至高境界。

他的《细·雨·雾》系列水彩画，是《莲花怒放的那天》系列中的一个分支，约二十幅。他对花、茎、叶、水、天、月、露等物象的描绘，其形在"这一物象又不完全只是这一物象"之间，常态常新，百变百样，为观者带来广阔、丰富、神秘而又韵味无穷的想象空间。他往往以不经意的几抹弧形的朱红或粉红，生动地描绘花瓣边缘的色彩；或晕染几点淡黄，表现荷于月色迷蒙中如梦如幻的感觉；或在水分、色彩饱满丰盈之时有意识地转动画纸，出现流痕、洇染、交融，甚而漫漶之态，这是对夜露之荷或晨曦荷叶上的水珠盈盈状态的最佳表现。

月浪笔下的"荷"，有"接天莲叶无穷碧，映日荷花别样红"之开阔与绚丽；有"小桥划水剪荷花，两岸西风晕晚霞"之动情与羞涩，有"惟有绿荷红菡萏，卷舒开合任天真"之自由与烂漫；有"乘彩舫，过莲塘，棹歌惊起睡鸳鸯。游女带花偎伴笑，争窈窕，竞折团荷遮晚照"之温婉与奇趣；还有"荷花明灭水烟空，惆怅来时径不同"之溟蒙与怅然。其实，他创作的《细·雨·雾》系列作品，是受到朱庆馀《榜曲》中"荷花明灭水烟空"的启发，其形突出"水烟"之朦胧、弥漫、氤氲、梦幻，更是让人觉得变幻莫测、妙不可言、浮想联翩、陶醉其间。

色彩：美在满与不满之间

　　色彩是水彩画作品中最能表达情感的艺术语言，是用来表达情感需求和内在需要的象征符号，是画家视觉感受世界时接触到的第一要素。因此，色彩能够反映画家内心最深处，能够引发人们的情感共鸣。本来色彩只是一种物理现象，本身是没有灵魂的，当观者看到某个物体时，就会根据以往生活中积累的视觉经验，将物体上的色彩与自己的意识相结合，当以往的色彩认识和当下的视觉色彩刺激发生呼应时，便会产生丰富的情感。

　　月浪对水彩画的用色，可谓一绝。其绝就绝在摄人心魄。月浪的色彩呈现，之所以能摄人心魄，主要是其色彩的表达情感因素所致，他的色彩不仅能体现其情绪的波动，还能反映其灵魂的轨迹。其色彩的率性激扬，一方面是对自然物象的写意，另一方面是其内心无法抑制的抒情性向往。那种蕴藏在色彩里强烈而奔放的情感释放，无不让人为之动容、动心、动情。他的水彩画用色，美就美在"满与不满之间"。色彩的"满"与"不满"，可以理解为色彩的纯度、亮度、饱和度的程度状况。"太满"则易落俗，"太不满"则寡然无味。当然，"满"与"不满"不可能以量化标准来衡量，只能凭视觉与感觉来判断。它既是一种客观呈现，亦是一种主观臆断。对于月浪来说，大自然的一草一木都能够成为他的情感感受色彩的可能，通过色彩自由表达他的情感意向。他以自身的想象、知觉、感觉、幻觉为基础，大胆地展示色彩个性，创造自己的风格特色。

　　《细·雨·雾》系列作品，就是他色彩表现的成功之作。月浪在表达个人的主观感受时，通过和自己心境相符的表现色彩与手法来完成《细·雨·雾》系列的创作。他通过对所要表现对象荷及相关物象的深入思考，经过自己的主观审美加以归纳、提炼，不仅以色彩表现出荷独有的性格、品质、气质、情绪等，而且以色彩来创造荷的意境、表现自己的思想情感。高更曾经说过："色彩是思想的结果，而不是观察的结果。"在水彩画创作中，色彩表达的最终目的是精神、思想和视觉的结合。

《细·雨·雾》中"满与不满之间"的色彩，首先，体现在色调的单纯、色块的简洁上。该系列作品的画面色调并不复杂，多为四方构图大色块的组合，非常有益于极富张力的情绪表达。其次，体现在抽象色彩的大胆使用上。如夕照下荷花花瓣淋漓的红，月夜里的花、叶柠檬黄与银色灰，晨曦中荷叶和花瓣上的露珠不规则的浅白或灰褐，这显然与自然的色彩不一样，甚至有些相悖，但看上去又是那么和谐与合理。抽象色彩更容易给观者带来感官上的触动，影响观者的心理和情感。抽象色彩不仅是为了物象的描绘，也不仅是为了简单的表达需要，它的作用更主要是为了展示画家独特的情感体验。最后，体现在色彩能充分传达出艺术家自己的感情倾向。每一位艺术家都有属于自己的感情倾向，比如波提切利的作品的色彩主调是黄色，画面展现出一种梦幻美的境界。安格尔非常重视色彩中的象征力和情感表现力。月浪则习惯于用色彩由表面的体现转化为内心的表达，直接对人的心灵产生影响，形成情感的波动与共鸣。

意境：奇在梦与非梦之间

所谓意境，就是画家通过描绘景物，表达思想感情所形成的艺术境界。意境是画的灵魂。从审美活动的角度看，意境就是超越具体的、有限的物象、事件、场景，进入无限的时间和空间，从而对整个人生、历史、宇宙获得一种哲理性的感受和领悟。它能使观者通过联想产生共鸣，思想感情受到感染。

月浪对绘画与造境的理解尤其深刻：绘画的意义不是造型，不是布局，而是心境、意境。更何况他总是信心十足、激情满怀，他的情融于景中，他的景是情的寄托，《莲花怒放的那天》系列水彩画基本上是他在每次激情燃烧时一气呵成的，画境具有比较典型的东方诗意，其表现手法也颇具东方特色，他不采用明暗形成的立体感和远近的虚实感，而依靠大小块面的组合与线的疏密来构成画面的空间和深远感。画面形成了独特的风格和审美情趣，营造了扑朔迷离的"梦与非梦之间"的艺术境界。"莲花开放的那天，唉，我不自觉地在心魂飘荡。我的花篮空着，花儿我也没有去理睬……我那时不晓得它离我是那么近，而且是我的，这完美的温馨，还是在我自己心灵的深处开放。"只要读读泰戈尔在《吉檀迦利》中书写荷花的诗句，就会对《莲花怒放的那天》系列水彩画所表现的意境理解得更准确，也更透彻。

我们知道，凡·高孜孜不倦地画向日葵。每当他说"黄色何其美"时，这不再仅仅是他感觉的反应，而更大程度上是吐露出其宗教信仰的感情。那么，月浪持之以恒地画荷，他总是赞叹"荷之美无法比"，此刻，也不再仅仅是他一时的感慨，而更多的是表露出他的一种绚丽的诗意情怀。在他荷之世界里，没有衰败颓废、光怪陆离，也不见孤独哀愁、尘世喧嚣，他始终以积极、乐观、祈愿的心态画着生于斯长于斯的湘南之景，宁静而和谐，明快而清新，单纯而丰富，清静又不失繁华，烂漫又不失纯朴。

当然，这种奇特而美好意境的形成，得益于月浪"以书入画""中西结合"扎实的基本功和大胆实践。他将草书运笔中的提按、顿挫、疾徐、裹散，线条与墨色中的粗细、浓淡、干湿、滑涩的审美元素，注入水彩画之中，同时，还将水墨画技法的重写意、讲笔墨及以虚代实等表现手法融入水彩画之中。但更重要、更关键的是来源于他的思想境界、情感因素与审美倾向。他的《细·雨·雾》系列水彩画，把荷的那种纯洁、素雅、清高的精神表现了出来，月浪再借助自己深厚的书画功底，把这种意境提升到具有哲理意味的高度。吴冠中在谈到绘画意境时曾说："这些具体形象的表达并不太困难，而这些具象物体间抽象形式的组织结构关系，即形的起、伏、方、圆、曲、直及色的冷暖、呼应、浓缩与扩散等，才是决定作品美丑或意境存亡的要害。"月浪说："激情和感觉来了的时候，任何技法都渺小起来。我不是为了表现技法而来的，我是表现激情而来的，表现自然而然的一种情感而来的。技法只服务于情感，服务于自然和自由。"

月浪的画有如他的狂草，具有明显的辨识度。只要看过他的作品，就会被他独树一帜的风格所吸引、所陶醉。陈丹青说："没有辨识度的绘画其实就是废纸一张。"没有辨识度的绘画，即便有再好的绘画技巧也没有用，因为缺少了灵魂，画就失去了意义。

月浪的《莲花怒放的那天》系列水彩画之所以能深深地打动观众，是因为他正好找到了一个最适合自己的审美角度，这一角度能充分表达他对生命意象的情感，能触及观众的心灵与精神，激发观众的再想象、再创造，诱发隐藏在"荷"这一特定形象背后的无限的、深邃的思想意义。

（发表于2022年1月24日《永州日报》、

2024年4月12日《湖南工人报》）

湘南底色上的乡情与乡愁

——著名画家赵洪琦工笔画赏析

　　天井、青瓦、春联、灯笼、鞭炮、鸽子、圆桌、条凳、餐具、热气腾腾的鼎锅、色香味美的"十大碗"……这些典型的湘南春节团圆宴元素，精彩纷呈。虽然画面上人物尚未出场，但"家"的祥和、喜庆、美满得到了充分的表达，团团圆圆过大年隆重、热闹的气氛得以尽情渲染。赵洪琦先生的工笔画作品《家和万事兴》所表现的物象与寓意，就是一曲太平盛世、阖家欢乐的时代颂歌；这亦是赵洪琦先生用心血培育后绽放在湘南底色上的情感之花，既让人觉得熟悉不过，又令人耳目一新；既饱含着浓浓的乡情，又蕴含着绵绵的乡愁。《家乡的月光》《故乡的记忆》《香魂》《幽居》《醉秋》《悠悠岁月》《幽林春深》等，赵洪琦的诸多工笔画作品，构建了一个以湘南风物的清新、典雅、情趣盎然为底色，以怀旧、回忆、思念、梦境、期许故乡人、景、事的乡情、乡思、乡愁为意蕴，以抒发自己对故土家园无比热爱和眷恋的浓烈情感为基调的湘南美学世界。这个世界，是令我们欣喜和陶醉的感官世界，更是令我们期待和向往的精神世界。

　　赵洪琦先生的工笔画作品，较之其写意画，主题更为突出，个性更为鲜明，笔者认为有以下三个鲜明的特色。

一、传统中凸显新意

赵洪琦先生绘画的传统与现代性，著名诗人、评论家周瑟瑟曾有过精彩的论述："观洪琦画，我们可以看到他绘画的功力，每一笔中都有他扎实与严肃的艺术态度，每一笔都有来路，都有传统的出处，亦有洪琦从师古人到师自然，再到师心，他以时间为代价走的是一条艰难而寂寞的艺术修为的路径。""洪琦先生的创作细节微妙，格局宏大，整体上走向明朗与灿烂，他实践着'传统的现代性'，将传统引向现代性的未来。"赵洪琦对传统文化心存敬畏，同时又有着具有时代精神的审美意识和独特的艺术追求。他认为，工笔画应具有深藏不露的大气。画家要通过意境、胸怀、气魄、学识突显出博大、豁达、浑厚、崇高的精神。以《家和万事兴》为例，他的取材、构图、设色无疑都忠实于传统，忠实于场景，忠实于内心。他巧妙地运用俯瞰的视角来呈现景物，开启了一个全景视野模式，观者视线便可任意移动，画中景物迎面而来，令观者有身临其境之感。这就让作品有了新意，有了时代气息，有了大气象、大境界。他的许多工笔画作品，无论是构图、笔法还是用色等方面都取法于传统，有着十分扎实的传统功底。同时，又呈现出新意，表达着时代精神、当代元素，彰显出个性特色。特别值得一提的是，他除了用传统的中国画颜料外，还常以天然矿物颜料、高温结晶颜料入画，"其材质的美感在作品中凸显出来，其高品质的色相、色质及其组合所形成的色'味'也就成为一个独立的审美对象。"（陈白一语）品类丰富的天然矿物颜料和高温结晶颜料，为赵洪琦找到了一个最能表达自我的艺术形式，为其营造至美的画境提供了更多的可能性。

二、朴实处富有情趣

赵洪琦先生来自湘南的乡间旷野，他情感丰富、细腻、内敛，为人诚恳、谦逊、低调，对艺术的追求执着、痴迷、坚韧不拔。他少年时代，一直在湘南学习、生活，尽管他后来进京学艺，走南闯北，结交了八方朋友，经历了世事沧桑，但他血液里流淌的还是湘南的乡间溪水，他骨子里吸收的还是湘南丘陵独有的养分。所以，乡间风物永远是他创作灵感取之不尽、用之不竭的源头活水。"赵洪琦用极大的生命热情来拥抱自然，又以平和而细腻的笔触表现他对乡土的情感。"（牛克诚语）《幽林深深听潺溪》画的是山间几枝普通的喇叭花、一丛藤类植物、几块溪沟里的鹅卵石；《高秋图》画面更简单，一个橙而红的大南瓜平卧在土石上、几茎瓜藤、一只小虫、数片被虫子噬咬过的叶子。这些作品看似简单、朴实，其实最能触动我们内心最柔软的部位。童年的记忆伴着溪水、花香、虫鸣渐渐清晰，故园情怀在瓜蔓的茸毛、果实的裂纹、野草的露珠和小鸟的疾飞中瞬间苏醒。《家乡的月光》《家园·憩》《"故园春梦"系列》《幽谷往事》等作品，与《幽林深深听潺溪》《高秋图》有异曲同工之妙，朴实而富有情趣，平常而意旨不凡。世间的宁静与美好都蕴藏在这一枝一叶中，蕴藏在这一对白鸟的相依相偎中，蕴藏在瓦屋上的缕缕炊烟中，蕴藏在这别具一格的湘南美学视域中。赵洪琦先生所画之题材，乃湘南乡村之常见，也是他所见所闻所思之物象，没有奇花异草，没有奇禽怪兽，多以朴实、朴拙甚或有点原生态的写实绘画方式表情达意，但画里画外都充满了浓郁的生活情趣，表现出坚忍顽强的生命力量。

三、乡情里交织乡愁

对故乡的眷恋，对乡情的渴望，是艺术家的灵魂在作品中最直接、最生动的表达。赵洪琦先生尤甚，他在一系列湘南乡村题材的作品中，深情地寄托了乡思和乡愁。那童年的幼稚、纯真、快乐和难以言说的深爱故土之情，如汨汨清泉在月辉下涌流，如丝丝清风在花叶上轻拂，美好而缠绵。岁月潮起潮落，世事沧海桑田，故乡已不再是从前的模样。现代社会，工业文明快速推进，生活节奏加快，乡村的慢生活、乡村的淳朴、乡村的生态已然改变。"近乡情更怯"，乡情交织着乡愁。吴茂盛曾说："他的笔墨清澈、幽深、多情、绵延不断，像潇水一样诗意地流淌。他用心、用情、用自己独特的笔墨语言构建了湘南美学。"赵洪琦先生湘南行吟式的绘画《高秋图》《蝴蝶谷》《古桐·深秋·生命》《故乡的记忆》《家乡的月光》等作品，写乡景、寄乡情、抒乡思，满满都是儿时的场景、家的味道、舌尖上的记忆和梦幻之境，融入了其浓浓的乡情、亲情、友情和爱情，充溢着乡思、乡愁的味道。这些作品，一方面体现了赵洪琦先生对故乡的一往情深，对乡亲父老的感恩之情；另一方面，赵洪琦先生用朴实生动的画面、精心刻画的细节、感人至深的情愫，引领我们找到了家的温馨和日渐陌生的故土，以及梦境里的童年。丘陵、小河、树林、云朵、月亮、夜空、村庄、田园、牛、松鼠、蝴蝶、青虫等，这些平常之物都能被他所发掘与描绘，成为充满诗意的元素。日常之物的美，在其画图中就会显现出灵性的魅力，发出精神的回响。

（发表于2024年6月14日《湖南工人报》）

磨漆画，想说爱你不容易

　　说到磨漆画，本来不善言辞的陈有许瞬间就打开了话匣子，他似乎有说不完的话题。是啊，这个50岁的中年男人，对磨漆画的热爱、痴迷、执着与坚守，几十年如一日，始终不离不弃，没有丝毫懈怠，绘画已经成为他生活甚而生命的一部分。他白天种地，夜晚画画；他农忙时干农活，农闲时画画；他在田间地头边劳动边构思画稿，还在睡梦里常常为完成一幅得意之画而惊醒。他18岁就跟着当时的乡文化站辅导员陈有明开始画画，30多年来，创作了150多幅作品，主要包括花鸟、人物和山水三大类，以工笔为主，工写兼顾，绝大多数作品已外售或被收藏。目前，他是唯一一个没有中断并仍然坚持磨漆画创作的农民画家，他对磨漆画的那种深情与感叹，真是无以言表。

　　其实，磨漆画曾有过一段辉煌的历史。20世纪90年代初，当时的零陵地区冷水滩市潮水乡（现该乡已并入上岭桥镇）从事磨漆画的有50余人，作品畅销海内外，影响巨大。为区别其他地方的民间绘画，时任湖南省文联副主席、湖南书画研究院院长、湖南省书法家协会主席钟增亚先生将此命名为"潮水农民磨漆画"。1992年8月，由中国艺术研究院美术研究所、湖南省群众艺术馆、冷水滩市人民政府联合举办了潮水乡农民磨漆画展，潮水乡被原湖南省文化厅授予"群众文化艺术之乡"，1993年被原文化部授予"中国民间艺术之乡（现代民间绘画）"。湖南日报、湖南科技报、湖南电视台等多家媒体对潮水乡农民磨漆画予以宣传报道和推介。2008年，潮水乡再度被原文化部命名为"中国民间文化艺术（磨漆画）之乡"。

磨漆画，源于古代的漆艺。漆艺在我国已有几千年的历史，长沙马王堆汉墓出土的漆器就是漆艺的佼佼者。磨漆画，是近几十年来从传统漆器工艺中脱颖而出的漆艺新门类。在普通绘画的基础上，通过勾线、上色、堆漆、打磨、装裱等艺术加工而成。磨漆画题材广泛，内容丰富，构图饱满，雅俗共赏，加之采用绘画和磨漆相结合的特殊手法，使得绘制作品细腻、画工精美，具有色调明朗、立体感强、坚固耐用、历久弥新的艺术特色。

勾线。用细细的铜丝勾线，是潮水农民磨漆画的基础，也是非常关键的一环。画家将构思好的草图，以白描的手法绘制在木板上，然后用铜丝粘贴，勾勒出基本轮廓，比如树木的茎秆、叶脉，花卉的茎叶、花朵，人物与动物的身体结构、饰物等。以前是用漆作为黏合液，使用小小的镊子将铜丝粘上。因漆干得慢，固定性不强，需要等待较长的时间，才能进行下一步。陈有许边思考边实践，然后创新了技法，巧妙地选取强力胶作为黏合剂，将铜丝粘上后，不仅干得快，还非常牢固。

上色。这个环节费时最多，一般需要多次、反复上色，时间短则十余天，长则几个月。颜料基本上采用油画颜料或自制，如贝壳、蛋壳、漆粉、木炭灰等。颜料必须完全干透，然后制成粉状，再分别用数十上百只器具盛装。要想画面表现细腻、丰富，务必使色彩富有变化。如红色，就有淡红、浅红、紫红、酒红、玫瑰红、朱红、深红、暗红等。把这些颜色粉料精准撒在合适的地方，以清漆着附。每上一次色，均须先抹一层清漆。

堆漆。俗称刷漆、罩漆。待一幅画作上色完成后，底漆完全干透，便在色粉面罩上清漆，可以根据画面需要，在局部或整幅画面罩上色漆，罩漆不能一次性弄得太厚，不然会出现小气泡。第二次刷漆，必须在前次漆未完全干透时再刷，若等漆干透了再堆油漆，表面会出现一层薄薄的漆皮，会出现漆膜脱落现象。

打磨。堆漆过后，待漆干到一定程度，便开始打磨。这个度，得把握精准。漆干透了，表面会出现一层薄薄的漆皮，不便打磨；若漆干得不够，也不便打磨。打磨分两个步骤：一是用砂纸擦拭，先用稍粗的砂纸擦拭，逐步改用细砂纸擦拭，然后用清水冲洗干净，待画面干透，再涂上一层植物油；二是撒上瓦灰后用手反复搓，这才是最关键的一步。用什么材料打磨最佳呢？太硬则伤画，太软就起不到打磨的效果。潮水农民磨漆画的绝招就在这里，竟然使用过去农村盖房的瓦灰。先将瓦片粉碎再置入水桶里过滤、沉淀，最底层较粗的瓦灰和最上层的汤状均去之，只取中间层，干透后备用。画面涂上植物油后，撒上瓦灰，再用手使劲搓、反复搓。这种手搓的抛光方式，当然得把控好力度。抛光得越久，画面越是光亮通透。

装裱。此环节没有什么独特之处，用装裱油画的方法来装裱磨漆画即可。多采用木框，偶尔也使用铝合金边框等其他材料。不过，这个也颇有讲究。木框的材质、颜色、纹理、尺寸都应做到恰到好处，如此才能相得益彰、美观大方。

磨漆画是永州市冷水滩区潮水一带非常有代表性的民间艺术，民间艺术离不开一代代人的传承与发展，但遗憾的是，目前好像只有陈有许一个人在艰难地苦苦支撑。他有时感慨唏嘘："磨漆画呀，想说爱你不容易！"他多么希望有关部门能够高度重视，将磨漆画列入非物质文化遗产，在项目、资金各个方面予以大力扶持。然后，他作为该项目的传承人，将磨漆画技艺一代一代传承下去，让子孙后代继续创作更多的磨漆画，让更多的人欣赏和推介磨漆画，让这民间艺术的奇葩开遍神州大地。

（发表于2023年12月22日《湖南日报》）

融古意以独造　摄万象而化书

——吴平均书法艺术蠡评

　　著名书法家吴平均先生的书法，既有撼人心魄的擘窠巨制，又有素雅精致的文秀小品；既工于沉雄稳健的楷、隶，又擅长恣肆飘逸的行草；既有传统的古雅意蕴，又有现代的审美冲击……他的作品似乎矛盾冲突，又和合一身，似乎无所不能，却又变幻莫测。他生长在秦楚文化的交汇之地——陕西商洛市山阳县。商洛，处秦岭腹地，与鄂豫两省交界。山阳，群山绵亘，沟壑纵横。大山的沉雄、险峻、浑厚以及山岚雾气的瞬间变幻、形态莫测，这些对他的书法艺术产生了潜移默化的影响；秦楚文化在这里碰撞、激荡、融汇，对他的思想和书法艺术观点的形成至关重要。他长发虬髯，不拘小节，率性而为，躬耕于书房，行走于大江南北。他之所见所闻——山如奔马、海浪滔天、胡沙弥漫、戈壁千里、雪域茫茫、山花烂漫、幽谷清冷、都市喧嚣的景象，以及人文世故、风土人情、奇闻轶事等，这一切都成为他书法艺术的成长土壤。

兼容并蓄：吴平均书法艺术的渊源

　　吴平均先生书法学习涉猎广泛，他称自己是"杂食动物"。就书体而言，楷、行、草、隶、篆皆工，尤以楷、行、草更甚。三十多年来，他孜孜不倦，坚持临摹历代名家法帖，远溯周秦汉魏晋唐，近踵宋元明清诸家、碑派帖派、竹简残纸，无不兼收并蓄，撷取精华，孕育变化。考其书法递进嬗变，粗略可以分为下面几个阶段。

对于书法，吴平均自少痴迷。他在青年时代临摹欧阳询的楷体，狠下了八年扎实功夫，打牢基础后，他思辨唐楷法度的双刃：一则是循规蹈矩，二则是严苛少趣。所以他上追魏晋，下涉唐宋元明清。此一时期，以纯雅的小楷为其主攻方向。

20世纪90年代，受中国书法家协会培训中心学习教育影响，他转习行草，五体并进，同时如饥似渴地研读书法理论。通过四年的勤奋努力，他的手上功夫和思想认识都有了质的飞跃。他的四幅作品被学报采用，并两次入展结业展，同时，他成为优秀学员，其作品已初现艺术才情与追求端倪。

2005年，他加入中国书协，虽然年纪轻轻取得了专业肯定，但为了不断探究书法艺术的精髓，2008年至2009年，他毅然离职负笈北上，进入中国艺术研究院书法院攻读书画印方向研究生。这里集中了全国二三十位专家教授，其中有六位书法博导担任教学工作，他们各有侧重，而且每个教授都有自己独立的书学思想。书法院教学的专业性和老师的治学创新精神对他的艺术观念、理想追求的形成，产生了影响一生的作用。学习的这段时间，他的眼界、心性得到了前所未有的开阔和解放，新的艺术思想在夜以继日的锤炼中得以明晰。

与全国从关注书法"国展"成长起来的书法人相比，吴平均先生也获得了中国书法最高奖"兰亭奖"，入展"青年展""扇面展"等中国书协主办的权威专业展赛20余次，在圈内令人艳羡，在圈外也有了较大的影响。按照常理，他应该在迎合书法"国展"的不断冲击中，进一步攻城略池、开疆拓土，赢得"国展"明星称誉，或者完全可以"吃老本"。然而，吴平均与他们不同的是，他不但没有这样选择，反而摒弃"前功"，重新开始新一轮拓荒。"任何一种成熟的风格都具有强大的排他性，容易结壳定型，步入陈式、僵化，最后丧失艺术魅力。"①吴平均深谙此理，他不断反思传统，思考未来，自我意识豁然觉醒。他将过去所学的东西全部倾倒出来，一一检视，加以甄别取舍，并以历史的眼光观照自我存在的价值，用自我的眼光审视和开掘传统。

中国艺术研究院书法院毕业十二年来，他还在不断消化教学思想，特别是王镛、沃兴华、曾翔等先生的继承创新思想对他影响巨大。经典的书法浩如烟海，他对各种帖都想摹一摹，各种风格都想尝试，从而找到自己对书法艺术的追求和定位。他睿智地选择了在扎实帖学的基础上，发力研习碑学。目前他的书法状态是致力于篆隶楷行草五体兼通、碑帖结合之实践，以期形成独具强烈艺术个性和高辨识度的风格。这是分阶段性的，所以随学常变，风格多元。但不论风格如何多样，他的创作都力争在继承的基础上进行创新，"有我在，有我的审美、个性和思想在。"（出自吴平均语）经过苦心孤诣的潜心学习与实践探索，他的境界得以提升，创作能力得以精进。十多年来，他创作了一系列章法随势应变、疏密对比明显、纵向运动力强化的新图式的作品，以汉隶圆笔为本，下穷魏晋，沟通南帖北碑，融合方圆，遂成就沉郁雄宕、宽博纵逸的风貌。

当然，除对书画印专业理论知识和历代不同风格书法大家的研习外，吴平均对哲学、美学、诗词以及佛学等方面均有所涉猎，久久为功，善作善成，多领域多方面的丰厚积淀，为其书法艺术的提升、拓展提供了强大持久的助推力。

碑帖融会：吴平均书法艺术的特征

明代以前的书法史，以"二王"为首的帖学书法一直被视为正统，其他的书法则被视为异端。自清代阮元提出《南北书派论》，经包世臣和康有为

---

① 沃兴华.沈曾植书法艺术初论[J].书法研究,1990,(04):73.

之大力鼓吹，碑学之风始得盛行。即便如此，主流书法家比如吴昌硕、邓石如、赵之谦、何绍基都是在学习碑学的同时学习帖学，取得了非凡的成就。吴平均书法艺术最突出的特征就是碑帖融会，具体表现在以下三个方面。

一是碑与帖的嫁接。碑帖各自的特征不同，甚至相对。碑主浑穆、古拙、奇逸；帖主雅致、流转、圆融。帖学偏向于节奏感，趋向于音乐性；碑学注重空间之间的关系，偏向于绘画。碑帖之融会，实为相对之美的矛盾统一，难度极大。而且"结合前提是两个东西都要学到成熟。比如结婚，婚姻法为何规定有年龄限制。"（出自吴平均语）吴平均先生碑帖融会的探索和创作，无疑是卓有成效的。他浸淫于摩崖刻石、碑刻、造像题记、墓志为体的魏碑以及汉碑、砖瓦、钟鼎、甲骨为体的广义碑派，又沉醉于"二王"为滥觞魏晋以降的帖派源流，继而不断嫁接、融合。从他的这类作品中，对传统兼收并蓄，融会贯通的精神气度充溢其间，既氤氲书卷韵味，又饱含金石之气，无论是用笔、结体还是章法，其表现方法的丰富性都令人欣喜。他以浑穆之质，线条如犁、如掘、如凿，率性随意，不刻意造作，静穆而舒灵；点画、结体、章法注重它们之间的全息关系，上下前后顶接错落，结构不失古朴拙实；外看圆转丰和，实则处处皆留，强调点画的中段，中段圆满突出、跌宕舒展，不轻滑带过。点画跟结体、结体跟章法相互之间，局部跟局部之间，局部跟整体之间，有一种密切的关系，形成开张与稳定的体势。他的作品《抄幽梦影数则》《节抄东庄画论》《东方朔诫子书》便是碑帖结合较成功的作品。

二是静态与动感相衬。传统的儒家伦理一贯主张温和敦厚，老庄哲学则强调以静制动、以柔克刚。这都是古代圣贤的哲学之思、中庸之道。这种思想与书法审美竟然不谋而合、高度一致。就书法艺术而言，必须要注意的是防止线条张力的消弭。结体以外拓强调圆，角度越钝，越近圆形；线条以逆收、中锋运笔强调圆。如果圆的结体任性化、极端化，就会导致冲击力弱化，作品就会丧失蓬勃旺盛的生命力。吴平均是理智的，他强调圆而不拘泥于圆，巧妙地在表现圆的前提下突出体现锐角，字的点画和结体静中趋动、动静相衬，别有趣味。如榜书《山祭》《归一》等，以向外迸发的张力，消解了钝角内倾及圆笔温和的特性，赋予字体以雄奇峻险、生机盎然的生命意义。像魏碑书《陶渊明饮酒诗一首》《跋张公正超先生拟古长卷》等作品，起笔常以露锋侧下，收笔则波磔挑起，呈锐角之状，圆形与锐角的有机结合，既显凝重浑厚，又张扬着富有生机的冲击力、爆发力，实属佳构。

三是朴拙与机巧相洽。一般而言，书法作品的朴拙，多有率真、憨态之趣。而吴平均书法中的朴拙尤为突出，不知是他刻意所为，还是运笔过程中自然形成的特殊效果，抑或是童心使然。观吴平均运笔，常力求"万毫齐力"，笔锋抵纸面而行，速度缓慢，有意生涩，强化摩擦，所形成的线条苍茫浑厚，自然生发朴拙之象。如果书法只一味表现朴拙，应该是不难的，难就难在朴拙中透露出机巧，机巧里藏着朴拙。朴拙与机巧相洽，是吴平均书法艺术臻于高境的精神意象。他的一系列作品充分体现了这一特征，比如他的魏碑代表作《印光大师佛语选抄》、篆书《司空图二十四诗品·雄浑》等，作品拙中透巧、巧里藏拙、朴拙可爱、生机盎然。

变法创新：吴平均书法艺术的启示

吴平均尝试碑帖融会之艰苦探索，迄今十余年，虽然收获是巨大的，但其书法风格还在不懈进境的动态之中。有一次，我跟他聊天，问及他对自己书法的主张，他说："我在努力形成自己独有的语言和面目，表达自己的审美与思想……"我再问："为何还未形成比较固定的艺术风格？"他回答："我不想定型，兵无常势，水无常形嘛。"这就是艺术风格的变化、探索、创新、追求永不停息、追求永无止境。他仍致力于变法创新，朝着自己预期的目标迈进。但未曾想到，他变法的创新、碑帖融会的实践，却给自己带来一些非议。这主要反映在有些人对其笔法墨趣的不理解、不认可上，突出表现为书法点画、结体、章法不如以前那么"顺眼"，有"生涩""生拙"之感，一般人"看不明白"，还有的认为他越写越差了。诚然，这些非议来自社会各阶层的认知，从某些方面来看，有其缘由。比如重朴拙的作品令观者审美定势一时转不过弯来，认为这"不美"，是"丑书"。但也真实反映了国民对书法专业认知的缺失现状。对于非议和不理解，尽管吴平均内心有时泛出一丝无奈，但他始终是清醒的、明智的，也是义无反顾的。他认为自己认定的书法艺术性的凸显与探索，必须得走碑帖兼容的路子，必须是"师古而不泥古"，于继承的基础上勇于创新、善于创新。他明白，书法现代性的创作，不仅要解决艺术观超越古人的问题，还要在创新中有别于自己的同行。吴平均这就将自己置于重重压力之中——古典书法的实践者、追从者、欣赏者们的抨击和同行们实践的排斥或诱惑；面临对书法只停留在写字层面的不解甚至无知的嘲笑；当然也面临不迎合媚俗市场所带来的经济窘迫。

这种压力与对人生的感悟，在吴平均创作的诸多诗文中有所反映。当笔者看到他发来的一张照片，他在毛坯房满屋的废纸堆中怅然若失，又恋恋不舍的样子，再看到他的诗歌《废纸》"要搬书房子了/是从租别人的房子/搬到再租别人的房子/看着一张张一沓沓一堆堆/被墨浸过的宣纸/还有列队成阵的空墨瓶/泪涌了出来/这一张张纸/被心血染成墨色/鬓发/却泛起了宣纸白//百无一用呀/搬着这一堆堆废纸/还有案头工具/除此别无他物/半生已过/下半生/也只有延续把纸用废的本事/别的/真的不会"时，笔者不知不觉流泪了，而且是泪如泉涌，无法遏止。同时笔者也深深地感受到了他精神的高贵。

值得庆幸的是，吴平均不仅经受住了多重压力的考验，还排除万难、开足马力、快速前行，在创作实践中取得了新的、更大的进境。从他2025年5月的大字书写中，我们能真切感受到他对经典研习的深厚积淀和创新、蓬勃、旺盛的艺术生命力。

吴平均的书法艺术给当今书坛提供了有益的启示。笔者认为，最重要的一点就是：突破了"美即和谐"的审美意识，而趋向"美即冲突"，拓宽了书法的审美视野。"美即和谐"的审美意识由来已久，几乎成为中国各个艺术门类（当然包括书法）的审美标准。审美意识从和谐到冲突，在中国书法史上，是一个突破，它标志着现代书法创作意识的觉醒。它不仅拓宽了书法创作领域，丰富了书法表现方式，而且更易于反映现代人的思想情趣，更能满足人们多样的审美需求。这些以各种冲突为表达核心的书法作品，往往倾向于用夸张的线条、结构、章法来表达书法家内心的情感冲突或情绪变化，也正切合当今社会的现实状况。一方面，社会经济快速发展，人们的生活水平不断提高，精神生活日益丰富；另一方面，信息瞬变、节奏快捷、人们在思想、经济、工作、生活等方面的压力增大。这种以表现冲突为核心的书法，正是人们情感宣泄所需要的最合适的一种方式。吴平均在创作中，对结字与章法的夸张、变形，不仅是形式上的表现，更是其内心深处的激荡、碰撞与冲突的情感倾诉，既具有粗犷豪放、沉雄古逸的气势，又富有"禅意"与"闲云野鹤"的趣味，较好地实现了"恣意任性""心手双畅"的精神自由。

当然，从审美意识与思辨到完美创造的艺术作品的诞生，不可能一蹴而就，往往要经历一个较为复杂的"妊娠"与漫长的发育过程。书者如此，观者的接纳、理解、认同亦如此。创新往往走在时代前列，譬如20世纪的书法大家黄宾虹、谢无量，他们也是身后几十年才被接受与追捧。好在吴平均先生有着超凡的定力，他耐得住寂寞、经得住磨难，抱着"今生了墨愿、来世证菩提（出自吴平均诗句）"的信仰，一直勇猛精进在探索之旅……"我认为具有文化含量的创作才能打动自己，然后感染别人，才能传承下去。当然我现在不一定能做到，还是古人说得好，'虽不能至，心向往之'，我也会沿着这条路不断地探索下去。"（出自吴平均接受媒体采访语）我们有足够的理由和信心，期待着他的书法艺术像斑驳青铜器里抽枝发芽的寒梅，古意浓郁而又生机勃勃，洋溢着强大的生命力与感染力。

（发表于2023年第1期《陕西书法》杂志）

自然纯朴　元气丰沛

——周昌俊书法艺术管见

认识周昌俊先生，应该在2015年。但真正熟悉他，则是他调任永州市书法院院长后，我们接触的机会多了，闲聊的时间便也多了。一日，我贸然移步至他的工作室拜访，他并不讶异，只是多了一丝掩饰不住的微笑。他优雅地沏茶，儒雅地领我步入二楼参观，他工作室的四壁点缀着名家佳作，还有一幅他颇为得意而自作自娱的国画作品。我倒是有点讶异了！以前我只知他书法非凡，不知其绘画功夫了得。他伫立窗前，扫视远山、江面，然后提笔而书"山泽有奇气"，说："这个送你，最适合。"我愧然接过，答谢："妙哉！"未曾想，他如此敏锐，笔墨精妙，文采斐然。但没明白为啥"山泽有奇气"送我最适合？我没问。在这个初冬美好的下午，在这处湘江河畔风光醉人的工作室，我们边喝茶边聊，兴之所至，言语无忌。由此，我们似乎神交已久，乃挚友也。

2023年1月2日，为期一个月的"怀素逸韵——永州八家书法展"在长沙开展，周昌俊先生为其中书家之一，我自然为其骄傲。春节前夕，他将参展作品和遴选的几幅满意之作发给我，并嘱我为其作一简评，我没有客套，欣然应允。

观其书法，取"二王"、张旭、怀素、苏东坡、黄庭坚等各家所长，在赓续传统的基础上努力革新，在艺术创新中丰富和发展传统技法。加之他长期生活在永州如诗意画卷般的土地上，这里的潇湘水云、舜德柳风，以及周敦颐理学和怀素、何绍基书法，无时无刻不在熏陶并感召着他。孕潇湘于胸中，笼天地于形内，聚万物于毫端，让他直抒胸臆、尽情挥洒。随着岁月的渐进，多岗位的磨炼，阅历的加深，学养的累积，愈益闪烁光辉，日臻美妙境界。其书法丰润、雄健，"端庄杂流丽，刚健含婀娜"，这无疑是其深厚的书法功力、独特的书学见解、正直诚实的人格和博学多识的学养的一种外化、一种诠释。

周昌俊先生的书法，兼修五体，不拘大小，不限篇幅，均得意趣。小字行书行笔爽利，温文尔雅，气息浓郁；大字行草气势恢宏，气息流畅；楷书、行书中宫收紧，由中央向外作辐射状，自然纯朴、元气饱满。近年来，他主攻大草，这与其自身倜傥不羁的性格契合，又与其多年来植根草书的艺术追求相关。从"怀素逸韵——永州八家书法展"中他的参展作品来看，他的大草以取法怀素为主，用笔瘦劲婉美，使转如环，又兼取黄山谷长枪大戟、大开大合体势，故而产生出跌宕开张、放恣肆志、灵活多变的形态。近期他对颜鲁公的《裴将军诗》用功甚勤，展出的《咏零陵》条幅，楷草相间、动静结合、激越跳荡，犹如摇滚乐般让人眼前一亮，体现了他取法广泛又能融会贯通的深厚功底。他对草书深有体会：作草全在心悟，以意使笔；大开大合，聚散收放，必入挥洒之境。尤其是他对狂草的体会：用笔圆转飞动，点画、断笔增多，点散气贯、笔断意连，不求行直，但求通篇气韵醋畅，淋漓着丰沛的元气；在连绵飞舞中，又富有节奏之妙、情感之丰、遒丽之美。

周昌俊先生的书法，近年有了新的突破和变化。这主要得益于中国书法家协会举办的专业培训、各类参展交流活动、对古今书法名家的刻苦研学以及文学美学素养的提升。他还注重书法理论的研究和书法作品的鉴赏，且成就不俗。他曾有多篇文章见诸《书法报》《中国艺术报》等。其中发表在 2020 年 7 月 22 日《中国艺术报》上的《书以会意　民本情怀——

柳子庙〈荔子碑〉之赏评》，从荔子碑的渊源，到书法特征，再到三绝碑的书法价值与思想影响，娓娓道来，叙写与考证并用，人物与史实衔接，观赏与感悟融合，难得之妙文也！正因为他理论与实践的贯通，思考与书写的结合，其书法艺术得以精进，书法风格日益成熟，其在省内外的影响力和知名度日渐扩大。

今年春节，他作诗《壬寅除夕观江边》："江上清风散华烟，山间明月翠微巅。轮回桃符催年节，过往岁月易容颜。笔底清逸助磅礴，心中绮梦发铿锵。适我造化万殊象，追古求新如是观。"这首诗既是写景，又是抒怀，更是他近期对书法的思考和感悟。书山有路，"艺"海无涯。依托潇湘山水的灵秀，秉持家乡先贤怀素狂逸、求新的理念，继续扎根传统，追寻经典，相信他的书艺道路会更加广阔，作品也会更加精彩。

（发表于2023年2月10日《湖南日报》）

浯溪碑林：中国现存最大的露天摩崖石刻碑林

　　浯溪碑林，处于湖南省祁阳市，滨江岩石峭削，湘江擦壁而过，岸边石灰岩呈三峰崛起，怪石嶙峋，树木蔽日，花草茂盛，不仅是一处游览胜地，更是一处诗文摩崖石刻的宝库。唐代杰出的散文家、诗人元结，于代宗广德元年（763年）被任命为道州刺史。永泰元年（765年）罢任。次年再任道州刺史。大历二年（767年）二月从潭州都督府返道州，舟经祁阳，泊舟登岸暂寓。因"爱其胜异"，后又弃官不做，来此隐居，并自创"浯、峿、庼"三字，命溪曰"浯溪"，山曰"峿台"，亭曰"吾庼"，合称"三吾"。自此，浯溪始为人重，文人雅士汇聚，诗文碑刻盛行。此处碑林面积约56000平方米，碑500余块，尚可辨认的373块，乃我国现存最大的露天摩崖石刻碑林。

一、浯溪碑林的现状与历史文化蕴涵

　　浯溪苍崖石壁，濒临湘江，巍然突兀，连绵78米，最高处拔地30余米，为摩崖文字最佳的天然镌刻处。自唐以来，众多政要及文人墨客慕名而至，或写景咏物，描自然风光，诉喜怒哀乐；或议论抒怀，述朝野事件，话民生民本。溢于言，书于笔，刻于石，造就了此处风水胜景和人文宝地。据有关资料统计：唐时以元结刻溪铭诸碑发其轫，但刻碑不多，"唐碑三十本，独免野苔封"（出自南宋徐照的诗句），现只存17方；宋代鼎盛，凡200碑，因年代久远，风化剥蚀，漫漶过甚，再除去失碑及未能刻上石的，现存较好的约160方；元代碑刻仅存5方，极为稀少，就是将未上石诗文13首统计在内，也不足20首；现存明代碑刻78方，未上石诗文31首；清代碑刻88方（包括安南即现在的越南，使臣诗5方），书写浯溪诗文的还有100余首未刻于石，佳作不少，遗憾的是原作已失，无可补救；民国时期仅存9方。浯溪碑刻中，历代名家作品比比皆是，如唐代元结、刘长卿等，宋代黄庭坚、杨万里、秦观、李清照、范成大、米芾等，元代杨维桢、宋渤等，明代顾炎武、王夫之、董其昌、杨廉等，以及清代王士祯、何绍基、袁牧、潘耒、张九钺等，共有250多名文人学士到此游览、题诗作赋、铭刻石上；而作品传世影响较大且有史可查的近70位。作为露天摩崖石刻碑林，以如此规模、如此规格、如此艺术水准存世的，实属罕见。古往今来，欲扬名流芳者众多，实属正常，但真正能够名副其实、留名千古者，少之又少。为何？一则，不是想成名想流芳就能成名就能流芳的，有真本事才是"真家伙"。二则，时间就是手术刀，祛病除垢，刀刀见血，毫不留情；时间就是过滤器，淘汰"泥沙"，留下"真金"，好作品才是硬道理。呈现在人们眼前的浯溪碑刻，再一次证明了这个命题。1300多年来，无论是唐花宋草、元风明雨，还是清时流水民国浮云，都已远离人们而去，不可追及。然而，只要置身浯溪，观者仿佛就能穿越历史的时空，聆听诸位圣贤推杯换盏的高谈阔论，就能触摸到历史的神经，感知到岁月的体温。面对如此博大精深、底蕴丰厚的浯溪碑林，观赏者需要向圣贤表示深深的追怀和感恩，需要对文化、文字、书法和雕刻艺术心存敬畏。

二、浯溪碑刻的书体及其艺术特色

湘南永州有一定规模的摩崖石刻，玉琯岩、月岩、阳华岩、朝阳岩、九龙岩等处各具特色，皆有珍品。但与浯溪碑林相比，均显得逊色不少。惟浯溪碑林气势磅礴、瑰丽夺目，是无以估价的艺术宝库，可谓诗文凝练、寓意深远；书艺精湛，类别丰富；摩崖刻画，美轮美奂。不论是本地人还是外地客，来此览胜觅奇者摩肩接踵，许多书法家及爱好者更是三番五次前来欣赏、揣摩、修习书艺、陶冶性情、不舍离开。就不同书体而言，浯溪碑林从唐代至民国时期均有杰出的代表人物，造诣非凡。在可辨认的373块碑中，有篆书23块：唐代元结的《浯溪三铭》、宋代汪藻的《太学题名·跋》、玉箸篆、钟鼎篆、悬针篆诸类；隶书12块：以明代黄焯的"雩风沂浴"四个大字为著；楷书236块：最具特色和艺术价值者首推颜体碑《大唐中兴颂》、黄体碑《书摩崖碑后》、米体碑行楷《题摩崖诗》等诸碑；行书87块：最负盛名的是明代杨芳的《董太史自衡阳写浯溪读碑图诗见寄赋答》碑、清代何绍基的《同治壬戌于桐轩大令陪游浯溪》碑、清代朱琦的《舟过浯溪》碑、清代吕恩湛的《题名诗》碑以及清代吴大澂的《雨中游浯溪读〈中兴颂〉次山谷诗韵》碑等；草书7块：存碑最少，以宋代李日新的《无题》碑为代表。浯溪碑林分为9个碑区，上述碑刻多集中在摩崖碑区。

颜真卿的《大唐中兴颂》碑，堪为颜体之杰作。其碑直行，自左至右书写，共21行，332个字，碑文面积约10平方米，字径大约15厘米。大历六年（771年），再次出任道州刺史的元结隐居浯溪，徜徉于浯溪山水之间，面对这天造地设的石壁，勾起了当年"刻之金石"的夙愿，山水、文思躁动于心，情难自禁，便翻出10年前率兵镇守九江、抗击史思明叛军时所写的得意之作《大唐中兴颂》，将此旧稿斟酌修改定稿，派专人赴临川，请其好友颜真卿书写，后请工匠摹刻于峿台崖壁。颜真卿下笔激越高昂、气势磅礴，字字刚正雄伟、气度恢宏、精神内蕴，字里行间充满刚毅之气、浩然之气，笔法融篆隶入行楷，字体结构大气、匀称、浑厚。后人誉此为"宇宙杰作"，致晚学后辈"百拜不能休"。因文奇、字奇、石奇，世称"摩崖三绝"。从年代之古、碑面之大、文章之奇、书艺之妙以及现状之完整诸方面综合评价，堪称全国现存"三绝碑"之冠。浯溪摩崖三绝《大唐中兴颂》举世罕见，是浯溪摩崖的核心和精髓。明代曹来旬评赞："元颂云烟霭，颜书金玉辉，山川无秀丽，天下看来稀。"清代杨翰刻在中兴颂碑前的石柱楹联上称："地辟天开，其文独立；山高水大，此石不磨！"清代钱邦芑诗："丰碑读一过，百拜不能休。"

《书摩崖碑后》乃浯溪碑林之又一珍品。这是宋代黄庭坚诗文并撰书。黄庭坚在诗、书方面皆为大家，享誉甚广，可惜仕途不顺，屡遭贬谪，崇宁三年（1104年）终被除名，羁管宜州（今广西宜山），过浯溪所为。黄庭坚从小文崇次山（元结），书学鲁公，这就注定了其与浯溪的缘分。假如他不被贬，想必也会特意慕名前来。时年59岁的黄庭坚肃立于《大唐中兴颂》碑下，感慨万千，唏嘘不已，"裴回三日不肯去"，遂在浯溪题刻三碑。《书摩崖碑后》尤佳，碑高2.3米、宽1.8米，字大6～9厘米不等，楷书。他的起笔处欲右先左，由划中藏锋逆入至左顿笔，然后平出，"无平不陂"，下笔着意变化；收笔处回锋藏颖。他的技艺善藏锋、善顿挫，以"画竹法作书"给人以"沉着痛快"的感觉，受欧阳询的《黄庭经》之影响比较明显。其结体从柳公权的楷书中受到启发，中宫收紧，由中心向外作辐射状，如荡桨，如撑舟，气魄宏大，气宇轩昂，舒展大度。黄庭坚的浯溪三碑论肃宗灵武即位是非，却挑起了后世800年的争端，真是无心插柳，意料之外。

何绍基，乃道州人士，晚清诗人、书法家，擅楷、行、草、隶、篆。其撰书《同治壬戌于桐轩大令陪游浯溪》碑，高1.4米，宽0.8米，字径5～9厘米不等。从内容上看，叙事简约，议论精辟，诗曰"归舟十次经浯溪……唯有平原吾所师，次山雄文藉不朽，公伟其人笔与挥，当代无人敢同调……"盛赞鲁公书处，亦为其学颜心得。从书体来说，其行楷取颜字结体的宽博而无疏阔之气，还掺入北碑及欧阳询、欧阳通的险峻茂密的特点，追求《张黑女墓志》和《道因碑》的神气，骏发雄强，独具面貌，"人书俱老"，已臻炉火纯青之境界，是清末碑学大家，其传世墨迹甚多。

三、结语

浯溪摩崖石刻是国务院在1988年公布的第三批全国重点文物保护单位。1988年1月，碑林东侧增建了出生于祁阳又时刻关心浯溪碑林的无产阶级革命家陶铸同志的铜像和陶铸纪念馆，增刻了陶铸《东风诗》碑。浯溪人文景观的思想精华集中体现在元结的"忠、直、方、正"，颜真卿的"忠义大节"和陶铸的"心底无私"上。欲"忠、直、方、正""忠义大节"，必先行"心底无私"；唯有"心底无私"，方能"忠、直、方、正""忠义大节"。如此，中华深厚的历史文化与光辉灿烂的革命传统相融合、相辉映、相得益彰，浯溪优美的自然景观在文化品位上又得到了一次升华。

（发表于2017年11月16日《中国美术报》）

何仙姑文化的丰富内涵与当代价值

——《何仙姑文化现象研究》简评

　　《何仙姑文化现象研究》一书，日前由文化发展出版社出版发行，这是何仙姑文化研究与应用的一项重要的科研成果。作者刘佳音、刘翼平在湖南省永州市零陵区何仙姑文化研究会十余年来的调查研究及大量文史资料的基础上，从独特的视角出发，一方面通过对八仙传说、民间信仰、何仙姑仙籍考证、何仙姑传说形象价值、何仙姑非遗文化传承、何仙姑非遗文化开发利用等多方面的考察、梳理和论述，为我们展现了一个丰富多彩、内涵深刻的何仙姑文化世界；另一方面充分利用何仙姑文化研究者的研究成果，深度阐释了何仙姑文化广阔而丰富的内涵，并结合非遗传承、文旅融合、文创产品、何仙姑村保护利用、节庆活动、景区开发等诸多方面的相关研究与拓展，鲜明而中肯地揭示了何仙姑文化的当代价值。

从女性神仙符号的视角，探讨何仙姑崇拜的重要意义

　　《何仙姑文化现象研究》一书，注重从女性神仙符号的角度，来深入探讨何仙姑崇拜的重要意义。概括来说，体现在审美解读、文化象征、历史演变、社会影响几个方面。在八仙文化中，何仙姑作为唯一的女性神

仙，其形象不仅代表了女性的美丽、温柔、勇敢与智慧，更承载了人们对母性的敬仰与依赖。这种崇拜不仅反映了先民对大自然不确定性的恐惧与寻求庇护的心理，也体现了对女性地位与价值的认可。这种崇拜，不仅是对一个神话人物的敬仰，更蕴涵着对女性神仙符号的深刻理解和尊重。

从女性神仙符号的角度来看，何仙姑崇拜具有多重深远意义。首先，何仙姑崇拜体现了对女性地位与价值的认可。在古代社会，女性的地位往往被边缘化，她们的角色定位总是被局限在家庭和生育中。然而，何仙姑作为女性神仙，不仅拥有超越常人的智慧和能力，还能与男性神仙并肩作战，共同守护美好家园，维护世间和平。这种形象塑造打破了传统社会对女性角色的刻板印象，颠覆了对女性歧视的传统认知，展现了女性同样可以拥有非凡的力量和智慧，从而提升了女性的社会地位和尊严。其次，何仙姑崇拜反映了先民对母性的敬仰与依赖。在八仙传说中，何仙姑往往被描绘为慈爱、温柔、机智的形象，她以母性的光辉照耀着人间，给予人们关爱与庇护。这种形象的塑造与先民对母性的敬仰和依赖心理相契合，体现了人们对母爱的渴望和对母性角色的尊重。通过崇拜何仙姑，人们可以寄托对母性的敬仰和感激之情，同时也表达了对家庭、亲情和温暖的向往。最后，何仙姑崇拜体现了对女性神仙符号的独特审美追求。在八仙传说中，何仙姑的形象往往被描绘得美丽动人、飘逸出尘，她的形象充满了艺术美感和浪漫情怀。这种对女性神仙符号的审美追求，既体现了人们对美的追求与向往，又反映了人们对女性神仙形象的独特理解和塑造。对何仙姑的崇拜，人们不仅可以欣赏到女性神仙外表的美丽及内在的魅力，同时还会感受到一种超越现实的精神追求和审美享受。

《何仙姑文化现象研究》一书，深入浅出地阐释何仙姑崇拜的重要意义，深刻揭示了何仙姑崇拜所蕴含的道德精神与人文关怀。这种崇拜不仅丰富了八仙传说的文化内涵，也为我们理解古代社会对女性的看法和态度提供了重要的线索与参考。它提醒我们要尊重女性、珍视母性、追求美好，为构建一个更加平等、和谐、美好的社会贡献自己的力量。

从文化现象的视角，分析何仙姑文化在民间的广泛影响

《何仙姑文化现象研究》一书，注重从文化现象的视角，全面分析何仙姑文化在民间的广泛影响。该书通过田野调查、文献分析等方法，深入探讨和分析了何仙姑文化在民间信仰中的起源、演变、传播和接受的过程，以及其在文学创作、戏曲表演、诗词歌赋等文艺形式中的表现与传承。何仙姑文化作为一种文化象征，代表了人们对美好生活的向往和追求。何仙姑的形象和行为体现了人们对健康、长寿、幸福等美好生活的渴望和期盼。何仙姑文化在民间信仰、文学创作、文化传承等方面有着广泛的影响。作为湖南省非物质文化遗产代表性项目，何仙姑的传说在湖南地区还有着深厚的群众基础和广泛的社会影响。这种跨学科的研究方法，不仅丰富了我们对何仙姑文化的认识，也为我们提供了研究其他文化现象的新思路。

何仙姑作为中国传统民间文化的一位重要女神仙，其影响深远而广泛。一是民间信仰中的何仙姑文化。在民间信仰中，何仙姑被尊为道教女神仙，具有强大的神力。她不仅代表着女性智慧和美的完美结合，还象征着长寿、健康和爱情。因此，在民间信仰中，何仙姑的形象深受人们的喜爱和崇拜，许多地方都建有何仙姑庙，人们前往祭拜，祈求家庭平安、健康长寿和爱情美满。这种信仰活动既有益于社会和谐，又能促进何仙姑文化的传承与发展。二是道德观念中的何仙姑文化。何仙姑的形象在道德观念中也有着良好的影响。何仙姑被视为美丽、优雅、智慧的化身，其故事和形象传达了女性在修行、智慧和道德方面的追求。这种追求不仅激励着女性追求自我提升和完善，还能促进整个社会对于女性价值的认可和尊重。同时，何仙姑的忠孝双全、慈悲为怀等品质影响着人们的道德观念和行为方式，对社会和谐稳定有着潜移默化的引领作用。三是生活方式中的何仙姑文化。何仙姑文化还影响了人们的生活方式。在民间信仰中，何仙

姑被视为可以庇护家庭平安、健康长寿的女神。因此，人们会在日常生活中注重健康养生、祈求平安幸福。何仙姑的故事和形象激发了人们的想象力和创造力，形成了许多与何仙姑相关的民俗文化和艺术表现形式。例如，制作与何仙姑相关的剪纸、刺绣等工艺品，在日常节庆中表演与何仙姑相关的舞蹈、戏剧等节目。这些活动不仅丰富了人们的文化生活，还促进了何仙姑文化的传承与发展。四是文化传承中的何仙姑文化。何仙姑文化在民间具有强大的生命力，这与文化传承的紧密关系密不可分。在漫长的历史进程中，何仙姑文化通过各种形式得到了传承和发展。例如，通过口耳相传的方式，何仙姑的故事和传说在民间广泛流传；通过文学作品、戏剧表演等艺术形式，何仙姑的形象和故事得以生动形象地展现给世人；还有通过庙会、祭祀等民俗活动，使何仙姑文化得到进一步弘扬和传承。这种传承方式不仅使何仙姑文化得以延续至今，也为其在民间文化中的广泛影响奠定了基础。

《何仙姑文化现象研究》在分析何仙姑文化在民间的广泛影响的基础上，深刻揭示了中国传统文化的深厚底蕴，以及广大民众对于美、良善、智慧、长寿和美好生活的向往。这种现象说明了民间信仰与文化传承的紧密联系，展现了中华文化在民间的广泛普及与认同。

从文化开发与利用的视角，揭示何仙姑文化的发展前景

《何仙姑文化现象研究》的作者认为，通过对何仙姑文化深入研究与挖掘，可以将其转化为旅游资源、文化产品等，为地方经济发展注入新的活力。同时，也可以借助现代科技手段，如动漫、影视，将何仙姑文化推向更广泛的受众群体，让更多的人了解和喜爱这一文化现象。

何仙姑文化，作为民间传说中道教八仙文化之一的代表，不仅具有深厚的文化底蕴，还蕴涵着丰富的旅游资源和商业价值。随着文化产业的快速发展和人们文化需求的日益增长，何仙姑文化未来的发展前景显得尤为

广阔。其一，深入挖掘与传承，文化开发大有可为。何仙姑文化的开发，首先需要深入挖掘其历史渊源、文化内涵和独特价值。通过整理和研究相关文献资料，结合民间传说与实地考察，还原何仙姑文化的历史原貌，展现其独特的文化魅力。其次，加强文化传承和教育工作，让更多的人认识何仙姑文化，形成广泛的文化认同感和自豪感。其二，多元融合与创新，文化利用前景乐观。在传承的基础上，何仙姑文化的利用需要注重多元融合与创新。一方面，可以将何仙姑文化与旅游业相结合，打造以何仙姑文化为主题的旅游景区和旅游线路，吸引游客前来观光游览，体验何仙姑文化的独特魅力；另一方面，可以将何仙姑文化与影视、动漫、游戏等文化产业相结合，开发相关文化产品，扩大何仙姑文化的影响力和传播范围。其三，品牌塑造与市场推广，商业开发未来可期。在文化利用的基础上，何仙姑文化的商业开发至关重要。通过打造何仙姑文化品牌，将何仙姑文化转化为具有市场竞争力的商业产品，进行市场推广和营销。例如，可以开发何仙姑文化主题的文创产品、旅游纪念品、特色美食等，满足消费者的多样化需求。同时，加强与其他品牌的合作和交流，推动何仙姑文化品牌的跨界融合与创新发展。

《何仙姑文化现象研究》一书，客观地提出了何仙姑文化研究、挖掘与利用的机遇和挑战。一方面，随着文化产业的快速发展和人们文化需求的日益增长，何仙姑文化面临着广阔的市场前景和发展空间；另一方面，也面临着文化传承与创新、市场竞争与品牌建设等方面的挑战。因此，需要加强文化开发与利用的创新性和实效性，推动何仙姑文化的可持续发展。

该书专门介绍了与何仙姑文化相关的应用数字化技术开发的产品形式，主要有IP形象设计、IP文创产品、动漫游戏、景区VR展示、数字海报等五种，目前永州和增城两地已成功开发三个产品：潇湘意文化创意公司陈军屹的"何仙姑动画表情包"、广东郭婧博士的何仙姑IP形象设计及文创产品游戏、长沙李春香设计的《仙姑八记》条漫产品。这些产品的开发和营销，目前形势尚好，有着较好的发展空间和发展前景。该书还专辟一章论述何仙姑非遗文化的开发与利用，从总体规划、顶层设计，到项目实施，既具战略性、前瞻性，又具针对性、可行性，既有短期效益，又有长远利益。何仙姑文化旅游项目将以其独特的文化传承、美食体验、康养度假、节庆活动等刷新游客的认知、满足游客的需求。

总之，《何仙姑文化现象研究》以其独特的视角和深入的研究方法，为我们展现了一个丰富多彩的何仙姑文化世界。通过对该书的阅读，我们可以更加深入地了解何仙姑文化的丰富内涵与当代价值，也可以从中汲取灵感与启发，为传统文化的传承与创新贡献自己的力量。

（发表于2024年第11期《何仙姑文化研究》杂志）

后　记

　　说得好听点，我是一个不安分、总想多方尝试的人；说得难听点，我是一个善变的人，或者说定力不够的人。写诗歌、散文，偶尔写点小说，这是我业余之爱好，断断续续30余年了，虽无建树，也偶有发表、获奖的小得意。照理说，我应该持之以恒继续写诗歌、散文或小说，可我不知是心血来潮，还是想试试别的文体，居然动了写文艺评论的心思，且坚持了数载，自己都有点不敢相信。自2020年年初开始，至今近5年时间，撰写评论文章40来篇，20余万字，承蒙各位老师、文友的鼓励，报刊编辑老师的厚爱，拙评基本上刊发于省级公开发行的报刊。但是，我也不敢保证，将来会继续写评论文章，也许会集中时间和精力去写小说或别的什么，我不想把自己框定在某一文体或某一领域。比如说，我师从唐建安老师画油画4年多了，偶尔自己还会弄弄书法，觉得很放松，很随意，很开心，这就够了，没必要为某一爱好所累。大体可以这样说吧，我认为有必要尝试不同的文学、文艺门类，觉得开心和满意就多玩一玩，反之，则少玩，甚而不玩。或许正是这种性情使然，让我成不了大气候。好在又是这种性情使然，又让我获得了身心自由和快乐，想想，这样也挺不错的，能成个啥样子就啥样子得了。

言归正传，还是谈谈与集子相关的话题吧。

说实话，我肯定知道当下关于名人名家、名著名作的评论更能得到报刊和其他媒体的青睐，也更能吸引读者的眼球，给作者带来的影响也会大一点，稿酬也会多一点。可是，我并没有把眼光聚焦于名人大咖，相反，我始终对准底层作者、业余作者或尚无盛名却有潜力、有特色的作者，将他们作为我研究、评论、推介的对象，这显然不是巧合，而是有意为之。这里需要说明一下，我并非对名家名作不屑，而是非常敬重、非常喜欢，那为何不去评名家名作呢？除了担心自己眼界不高、笔力不济以外，主要是因为名人名家、名著名作无疑会有许多专家、学者、教授和著名评论家去写去评，我就不去凑那个热闹了；而底层作者、业余作者或尚无盛名的作者，是鲜有关注者、评论者的，我就来补个白填个空吧。让我感到欣慰的是，《湖南日报》《湖南工人报》《山西日报》《名作欣赏》《艺术广角》《火花》《鸭绿江》《文艺生活》《南风艺术》《中文学刊》《文学天地》《今古传奇》《湖南科技学院学报》《陕西书法》《湘江文艺评论》等报刊的编辑老师并没有嫌弃我这个新手，并没有低看我所评论的对象，居然都给发表了（这些已经发表过的文章，在收入本书时有删改）。我对各位编辑老师除了感动，还是感动。

在撰写这些文艺评论文章的过程中，我更进一步理解了文艺作品的多样性和复杂性，以及它们之间的那种微妙的、难以言喻的碰撞与回响。我想，这不仅是一部关于文学、艺术作品的探讨、批评、研究、推介的集子，更是一次关于文化、思想和心灵的探索之旅。

我没有高学历，也没有扎实的理论功底。我只有试图通过不同的视角和维度，去解读和剖析文本，在细读文本上下笨功夫、苦功夫，从而找到并阐释其文本的经验、特色、价值及精神指向，甚而作者情感的波动，以及所传递出来的深层意义。我特别关注不同艺术形式、不同艺术流派之间的碰撞与融合。这种碰撞也不仅是形式上的，更是思想和情感上的。它让我看到了文艺作品的无限可能性和强大生命力，也让我更加深刻地认识到文学艺术的多样性和时代性。同时，我也意识到，文艺作品的创作和评论都需要一种开放的心态和包容的精神。我们应该尊重每一种艺术的表达方式，同时也需要保持一种批判性的思考，去挖掘作品中的奥义和价值。我是这么想的，也是朝着这个方向去努力的，但完成度怎样、效果如何？留待读者诸君指正和打分。

最后，我想郑重地表示感谢。首先，感谢湖南省作家协会！拙著列入2024年湖南省作家协会出版扶持项目。如果没有这笔扶持经费，这个集子可能就不会出版了。其次，感谢给我发表作品的编辑老师！请不要说我如此势利，这是我内心最真实的声音。如果没有你们的指点和鼓励，我可能不会坚持这么久，也不会写得这么快、这么多。再次，感谢我所评论的文艺家！是你们的信任与支持，包容与大度（我在诸多文章中指出了你们作品的局限和不足，虽然注意了用语的委婉，但终归是挑刺，居然没有惹得一个人生气），让我放手写、放心写，没有顾虑和顾忌。最后，我还要感谢的是尊敬的、亲爱的读者朋友！你们的眷顾，就是我的荣幸，就是我的动力。我希望这个集子还能够成为你们了解文艺作品、欣赏文艺作品的一个窗口，引发你们对文艺作品更深层的思考。

王敦权

2024 年 7 月 15 日